빠쓰
정류장

The Terminal

gasse•가쎄

빠쓰정류장 The Terminal

ⓒ김비 2012

초판 1쇄 인쇄 2012년 10월 31일
초판 1쇄 발행 2012년 10월 31일

글 김비

펴낸곳 도서출판 가쎄 [제 302-2005-00062호]

주소 서울 용산구 이촌동 302-61
전화 070. 7553. 1783
팩스 02. 749. 6911
인쇄 정민문화사

ISBN 978-89-93489-27-9

값 12800원

빠쓰정류장, 시작합니다.

잘가라, 새벽 ...

　오래도록 '희망'이란 말을 입에 담지 못했다. 그건 내 안에 없는 언어였다. 사람들은 유행처럼 너무도 쉽게 그런 말들을 떠올렸는데, 도무지 나는 그러지 못했다. 억지로 입안에 밀어 넣은 말들은 모래알처럼 서걱거렸고, 번쩍거리는 희망이나 미래를 말하는 사람들 앞에 나는 점점 작아졌다. 결핍이나 소외는 언제나 내 삶의 일부분이었다. 그래서 나는 또다시 고개를 끄덕이 며 제일 구석진 곳으로 숨어들었다. 빛도 새어 들어오지 않는 어둠 속에서 나 스스로를 고립시 키며, 나는 외롭다고 느끼기보다는 평화롭다고 느끼고 있었다.

　이 이야기에 등장하는, 생의 마지막을 선고받은 사람과, 경계 너머로 밀쳐진 사람과, 한 발로 세상을 살아가야 하는 사람은 어쩌면 그러한 고립 속 나 자신의 파편이었던 건지도 모른다. 그 들을 억지로 일으키지 않고, 물끄러미 그들의 발걸음을 지켜보는 이야기를 써내려갔던 것은 그대로 주저앉은 나를 들여다보는 응시(凝視)였을 것이다. 그들에게 '희망'이라는 말을 가르치 거나, 어디선가 새어 들어오는 '빛'을 가리키지 않았던 것은 내 안에 그런 언어가 존재하지 않 았기 때문이었다.

　그런데, 이 이야기를 끝내고 나는 웃고 있었다. 가장 고통스럽고 끔찍한 시간을 지나는 사람들을 그리며, 그들의 마지막을 이야기하며 나는 슬며시 미소 지었다. 그리고 그제야 햇살이 드는 쪽을 바라보았다. 희망이란, 거기 환하고 밝은 곳이 아니라, 여기 어둡고 축축한 곳인지도 모르겠구나. 가장 끔찍한 곳을 들여다보며 어스름 새어드는 빛을 향해 고개를 돌리는 일이, 참으로 내게 절실했던 바로 그것이었구나. 그건 납작하게 깔려있던 삶을 슬쩍 들어 올리는 참으로 고귀한 깨달음이었다.

나는 아직도 '희망'이라는 말을 모른다. 누군가에게 목소리를 높여 '희망'을 외치거나, 환한 빛을 가리키며 '거기'라고 말할 자신도 없다. 다만 그들에게 보여주려 한다. 내가 숨어들었던 그 어둠 속을, 그들이 지나가고 있는 절망들을, 그럼에도 여전히 계속되고 있는 나와 그들의 발걸음들을.

사람들에게 소외되었던 이 이야기를 세상에 나오게 해 준, 도서출판 가쎄의 김남지 님께 감사를 전한다. 자칫 우울하게만 읽힐 수도 있었던 이 이야기의, 그 어떤 밝음보다 더 환한 진심을 읽어주신 것만으로도 그저 고마울 따름이었다. 감사하고, 또 감사하다.

또한 이번에도 역시 내 이야기에 생명을 불어넣어준 내 짝지, 박조건형 씨에게도 고마움을 전한다. 직장을 다니는 바쁜 중에도, '영업이사'를 자처하며 부끄러운 내 원고의 산파 역할을 하는 그에게 사랑보다 더 커다란 고마움을 전하고 싶다.

이름없는 소설가로서, 또 한 권의 책을 받아들었다. 이것은 내 삶을 일으키는 것이기도 했지만, 또한 여러분 모두의 삶을 일으키는 소중한 선물이기를 바란다.

2012년 가을

남쪽에서 김비

빠쓰정류장 [The Terminal]　　　차례

Prologue.

언니, 탱고 알아요?

거긴, 정류장이었다.

목적지를 향해 가는 모든 것들이 거기에서 멈췄다, 떠났다. 떠나고 돌아오는 모든 것들 사이에, 내가 있었다. 나는 울고 있는 아이였다. 아무 데도 가지 못하고 제자리에서 발만 동동 구르는 채였다.

엄마는 작은 입간판 옆에 나를 세워두고 사라졌다. 허리를 숙여 무언가 내게 말했는데, 아무것도 들리지 않았다. 물속처럼 엄마의 입은 내 앞에 빠끔거리기만 했다. 그렇게 어딘가로 사라져버린 엄마의 언어.

엄마의 모습이 사라지고 나자, 기다렸다는 듯 검은 산들이 나를 둘러쌌다. 검은 물감으로 칠해진 새까만 산등성이들은 한발씩 내게 다가오는 듯했다. 눈물이 가득했던 어린 내 눈에 그건 커다란 망토를 활짝 편 괴물 같았다.

하루 종일 간판을 붙들고 엄마를 기다렸다. 도와주겠다고 다가오는 군복을 입은 남자의 손가락을 물어뜯었다. 씩씩거리며 울다가 간판에 기대어 잠이 들었다. 눈을 떠보니 바람에 돌아가도록 물결모양으로 휘어진 입간판은 내게 어깨를 내어주고 있었다. 그런데 간판 위에 글씨가 이상했다.

'빠쓰 정류장.'

누군가 손 글씨로 삐뚤빼뚤 쓴 글자는 분명히 그랬다. 왜 '버스'가 아니고 '빠쓰'였을까. 글자를 막 깨우치기 시작한 어린 내 눈에도 그건 이상하게 보였다. 저건 틀린 글씨인데, 저렇게 쓰면 엄마한테 혼나는데. 그런 생각을 떠올리며 나는 또다시 빼 울고 말았다.

– 저… 언니?

기다란 손가락 하나가 내 팔뚝을 두드렸다. 삼십 년이 훨씬 지난 지금, 이제야 엄마가 나를 찾아 나타난 걸까. 엄마를 찾은 아이처럼 눈물이 가득 담긴 눈을 들었다. 그런데, 눈앞에 커다란 사람이 있었다. 엄마는 아니었다. 성별을 알 수 없는 사람이었다. 아니, 그는 분명 남자였다.

- 언니, 탱고 알아요?

그는 다짜고짜 그렇게 물었다. 눈물을 훔쳐내지도 못한 채 멍하니 올려보는데, 그는 팔꿈치를 들어 올려 몸을 들썩이기 시작했다.

- 왜 있잖아요? 짠짠짠짠, 짠짠짠 짠짠. 짠짠짠짠, 짠짠짠짠 짠짠. 몰라요, 탱고?

병원의 계단참이었다. 나는 믿을 수 없는 선고를 들은 후였고, 기대어 엉엉 울어버릴 수 있는 누군가의 가슴이 간절하던 순간이었다.

- 아이, 참. 이거 있잖아요, 이거!

답답해 못 견디겠다는 듯 그는 아예 몸을 일으켰다.

- 짠짠짠짠, 짠짠짠 짠짠. 짠짠짠짠, 짠짠짠짠 짠짠. 짜라라, 짜라라라. 짜라라!

환자복을 입은 그는 병원 입구를 휘저으며 요염하게 몸을 움직였다.

- 이건 오초! 짠짠짠짠! 이건 히로! 짠짠짠짠 짠짠짠 짠짠!

갖가지 표정으로 병원을 드나들던 사람들이 그를 올려봤다. 웃으며 수군대기도 했고, 손가락을 들어 머리 위로 동그라미를 그리기도 했다. 그러나 그들의 궁금증은 무엇보다 그의 성별이었다.

- 아유, 그거 조금 움직였더니 땀이 나네.

환자복 자락을 조심스레 쓸어 모으며 그는 다시 내 곁에 앉았다. 그건 다소곳이 치마를 끌어모으는 손짓과 꼭 닮았다.

－ 화장 번지면 짜증 나는데.

꽃무늬가 그려진 손수건을 들어 그는 콧잔등과 목덜미를 찍어냈다. 화장이 들뜬 턱 주변을 쓸어내리는데, 선명하게 자란 검은 수염이 땀에 젖어 더욱 도드라졌다.

－ 문병 왔어요?

말을 할 때마다 불룩 솟은 목울대는 커다랗게 오르내렸다.

－ 우리 언니, 아는 사람 중에 누가 아프구나? 아유, 뭐 그런 거 가지고 그렇게 죽는 상을 하고 앉았어요? 아프니 병원 온 거고, 병원 왔으니 주사 맞고 약 먹을 거고, 그리고 며칠 푹 쉬면 깨끗하게 나을 거고, 그러면 되는 거죠, 안 그래요? 후훗.

아무 일도 아니라는 듯 그는 턱을 추켜들었다. 가지런히 모았던 다리를 꼬았는데, 끌려 올라간 환자복 속으로 검은 털이 수북하게 드러났다.

－ 죽을상 하고 그러고 있지 말고, 언니도 나처럼 탱고나 배우지 그래요?

갑작스런 탱고이야기에 내 입은 그대로 벌어진 채였다.

－ 탱고가 얼마나 멋진 건 줄 알아요? 그게 우리 인생하고는 달리, 실수가 없는 춤이라고요. 만약에 실수를 하게 되면 모든 스텝이 엉기게 되는데, 그래서 탱고를 출 때에는 리듬을 타는 이 스텝에 조금이라도 실수를 하면 안 되는 거라고요. 알아요?

앉은 채로 그는 발을 곧추세워 물 흐르듯 바닥을 움직였다.

– 불꽃처럼 한 번에 타오르는 격정의 춤! 한 걸음, 한 걸음에 모든 걸 잊는다. 모든 걸 비운다. 음악이 멈추고 거친 아브라소를 풀면 우리는 남이지만, 그럼에도 우리는 이 춤을 멈출 수 없다는 것! 짠짠짠짠, 짠짠짠 짠짠! 언니, 해봐요, 이렇게, 이렇게!

기다란 그의 손이 내 팔꿈치를 들어 올렸다. 낯선 체온의 손길이 벌레처럼 살갗 위를 기었다. 화들짝 놀라, 나는 온몸을 털어내며 일어섰다. 허공 위에 몸을 움직이던 그는 물끄러미 나를 봤다.

– 어머머, 이 언니 생긴 거 답지 않게 왜 이렇게 호들갑이야? 내 손에 무슨 병 있어요?

샛눈을 뜨며 그는 나를 노려봤다.

– 이 언니, 하도 칙칙하게 그러고 주저앉아 있기에, 좀 기운이나 내라고 말 시켜줬더니만 누가 자기한테 관심이나 있는 줄 알고? 흠, 흠. 알았어요, 알았으니까 잠깐 앉아 봐요.

더듬더듬 그는 내 치맛자락을 잡아당겼다. 그러나 나는 오히려 더 멀찍이 물러났다. 본능이었다. 알지 못하는 것들 앞에 드러나는 자연스러운 몸의 언어.

– 어머머, 이 언니, 너무 오버하시네? 알았어요, 춤추자고 안 할 테니까, 앉아 보라고요. 딱 봐도, 몸치에, 박치에, 팔자치인 걸 알 것 같으니까 일단 앉아보라고요.

도망치던 내 몸이 팩 돌아섰다.

－ 왜요? 맞잖아요? 몸이 말을 안 들으면 몸치, 박자를 못 따라가면 박치, 팔자가 드럽고 사나우니 팔자치, 아녜요?

말문이 막혔다. 어딘가 꼬집힌 것처럼 아파왔다.

－ 알았어요, 알았다고요. 할 말 있으니까, 이리 앉아 봐요, 이리.

그는 더욱 길게 손을 뻗었다. 똬리를 튼 뱀처럼 그건 어깨 밑에 숨었다가 내 쪽으로 죽 뻗어 나왔다. 병원에 들어서던 사람들이 그와 나의 실랑이를 신기한 듯 구경했다.

－ 나도 언니한테 부탁할 게 있어서 그래요, 그러니까 좀 앉아 봐요. 부탁 들어주면 내가 언니 병원 생활 편안하게 해 드릴게. 우리 아빠가 여기 병원 원장이랑 절친이라고요, 절친! 알아요? 그러니까, 언니…….

그러나 그의 말이 채 끝나기도 전에 내 몸은 계단을 달려 내려가기 시작했다.

－ 어머, 언니! 언니!

어울리지 않는 목소리의 '언니' 라는 말은 단박에 주변 사람들의 시선을 끌어모았다. 무릎을 모으며 그도 일어나 계단을 내려왔지만, 나는 이미 정문 밖으로 뛰고 있었다. 흘끗 뒤를 돌아보니 그는 경비원들에게 덜미가 붙들려 돌아서고 있는 중이었다. 춤을 추는 사람처럼 그는 내 쪽으로 허우적거렸다. 탱고 같은 것, 나는 전혀 모르고 있다고 생각했는데, 어느새 내 온몸도 땀으로 흠뻑 젖어 있었다.

1.

있으면 좋겠다, 거기

또다시 가슴 한가운데 통증이 밀려왔다. 영락없이 아이 하나가 올라앉은 무게였다. 갈래머리를 늘어뜨린 자그마한 몸집의 여자아이.

'아프다.' 하는 생각을 떠올릴 때마다, 아이는 아무 데나 내 위에 올라앉은 듯했다. 어깨가 묵직하고 뻐근하면 아이가 목덜미에 올라와 앉은 것 같았고, 앉은 다리가 쑤시고 결리면 아이가 작은 발로 마구 짓밟는 것 같았다. 정수리가 쪼개질 듯 아파서 무심코 천장을 올려보았을 때에는 나도 모르게 등 뒤로 식은땀이 흘렀다.

매번 꿈속에서 만나던 아이는 풀밭 위에 평화로웠는데, 현실 속에서 떠올리는 아이는 언제나 끔찍하고 기괴했다. 뒷모습 때문일 것이다. 한달음에 달려가 안으려고 하면 움직이지 않는 두 다리로 저만치 멀어지던 아이. 있는 힘껏 달렸는데도 겨우 웃음소리 밖에 들을 수 없는 거리로 멀어졌던 아이. 작정을 하고 필사적으로 달려가, 그 작은 어깨를 움켜쥐었던 날에도 아이는 끝내 얼굴을 보여주지 않았다. 겨우 수줍은 듯 '호홋' 웃음소리뿐이었다.

– 콜록, 콜록!

알고 있다. 꿈이란 원래 그런 것. 날개 없는 것들은 하늘을 날고, 사랑을 잃은 사람들은 사랑을 하고, 가난한 사람들은 부자가 되는 그런 것이 바로 꿈 속. 팍팍하고 칙칙한 현실을 살고 있는 것들에게는 언제나 보드랍고 환한 희망이던 것이, 그런 꿈 속.

– 콜록, 콜록!

기침을 뱉을 때마다 통증은 심해졌다. 동그랗게 몸을 말았다. 아픈 가슴을 움켜쥐느라, 내 몸은 쪽창에 절이라도 하듯 굽어졌다. 식은 땀이 흐르는지 오슬오슬 추워졌다. 바닥에 그려진 네모난 햇살 속으로 엉금엉금 기어들어 갔다. 기도라도 하듯 나는 어느새 햇살 속에 온몸을 조아리고 있었다.

– 잠깐!

남편의 목소리는 문지방을 넘어오다 그대로 멈췄다.

– 그대로, 그대로 있어!

철컥, 철컥. 연달아 셔터 소리가 들렸다. 고통에 몸부림치는 내 모습을 그는 사진 속에 담았을 것이다. 다행이다. 어쨌든 소멸하지 않고 남겨질 그것. 스러지거나 나이 들지 않고 언제든 지금의 모습 그대로일 그것. 고개를 들었다. 남편의 얼굴이 보였다. 카메라 안을 들여다보는 그는 매우 흡족한 듯 환하게 웃고 있었다.

어느 날 남편은 죽음에 대해 말했다. 그가 일하던 직장에서 크레인이 무너지며 근로자 두 명이 사망하는 사건이 있던 즈음이었다. 그중에 김홍근이라는 사람은 남편과 각별한 친분이 있었다. 여자아이 쌍둥이를 가진, 쌍둥이 아빠였다. 첨단단지 조금 못 간 신천지구에 임대 아파트를 얻어 집들이를 하던 날, 나도 그의 얼굴을 본 적이 있었다. 그의 아내는 조용하고 자그마한 체구였지만 암팡진 느낌이었고, 남편은 에너지가 넘치며 풍채가 좋았지만, 쑥스러움을 많이 타는 사람이었다. 아내가 들면 남편이 나고, 남편이 들면 아내가 나는 참으로 잘 어울리는 한 쌍이었다.

남편은 그 집 쌍둥이 이야기를 자주 하곤 했다. 그가 쌍둥이 사진을 자랑삼아 자주 보여 주곤 했다고. 나란히 놓은 두 개의 인형처럼 똑같은 옷을 입고 똑같은 머리 모양을 한 두 아이의 모습이 너무도 신기하고 예뻐서, 남편은 처음으로 아이가 없는 우리 부부의 처지에 대해 아쉬워하는 눈치였다. 가족이나 결혼을, 행복이나 즐거움과 나란히 떠올리지 못하는 그를 알고 있기에, 아이 이야기를 하며 달뜬 그의 얼굴을 나는 신기한 듯 구경하곤 했다.

바로 그 쌍둥이 아빠의 사고 소식을 전하던 날, 남편은 하루 종일 문밖만 바라보았다. 누구를 기다리는지 골목길을 내다보는 그의 눈빛은 간절해 보였다. 그와의 친분을 알고 있기에, 그의 가족 속에서 남편이 찾던 것을 알기에, 나는 그의 상실감이 걱정스러웠다. 그런데 그는 회사 장(葬)으로 장례를 치르고 평상시와 다름없는 얼굴로 돌아왔다. 물론 조금 피곤해 보이기는 했지만, 그건 얼굴도 모르는 먼 친척의 장례에 다녀온 사람 같은, 홀가분한 모습이었다.

　그날 밤, 죽음에 관해 이야기하던 그의 목소리는 차분했다. 그는 우리가 모두 죽음에 너무 많은 의미를 둔다고 했다. 어쩌면 죽은 사람은 비로소 피안(彼岸)의 경지에 드는 행복을 누리고 있을지도 모르는데, 울고 뒹구는 남겨진 사람들의 모습이 쓸데없는 법석이라고 말했다.

　죽음은 사랑이라는 감정과도 닮은 것이라고 덧붙였다. 인간을 한 단계 높은 존재로 끌어 올리는 사랑이 낯설고 두려운 것처럼, 죽음도 인간을 더 높은 곳으로 끌어올리기에, 그래서 낯설고 두려운 과정일 뿐이라고.

　솔직히 나는 그때 그의 말이 무슨 의미인지 알지 못했다. 다음 날 나는 '피안(彼岸)'이라는 단어를 인터넷에서 찾아보았다. 종교적으로는 '이승의 번뇌에서 벗어나 열반에 드는 일'이라고 했고, 철학적으로는 '현실에서 존재하지 않는 현실 밖의 관념 세계'라고 했다.

물론 여전히 나는 그 말의 의미를 이해하지 못했다. 하지만 다시 그 것에 대해 남편에게 묻지 않았다.

어쨌든 남편은 평범한 자신의 일상으로 돌아왔고, 홍근 씨의 동료들이 회사와 보상금 문제로 단체행동을 하는 자리에도 참석하지 않았다. 남편은 동료들 사이에서 이기주의자로 입에 오르내렸지만, 다행히 그는 평온해 보였다. 그가 이야기했던 피안에 도달한 친구를 보고 있듯이, 남편은 자주 하늘을 보며 고개를 끄덕이곤 했다. 그래서 나는 '피안'이라는 말이 '천국'과 닮은 것이라 생각했다. 모르긴 몰라도 그건 졸졸졸 물소리가 들리는 고즈넉한 시간이라고 믿었다. 어쨌든 그곳에 가까이 다가간 사람들은 모두가 평온하게 웃고 있을 거라고.

– 김주열 씨?

그러나 얼마 지나지 않아, 남편의 오른쪽 다리가 컨테이너에 깔려 으스러졌을 때, 나는 그때의 내 믿음을 의심했다. 보이지 않는 다리를 가리키며 제발 긁어 달라고, 제발 긁어달라고 그가 비명을 질렀을 때, 나는 어쩌면 실망했던 건지도 모른다. 물론 그건 피안에 도달하지 못해 안타까워하는 모습이었을 수도 있지만, 내게는 그저 가짜 평화의 뒤집힌 속내처럼 보였을 뿐이었다.

– 아이, 주열 씨?

눈감은 그가 피식 웃었다. 그래도 요즘 남편은 그때 이야기했던 피안의 한쪽을 되찾아가고 있는 중이었다. 흘러가는 시간 속, 결국 피안이란 거기 존재했던 건지.

– 왜요, 안순옥 씨?

이번에는 내가 피식 웃고 말았다.

– 사진은 많이 찍었어?

– 응.

– 거기가 어디라고?

– 개미마을.

– 풋, 들을 때마다 웃겨, 그 이름.

– 웃기라고 붙인 이름 아냐.

– 누가 그런 이름을 붙였대?

– 모르지.

– 바글바글 모여 산다고 그런 이름을 붙였나, 개미처럼 열심히 사는 사람들이라고 그런 이름을 붙였나?

– 모르지, 그건.

어쩐지 남편의 얼굴은 쓸쓸해 보였다.

– 그래서, 개미 찍었어?

목발을 짚고 다니며 넓어진 어깨 때문에 그가 돌아누울 때마다 산을 안고 누운 것 같았다.

– 맘에 드는 건 있어?

– 응.

– 어떤 건데?

그는 쌍둥이 이야기를 하던 때처럼 또다시 달뜬 얼굴이 되어 내 쪽으로 돌아누웠다.

– 아까, 당신 방에서 엎드린 거. 그때 마침 당신 머리 위에 햇살 비춘 거 알아? 정말 그림 같았어, 알아?

그러나 나는 등짝을 짓밟고 있었던, 뒷모습의 여자아이가 떠올라 오스스 소름이 돋았다.

– 근데 무슨 감기가 그렇게 안 나아? 병원에서는 뭐래?

– 죽는대.

그는 또다시 피식 웃었다.

– 좋겠네. 당신도 그럼 이제 이곳을 넘어 다른 세상으로 가는구나. 이 끔찍한 인간의 몸을 털어내고 한 차원 높은 경지에 다다르는 거야. 홋, 좋겠다, 좋겠어. 후후후.

그의 웃음은 다행히 피안을 이야기하던 처음 그때처럼 평화로웠다.

– 근데… 거기, 정말 있어?

내 물음은 조심스러웠다.

– 모르지. 내가 그걸 어떻게 아냐? 후후.

그의 대답은 여전히 평온했다.

─ 그럼, 내가 가보고 이야기해줄게.

평화로웠던 그의 웃음이 갑자기 일그러졌다. 없는 다리를 긁어달라던 때처럼 그는 또다시 비명이라도 지를 듯했다. 안 되는데, 죽음이나 절망 앞에 의연했던 남편의 평화가 거짓이면 안 되는데. 그가 이야기했던 '피안(彼岸)'이라는 곳이 분명 거기 있어야 하는데.

평화를 가르치듯 나는 처음 그때, 고즈넉하던 남편의 얼굴을 흉내 냈다. 분명히 웃고 있다고 생각했는데, 나를 바라보던 남편의 얼굴이 조금씩 물크러졌다.

그의 말대로 꼭 있으면 좋겠다, 거기. 이 끔찍한 고통을 털어버릴 수 있는, 한 차원 높은 세상으로 들어선다는 거기.

2.
예쁜 담배

내게 처음 담배를 가르친 것은 시경이라는 동창생이었다. 그의 아버지는 오래도록 외국에서 근무했다고 했다. 아버지가 가지고 들어온 거라며 내민 그것은 담배라기보다는 립스틱 같았다. 분홍색으로 온몸을 휘감은 화려함에 나는 단번에 눈을 빼앗겼다. 새빨간 불에 타들어 가는 분홍색 몸통은 스러져간 내 어린 시절처럼 뜨겁게 나를 위로했다. 무언지 모를 역겨움에 토악질을 하고, 화장실벽 뒤에 주저앉아 엉엉 울었지만, 나는 그것이 담배 때문이라는 걸 몰랐다. 그저 세상에서 제일 예쁜 담배가 고맙게도 내 마음을 어루만졌기 때문이라고만 생각했다.

돈 때문에 그런 담배를 피우지는 못했지만, 가끔 궁지에 몰렸다는 생각이 들 때마다 그때 그 예쁜 담배가 떠올랐다. 자주는 아니지만, 힘들 때마다 남편의 담배를 꺼내 입에 물었던 것은 그때 그 예쁜 담배가 간절히 그리웠기 때문이었다.

그러니 폐암이라는 의사의 이야기를 들었을 때, 가장 먼저 시경의 얼굴을 떠올린 것은 당연했다. 그녀가 건넨 예쁜 담배 한 개비가 이 막막한 운명의 시작이라는 생각이 들자, 동창생들에게 시경의 거처를 묻는 내 목소리는 거의 악다구니가 되어갔다.

그러나 춘천까지 찾아가 만난 그녀는 카페 의자에 앉자마자 담뱃갑부터 꺼냈다. 그때처럼 분홍색으로 친친 감은 것은 아니었지만, 담배 개비마다 서로 다른 고양이가 그려져 있던 그것은 눈이 반짝 뜨일 만큼 예뻤다.

소설가가 된 그녀는 요즘 장편을 하나 집필 중인데, 글이 잘 풀리지 않아 담배만 늘었다고 너스레를 떨었다. '결혼은? 남편은? 애들은?' 그렇게 물어놓고 그녀는 핸드백을 뒤적여 사진 한 장을 꺼냈다. 딸 하나, 아들 하나였다. 하얗고 보드라운 볼을 가진 딸아이와 제법 남자다운 태가 나는 아들 하나. 고등학교 때부터 담배를 피워 지금까지 한 번도 끊어본 적이 없다는 그녀는, 애들이 배울까 학생 때처럼 몰래 숨어 피운다, 말하며 깔깔깔 웃었다. 남편도 자신의 담배 피우는 모습에 반해 청혼을 했으니, 이놈이 재산이라며 담배 개비를 하나 더 꺼내 입에 물었다. 이번에는 새빨간 고양이가 그려진 담배 개비였다.

어쩌면 그녀와 대판 싸우게 될지도 모른다 생각했다. 소심한 내 안에 담겨 있던 것들이 한꺼번에 쏟아져 나와, 천박하게 그녀의 머리채를 끌어 잡을지도 모른다고 생각했다.

그런데 나는 '그냥.'이라고 대답하며 씩 웃었다. 그녀는 '이 먼 곳까지 웬일이냐?' 물었던 참이었다. '싱거운 년.'이라고 나를 쏘아보는 그녀의 눈빛에 죄라도 지은 것처럼 내 얼굴은 화끈거렸다. 그녀는 강릉에 있는 대학교에서 강연이 있어, '시간이 없다.' 말하며 일어섰다. 미리 연락을 좀 하고 왔으면 오래 수다를 떨었을 텐데, 시간이 없어 아쉽다, 덧붙였다. 그러고는 내 손을 만지작거렸다. 보드랍고 깨끗한 손. 가지런하게 정돈된 손끝. 반짝거리지 않는 은은한 색으로 칠해진 손톱. 예쁜 담배처럼 그녀에게서 풍겨오는 우아하고 평온한 여유로움의 냄새. 그녀는 그렇게 서둘러 카페를 나가버렸다.

더 이상 그녀에게는 남겨진 시간이 없어서.

소용없는 일이다. 남편은 거짓을 찾기 위해 기세등등하여 담당의사의 사무실로 들어갔다. 하지만, 진실의 힘은 세다. 6개월, 혹은 1년이라는 시간은 전세 계약서 위에 남겨진 임대기간처럼 그를 바쁘게 할지도 모른다. 그러나 그건 고작 닥쳐온 절망의 끄트머리를 움켜쥐는 일. 우리를 옥죄고 있는 시간의 줄을 잡아당기는 일. 그래서 나는 남편을 따라 들어가지 않았다. 그는 그렇게 무엇이든 잡히는 대로 당겨보고 싶었겠지만, 오히려 내겐 조금 여유가 생긴 것도 같다. 그것을 '여유'라고 부르는 일이 옳은지 모르지만, 그게 아니라면 잠깐의 '휴식'이나, 혹은 '정체(停滯)'라고 불러도 괜찮을 듯싶다. 그도 아니면, 끔찍한 폭풍 직전의 '고요'라고 불러도 괜찮을 듯싶고.

그래서 나는 지금 여기, 머물러 있다. 시간이 없어서 가버린 그녀와는 다르게, 어쨌든 내게는 남겨진 시간이 있어서.

– 언니, 저 기억하죠?

불공평한 것이 세상이라는 사실을 알고 있다.

– 언니, 언니, 그때 그 언니, 맞죠?

그래도 사람들은 말한다. 생각에 따라 삶의 모양은 바뀔 것이다. 냉수는 블루마운틴이 되고, 비명은 노래가 될 것이다. 희망의 미덕이란 그렇게 거부할 수 없는 강렬함이라고.

– 맞다, 맞다! 그 언니 맞네? 팔자치 언니, 그죠?

그러나 그건 우는 아이를 달래는 막대사탕 같은 것에 불과하다. 새빨간 단물을 쪽쪽 빨며 그걸 집어삼키리라 기대하겠지만, 나는 어린

애가 아니다. 내가 받아든 불량식품 같은 희망은 이미 자루 하나에 차고 넘쳤다.

- 어머, 이 언니 시침 떼네? 아직도 삐친 거야? 호호호, 아유, 유치하다, 우리 언니! 그런 일들은 하루빨리 털어버려야지, 왜 또 나한테 이런 일이 생기나, 또 이 모양인가, 그런 생각만 하고 죽을상을 하고 있으니, 영락없는 팔자치 언니인 거지. 맞죠, 더러운 팔자치 언니? 호호호!

이 순간 절실하게 기대고 싶은 것이 달달한 희망이라고 하더라도, 내 생활의 입은 지금까지 한 번도 제대로 된 희망의 맛을 보지 못했다.

- 호홋, 언니 복 받은 줄 알아요, 나처럼 긍정적이고 지적인 사람을 만나는 게 어디 쉬운 일인 줄 알아요? 나 같은 사람을 자꾸 만나 좋은 기운을 받아야, 언니 일들도 다 잘 풀리게 되는 거라고요. 또 이 모양이네, 또 이 모양이네, 하는 더러운 팔자도 하루빨리 벗어버릴 수 있는 거고. 호호호.

화장실 문을 가로막은 그는 거대했다. 키가 커 보이기는 했지만, 남편보다 족히 십 센티 이상 큰 모양이었다. 볼일을 보고 나온 여자 하나가 문을 가로막은 그를 보며 흠칫 놀랐다. 손 씻을 생각도 못하고 그 손으로 입을 막고는 냅다 화장실 입구로 뛰었다. 거구의 그를 피해 후다닥 뛰어나가는 그녀의 입에서 비명이 새어나왔다.

- 어머머, 쟤 왜 저렇게 오버니? 기가 막혀, 정말.

삐죽이는 입술 주위로 거뭇한 수염 자국이 또렷했다. 요즘 그런 사람들은 하다못해 빚을 내서라도 얼굴을 고치는 것이 먼저라고 하던데. 그의 모습은 기골이 장대한 남자가 분홍색 립스틱 하나를 바른 꼴에 지나지 않았다.

— 그치, 언니? 저런 애들 정말 재수 없지? 한밤중에 남자만 뒤에 쫓아오면 다 자기 따라오는 줄 아는 공주병에, 도끼병까지. 옷깃만 스쳐도 악! 손만 닿아도 만졌네, 주물렀네, 악, 악, 악! 어휴, 재수 없어! 흥!

물론 그에게도 세상은 지독히 불공평했을 것이다. 삶이라는 그의 자루 속에도 새빨간 희망은 이미 그득했을 것이다. 알고 있다, 이제는 나도 알고 있다.

— 잠깐만요, 언니.

그는 옆으로 물러선 나를 붙잡았다. 그를 둘러싼 불공평한 세상을 충분히 공감하고 있다고 생각했다. 나도 알고 그도 아는 일이니, 내 삶이 안쓰러운 것처럼 그의 삶도 안쓰럽다, 그렇게 생각하고 있다고 믿었다. 그런데 두 발이 뜻대로 움직이지 않았다. 어느새 나는 그를 피해 주춤거리며 도망치려 하고 있었다.

— 언니, 잠깐만!

그는 내 쪽으로 막아섰다.

— 언니, 나 좀 도와주면 안 돼요?

예쁜 담배

잔뜩 어깨를 구부려 그는 자신의 간절함을 표현했다.

 – 요 앞에 약국에 가서 데포훼민이라는 약 좀 사다주라, 응? 미로
데포도 괜찮은데. 어쨌든 아무거나 먹는 거 말고, 주사약으로, 응?
언니, 언니, 응?

 그는 몸을 웅크려 발을 동동 굴렀다. 그게 무언지는 모르지만, 얼
마나 간절했는지 그는 거의 울상이었다. 알고 있다, 그렇게 잔인하
도록 불공평했던 세상. 네 마음대로 태어나지 못했고, 네 마음대로
살아갈 수 없는 그런 세상.

 – 비켜요.

 – 아이, 언니, 좀 들어줘요, 응? 우리 언니, 이것도 인연이잖아요,
응? 이렇게 많은 병원에, 이렇게 많은 사람들 중에 두 번씩이나 이렇
게 얼굴을 마주치고 이야기하고 그러는 게 쉬워요? 그러니까, 언니,
응? 부탁할게요, 응?

 그는 팔짱을 끼려는 듯 내 팔꿈치를 붙들었다.

 – 비켜요, 비키란 말이야!

 – 어머, 언니?

 – 안 비켜요? 안 비킬 거야?

 공포에 질린 듯 몸이 부들부들 떨렸다.

 – 아이, 언니, 그러지 말고 제발요, 제발, 응?

 콧소리를 내며 그는 내 어깨를 감쌌다.

– 악, 악! 악!

구토처럼 비명이 쏟아졌다. 몸서리치며 바닥에 주저앉은 채였다. 문이 열린 것은 그 순간이었다. 유니폼을 입은 남자 둘이 뛰어들어왔다. 그들 뒤에는 좀 전에 도망쳤던 여자가 손으로 입을 가린 채 기웃거리고 있었다.

– 당신 뭐야!

– 어머머, 왜 이래요? 아저씨들 왜 이래요? 어머머!

남자들에게 끌려나가며 그는 동동 발을 굴렀다. '언니, 언니!' 여러 차례 나를 불렀지만, 들을 수 없었다. 이미 나는 내 비명소리에 놀라 귀를 틀어막고 있던 중이었다.

그런데, 이상하다. 왜 자꾸 똑같은 여자아이가 꿈에 나타나는 걸까. 임신은 아니었다. 그런데 잠에 빠져들 때마다 갈래머리를 한 여자아이의 뒷모습은 어김없이 내 앞에 나타났다. 흰 꽃으로 엮은 머리끈. 봄꽃처럼 은은한 노랑 빛의 원피스. 바람이 부는지 이마에서 흘러내린 잔 머리카락이 나풀나풀 뒤로 넘어왔고, 살짝 안쪽으로 모은 두 발은 수줍은 듯 가지런했다. 그런데 아이의 얼굴을 볼 수 없었다. 이번에는 기필코 보고 말 테다, 발버둥을 치듯 아이의 어깨에 손을 올리면 나는 여지없이 꿈속에서 튕겨 나왔다.

그렇게 이불을 걷어차고 일어나면 마음이 먹먹했다. 아이를 바라는

예쁜 담배

내 간절함이 그렇게 지독했던 걸까. 십 년이 다 되도록 생기지 않던 아이는 우리를 버린 부모처럼 인연이 되지 않을 뿐이라고 생각했는데, 나도 모르는 내 간절함이 꿈속에서 커졌던 것일까. 가질 수 없는 것이기에 꿈이라는 자궁 속에 아이가 생겼던 것일까. 먹먹한 가슴을 진정시키지 못해 나는 그렇게 오래도록 뒤척이며 잠을 이루지 못했다.

  ─ 해.

  ─ 안 해.

  ─ 해.

  ─ 안 한다니까?

술병을 뒤집어썼는지, 이른 저녁 말도 없이 나갔다가 들어온 그의 몸에선 시큼한 알코올 냄새가 풍겼다.

  ─ 그냥… 그냥 해.

  ─ 이성적인 사람이 왜 그래? 오빠 이성적인 사람이잖아?

  ─ 그래도 해.

  ─ 안 한다고 안 해!

나를 노려보는 그의 두 눈에 미약한 불빛이 흔들렸다. 그는 당장 내일부터 의사가 이야기한 치료를 시작하라고 말했다. 나는 쓸데없는 짓이라고 대답했다. 차라리 평온함을 보여 달라고 했다. 겨우 몇 달,

혹은 몇 년의 삶을 담보하기 위해 가진 것 없는 모든 것을 쏟아 붓는 일은 당신이 이야기했던 '쓸데없는 법석'과 다를 것이 없다고.

─ 해.

─ 안 해.

─ 해.

더 이상 나는 대답하지 않았다.

─ 해.

물끄러미 남편을 봤다. 남편은 고꾸라질 것처럼 바닥에 얼굴을 박고 있었다.

─ 해! 해, 해!

갑자기 그의 말이 머릿속에서 뒤엉켰다. 그가 하는 말이 내가 생각하는 말과 같은 것일까. 이글이글 타오르는 태양이거나, 어쩌면 내가 모르는 다른 '해'를 떠올리고 있는 건 아닐까. 당연히 그게 무슨 말인지 알고 있다고 생각했는데, 순식간에 머릿속이 어지러웠다. 내가 알고 있는 말과 다른 말. 내가 생각하고 이해하는 것과 언제나 달랐던 그의 언어.

남편 혼자서 운영을 하는 건 불가능할 테니 조만간 가게를 정리해야 할 것이다. 정리라고 하는 것도 보증금에서 밀린 월세를 제하고, 남는 돈으로 밀린 재료비며 할부로 구입했던 냉장고와 튀김기의 잔금을 제하고, 가게 안 기기들의 중고 값을 가늠하는 일일 것이다.

나 혼자만의 정리가, 남편과 나 두 사람 모두의 정리가 되지 않도록 애를 써보겠지만, 결국 한 사람을 위한 몫도 남지 않을 것이다.

– 해! 제발… 해.

남편은 갑자기 의자에서 벌떡 일어났다. 주문 전화라도 울렸던 것처럼 그는 차가워진 기름의 온도를 높였다. 냉장고에서 토막 낸 닭들을 꺼내 튀김옷을 입히기 시작했다. 풍덩풍덩 뜨거워진 기름에 토막 난 것들을 던져 넣었다. 쏴쏴 소리를 내며 뜨거워진 기름이 여기저기 튀었고, 남편은 토막 난 그것들을 새까맣게 탈 때까지 기름 속에서 지글지글 튀겼다.

어쩌면 그 사이, 남편은 또다시 내가 이해할 수 없는 말들을 중얼거렸는지도 모른다. 평소의 그답지 않게 내게 소리를 질렀는지도 모른다. 물론 나는 항상 그랬듯이 아무 말도 듣지 못했고, 들었다고 하더라도 여전히 이해할 수 없는 말들이었을 것이다. 그는 언제나 그렇게 혼자서 마음껏 들을 수 없는 말들을 중얼거렸다. 이해할 수 있다고 하더라도 그건 언제나 남편 혼자만의 언어였다.

맞다, 까맣게 잊고 있었는데, 남편에게도 이루지 못한 꿈이 있었다. 그건 바로 시인(詩人)이 되는 것이었다.

3.
기방을 머리에 쓴 시인

며칠째, 내 눈을 피하며 말이 없던 남편은 아침 일찍 카메라를 들고 집을 나섰다. 어디를 간다는 말은 없었다. 카메라를 든 그에게는 목적지가 없었다. 문밖이 목적지다, 라고 말하는 그의 목소리는 농담인 것 같기도 했고, 진담인 것 같기도 했다. 어느 날 나는 그가 찍어온 사진들을 들여다보다가 물었다.

 '예쁘고 기분 좋아지는 것들도 많은데, 왜 맨날 이런 걸 찍으러 다녀?'

 그의 사진 속에 있는 건 하나같이 쓸모없어 보이는 것들뿐이었다. 사람이 없는 버려진 의자이거나, 기울어진 나무문이거나, 주인을 잃은 자전거이거나, 깨져 도드라진 도로의 블록이거나. 그때 그는 빙긋 웃으며 이렇게 말했다.

'예뻐지라고. 너희들도 이렇게 누군가의 사진 속에 담기고 있으니, 언제나 예뻐지라고.'

그의 꿈이 시인이었다는 사실을 깨닫게 될 때마다 나는 깜짝깜짝 놀란다. 그리고 시인이 되지 못한 남편을 위해 카메라 하나를 사 준 일은 참 잘한 일이라고 스스로 말하곤 한다. 그가 시인의 꿈을 버렸는지, 아니면 아직도 그 꿈을 간직하고 있는지 알 수 없지만, 사진들을 들여다보며 중얼거리는 그의 모습은 분명 시인을 닮았다. 그렇다면 그는 오늘 어떤 시를 쓰려고 거리로 나간 걸까. 얼마나 예쁜 것들을 담아와, 어떤 시들을 내게 들려주려고.

— 그래서 지난여름에 수도세가 팔만 원이 나와 부렸다니께. 호호.

언제나 그랬듯 그녀의 웃음은 힘찼다. 하루에도 두 번씩 세탁기를 돌려야 하는 일상에 관해 말하던 중이었다. 아들 둘을 키우는 생활이 얼마나 부산스럽고 정신없는지, 그녀는 한탄 반, 웃음 반 마구 쏟아냈다.

— 시영이 아빠는 잘 지내지?

— 그냥저냥 그렇죠, 뭐. 근데 언니. 이 인간이 요즘은 내가 어디다가 돈을 쓰는지 꼬치꼬치 캐묻고 그러데요? 내가 어디 엄한데 돈을 썼을까 봐 감시하는 것도 아니고. 그죠, 언니?

샛눈을 뜨며 그녀는 이를 앙 물었다.

— 시영이 시원이 처음 가졌을 때에는 집 한 채라도 떡 하니 내 앞에 가져다 놓을 것처럼 유세드만, 요즘은 내가 애를 뱄는지 말았는지 영 관심도 없고.

그녀는 입맛을 쩝쩝 다셨다.

— 언니, 글쎄 내가 이번에 임신했다고 이 인간한테 말했을 때 뭐랬는 줄 알어요?

대답 없이 나는 그저 빙긋 웃었다.

— 여보, 나 임신이래, 이랬더니, 갑자기 펄쩍 뛰면서, 누가, 누가? 사색이 되어가지고 그러는데? 허이고, 언제는 펄쩍 뛰며 좋아서 어쩔 줄 모르더니, 이제는 사색이 되어가지고 나는 그런 일 없다, 시침 뚝 떼려고 하는데……. 허이고, 내가 기가 맥혀서. 그놈의 화상, 화상, 으이그.

부른 그녀의 배를 슬쩍 넘겨보았다.

— 똥물을 퍼부어도 시원찮을 인간, 딸내미 하나 갖고 싶다고 밤마다 옆구리를 찌른 것이 누군디? 허이고, 똥통에 빠져 뒈질 것.

억울한 사람처럼 그녀는 무릎을 쳤다.

— 잘 지내지, 다들?

— 잘 지내다 뿐이요? 밖에 나가서 빈하다 소리 들을까 봐 있는 거 없는 거 다 해맥여 놨더니, 요즘은 또 배가 나왔다고 살 뺀다고

자전거 사내라고 얼마나 징징대던지. 또 그 인간이 말하는 자전거는
뭔 놈의 것이 그리 비싼지, 요즘 인터넷 가입하면 주는 그런 자전거
랑은 또 완전 차원이 다르더만요?

 - 훗, 잘 지내나 보네, 다들.

 - 하이고, 말도 마쇼. 영락없는 애 셋이요. 이거 사내라 저거 사내라,
이거 해 달라, 저거 해 달라. 밥 달라, 물 달라. 아, 참! 맞네, 맞네.
가끔 밤마다 젖도 달라는 것을 보면 영락없이 맞네, 맞어. 히히히.

 까르르 웃으며 그녀의 몸은 활처럼 휘어졌다. 만삭의 몸인데도 그
녀는 조금도 위태롭거나 힘겨워 보이지 않았다.

 - 워메, 워메, 시간이 벌써 이렇게 되어 부렀네. 언니, 나 그만 가
볼라요. 우리 새끼들 유치원에서 올 때가 되었네. 밥 맥여야지. 덩치
큰 아들놈 들어오면 젖도 맥이고. 히히히.

 낄낄거리며 웃는 그녀의 모습이 참 예뻐 보였다.

 - 언니, 언제가 되었든 주말에 한 번 형부하고 다 같이 아귀찜이나
먹으러 가요, 예? 요즘 들어 이상하게 그게 자꾸 먹고 싶대? 거기 목
포항 앞에 아귀찜 잘하는 데 있잖아요? 언제 거그서 우리 맛난 점심
한번 먹고 옵시다, 잉? 바람도 쐬고 맛난 것도 먹고. 요즘 거기 길이
잘 뚫려서 여그서 목포까지 사십 분이면 갑디다. 그러니까 이참에
거그가서 점심 먹고 바다도 보고 그라믄 딱 좋을 것 같은디, 그죠?

 그러나 쉽게 말문이 열리지 않았다. 그녀가 이야기한 '주말에

한 번'이라는 시간은 너무도 멀게만 느껴졌다.

- 근데 언니, 보약 좀 해 묵으쇼. 얼굴에 핏기가 하나도 없는 것이······. 우리 조만간 창주 엄마랑 다 같이 몸보신 하러 갑시다, 잉? 꼭이요?

번쩍 손을 들며 그녀는 황급히 문을 나섰다. 불러오는 배 때문에 여전히 그녀의 허리는 뒤로 휘어졌지만, 그런데도 걸음걸이는 전혀 위태롭지 않았다.

- 그래, 그러자.

그러나 이미 그녀는 문밖으로 사라지고 난 후였다.

- 올해가 가기 전에, 꼭.

멍하니 인적이 드문 골목길을 내다보며 어느새 나는 그렇게 중얼거리고 있었다. 그래, 꼭. 주말에 한 번 꼭.

적은 소자본으로 가장 실패할 확률이 적은 것이 치킨집이라는 이야기를 듣고 가게를 계약했었다. 그때, 남편과 나에게 욕심은 없었다. 회사에서 받은 퇴직금과 보상금으로 가게를 마련했으니, 그저 그곳에서 받는 월급 정도의 수입이면 족했다.

좀 더 솔직히 말해, 운이 좋다면 가게에 딸린 쪽방에서 나와 임대 아파트라도 하나 얻을 수 있다면 좋겠다, 기대했던 것은 사실이었다. 새로운 시작 앞에 꿈을 꾸는 것이 인간의 습성이니, 우리도 꿈을 꾸었던 건 당연했다. 그때 우리가 떠올렸던 꿈이 희망을 닮았던 건지는 모르겠는데, 어쨌든 그즈음 남편과 나는 설레어 자주 잠을 설쳤다.

그러나 그런 설렘은 오래가지 않았다. 일주일에 두 번 물류를 공급하겠다던 가맹점에서 겨우 한 달 물건을 공급하고 소식을 끊었을 때, 우리는 배신감에 주저앉기보다는 담담하게 거짓으로 드러난 희망을 받아들였다. 항상 그래 왔다. 희망의 얼굴은 언제나 우리 앞에 새빨갰다. 그러나 가맹점에서 이야기했던 기대 수익이 예상과는 너무 동떨어지고, 길 건너편에 깔끔한 인테리어를 가진 대기업 체인의 치킨전문점이 들어서는 모습을 보면서 갑자기 현실이 두려웠다.

처음부터 우리에게 주어지지 않은 것을 소원하며 살지 않았는지, 발버둥 쳐 봤자 소용없는 삶은 아닌지. 빈 테이블에 마주앉아 공포에 질린 서로의 얼굴을 바라보았을 때, 서로 말은 하지 않았지만, 분명 그런 생각들을 떠올리고 있었을 것이다. 흐르는 물줄기에도 길이 있듯이, 우린 처음부터 길 밖에서 살아야 하는 그런 삶인 건 아닌지.

남편은 오후 늦게 돌아왔다. 분명히 카메라를 가지고 나갔는데, 그는 빈손이었다. 가게에 들어와서도 그는 내 눈을 바라보지 않았다. TV는 허공에 매달려 다른 세상을 보여주었고, 그 밑에 앉아 나는 시영이 엄마가 사라진 골목을 멍하니 내다봤다. 남편은 건너편

테이블에 걸터앉아 벼룩 같은 글씨가 뒤엉킨 정보지를 뒤적였다.

오늘은 어떤 시를 보여줄까. 예쁜 것들의 사진도 없이 그는 오늘 어떤 시를 말해줄까. 물끄러미 남편을 바라보는데, 갑자기 그가 벌떡 일어났다. 그리고 방안으로 들어가 가방을 싸기 시작했다.

– 작아.

그러나 그는 내 말을 듣고 있지 않았다.

– 작아, 안 들어가.

그의 침묵이 하고 싶은 말이란 결국 희망이겠지만, 그는 나만큼이나 희망을 불신하는 사람이었다. 나는 쪽문을 열고 방안으로 들어갔다.

– 오빠, 안 들어가! 안 들어간다고!

가방의 입은 이미 벌어질 대로 벌어져 지퍼 끝 부분이 틀어졌다. 시영이 엄마의 지인을 통해 구입한 것이었지만, 그건 중가브랜드의 로고를 어설프게 흉내 낸 가품이었다.

– 소용없어, 안 들어가!

가방을 뺏으려 손을 뻗었다. 그러나 그는 내 손을 뿌리쳤다. 서랍장에서 옷을 꺼내 있는 대로 가방 안에 우겨 넣었다. 작은 화장대 위에 놓은 화장품들도 한꺼번에 쓸어 담았다.

– 익!

남편은 가방의 지퍼를 움켜쥐고 이를 앙 물었다. 벌어진 양쪽 끝을 찢어내듯 잡아당겼다. 하지만 어림도 없었다. 마구 우겨넣은 것들은 당장에라도 가방을 뚫고 튀어나올 듯했다.

– 작아, 작다고, 오빠!

가방을 빼앗으려 다시 손을 뻗었다. 그러나 그는 아예 내게서 등을 돌려 버렸다. 지퍼를 끌어당기는 그의 손가락에 시뻘겋게 피가 몰렸다. 번들거리며 그의 목덜미에 땀이 찼다.

– 이러지마, 이러지마 오빠!

그의 어깨를 잡았다. 그러나 그는 아예 몸을 일으켰다. 이번에는 가방을 마구 짓밟기 시작했다.

– 익, 익!

의족에 간신히 지탱하고 있던 그의 몸이 기우뚱 기울어졌다. 부서진 장난감처럼 그의 바짓단 속에서 낡은 의족이 덜커덕 벗어졌다. 그러자 그는 아예 의족을 집어 들어, 벌어진 가방을 마구 내리쳤다.

– 익, 익! 으아!

결국 그는 그것들을 방구석에 팽개쳤다. 화장품 병이 깨졌는지 패배한 생물처럼 가방의 벌어진 입에서 누런 액체가 흘러나왔다. 비명을 지르고 돌아앉은 그의 어깨가 부들부들 떨렸다. 울음을 집어삼키는지 그의 숨소리가 탁해졌다.

처음부터 말했어야 했다. 아무리 힘든 일이라고 하더라도, 처음부터 똑똑히 일러주었어야 했다. 당신이 매달리고 있는 그건 아무짝에도 쓸모없는 가짜라고. 처음부터 다른 것으로 만들어진, 겉모습만 그럴듯한 가짜라고.

그러나 불행히도 나는 침묵의 말 같은 건 할 줄 몰랐다. 어떻게든 위로를 해주고 싶었지만, 언제나 그의 언어는 너무 어려웠다.

왜 그는 시인이 되지 못했을까. 가난한 사람은 시인이 될 수 없는 것일까. 그러고 보니, 내게도 변변한 꿈이 없었다. 엄마를 기다리며 어린 시절을 보냈고, 현실과 싸우며 사춘기 시절을 보냈고. 그 시절, 갖고 싶던 것들이 바로 꿈인 거라면, 내 꿈이란 나를 둘러싼 가족과, 친구들과, 가족들 사진이 걸려 있는 내 방과, 아침마다 갈아 신고 나갈 수 있는 깨끗한 신발들이었다. 남편에게는 무수히 많은 책들이 꿈이었을 것이고, 책들이 꽂혀 있는 자신의 방 하나가 꿈이었을 것이고, 언제든 책 속에 빠져들 수 있는, 절대 방해받지 않는 고요한 시간이 꿈이었을 것이다.

남편이 시인이 되지 못했던 건 어쩌면 당연한지도 모른다. 꿈이란 것이 껍질을 까야 하는 열매 같은 것이라면 남편에게는 껍질을 벗겨내는 일은 고사하고, 나무 밑에서 물끄러미 열매를 바라보는 시간조차 허락되지 않았을 테니까.

남편을 따라 병원으로 가는 버스에 올랐다. 그의 손에는 입이 벌어진 가방이 들려 있었다. 한쪽 주머니에는 돈이 든 봉투가 들어 있었다. 카메라를 팔아 급히 마련한 돈이었다. 예쁜 것들을 담아 시를 줍는 대신 그는 만 원짜리 몇 장을 담아 돌아왔다. 그것마저 예뻐지라고 카메라 대신 가지고 온 건지는 모르지만, 그날의 시는 예쁘지 않고, 그저 아픈 시였다.

– 어디 가?

그러나 그는 말이 없었다.

– 어디 가게?

– 그냥⋯ 잠깐 며칠 만.

6인용 병실은 환자들 여섯을 위한 공간일 뿐이지, 보호자들까지 열두 명의 공간으로는 턱없이 모자랐다. 그래선지 남편은 병실에 들어와, 옆 침대의 보호자와 계속 부딪히는 스스로가 불편했던 모양이었다.

– 며칠? 어디 가는데?

– 올 거야, 금방.

– 시 쓰러 가?

갑작스런 시 이야기에 남편은 물끄러미 나를 봤다.

– 오빠 원래 그랬잖아. 잠깐 다녀온다고 하고는 사라져서 저기 사람 안 보이는 구석에 가서 뭐 쓰고 그랬잖아. 내가 모르는 줄 알았어?

그는 또 말이 없었다. 아니다. 어쩌면 남편이 말을 하는 유일한 시간은 이렇게 침묵을 지키는 순간인지도 모른다. 고요한 이 순간, 그의 머릿속에 떠오르고 있을 무수히 많은 언어.

 ─ 뭐라고 안 그럴게. 우리 주제에 무슨 그따위 것들을 쓰고 앉았느냐고 그런 소리 안 할게.

 남편의 고개가 푹 꺾어졌다.

 ─ 여기서 그냥 써. 여기, 여기.

 나는 부러 좁은 침대 옆으로 물러나 공간을 마련해주었다.

 ─ 다녀올게. 검사하고 치료 시작하기 전까지는 올 거야.

 남편은 황급히 몸을 움직여 병실을 나섰다.

 ─ 오빠, 오빠?

 그러나 그는 돌아보지 않았다. 낡은 의족 때문인지 그의 걸음걸이가 유독 위태로워 보였다.

 잠자리가 바뀌어선지 잠은 오지 않았다. 6인용 병실에 뒤척이는 사람들의 목소리와, 고통을 참아내는 그들의 낮은 신음소리는 더욱 끔찍한 것들을 떠오르게 했다. 조용히 복도로 나왔다. 불이 꺼진 복도는 어둠 속으로 끝없이 빨려 들어가는 듯했다. 두려웠다. 문밖이나, 안쪽이나 두렵기는 마찬가지였다.

 그때였다. 어디선가 매캐한 냄새가 콧속으로 스몄다. 담배 냄새였다. 누군가 복도 끝에서 담배를 태우는지 보이지 않는 연기가 그 속에서 흘러나오고 있었다.

― 오빠?

구석에 쭈그리고 앉아서 무언가를 쓰던 남편의 모습이 떠올랐다. 그러나 어쩌면 그건 바람인지도 모른다. 그곳에 그가 있었으면 하는 간절한 바람.

― 오빠야?

좀 더 목소리를 높였다. 그렇게 믿고 나니 두려움은 훨씬 덜했다. 성큼성큼 연기가 나는 쪽으로 다가섰다. 그러다가 문득 걸음을 멈추었다. 어느새 나는 동굴처럼 새까만 어둠 속으로 천천히 걸어 들어가고 있었다. 오랜만에 맡는 담배 냄새는 향기처럼 나를 끌어당겼고, 보이지 않는 생각 속의 환상은 두려움을 지웠다.

그런데 거기, 너무 어둡다.

순간, 하얀 얼굴 하나가 새까만 어둠 속에서 둥실 떴다.

― 악!

얼굴을 감싸 쥐며 털썩 주저앉았다. 심판의 소리처럼 기이한 목소리가 기다란 복도를 왕왕 울렸다.

― 어머, 언니?

그건 여전히 변조에 실패한 목소리였다.

그는 담배 한 개비를 내밀었다. 담뱃갑을 쥐고 있는 그의 손톱은 깨져 있었다. 매니큐어를 지우는 법을 배우지 못했는지, 덜 지워진 분홍색 매니큐어는 색깔의 때처럼 손톱 구석에 뭉개져 있었다. 얼굴 화장도 지우다 말았는지 턱밑이며 목덜미에 파우더 가루가 덕지덕지 엉겼다.

  ― 어머, 그럼 언니도 암 걸렸구나?

  담배 개비를 받아들다가 화들짝 놀랐다. 그건 마치 감기에 걸렸느냐고 묻는 말투이거나, 무좀이 있느냐는 비아냥거림을 닮았다.

  ― 와이?

  아무 일도 아니라는 듯 그는 어깨를 으쓱했다.

  ― 에이, 요즘 암이 무슨 병인가? 항암제도 좋아져서 웬만하면 다 낫는다는데?

  또다시 어깨를 으쓱. 목이 탔다. 들고 있던 담배 연기의 환각이 간절했다.

  ― 뭐 말기라면 약이니 수술이니 소용없는 일이겠지만. 그럼 깨끗이 물러나 주는 거지 뭐. 추잡스럽게 버둥거리며 사느니보다는 깨끗하게 두 손 들어주는 거지.

  온몸에 소름이 돋았다. '추잡하다'는 이야기에 목구멍 속으로 악소리가 저절로 고였다.

  ― 빵하고 쏘면, 끽 죽어주는 거지, 까짓 거!

그는 항복한 사람처럼 두 손을 번쩍 들었다.

- 그나마 언니는 암이라도 걸렸지, 나는 환자도 아닌데 여기 이렇게 갇혀 있는 거잖아? 우리 아빠가 여기 꼰대하고 친구거든. 나를 정신병원에 보내니 마니 그러다가 여기에 처박아 넣더라고.

그는 한숨을 푹 쉬었다.

- 자식이 정신병원에 있는 건 쪽팔리니까 우아하고 고상하게 시한부 인생을 가진 환자로 만들어서 가둬 놓은 거지. 흑, 내 피부가 원래 창백해 보일 정도로 투명해서 사람들이 깜빡 속아 넘어가기는 하지만.

그는 열여덟 소녀인 양, 두 볼을 감싸 쥐었다.

- 언니는 내 맘 이해하지? 소수자의 삶이란 이렇게 고단하고 힘겨운 것이거늘, 무수히 많은 편견과 싸우며 이겨내야만 살아낼 수 있는 이 비참하고 안타까운 현실. 흑흑흑.

허공을 향해 손을 뻗던 그는 복도 바닥에 그대로 엎어져 통곡하는 사람의 흉내를 냈다. 그러다가 고개를 휙 뒤로 돌렸다.

- 언니, 나 예쁘지?

어둠 속에서 그의 눈빛은 희번덕거렸다. 그런데도 그는 속눈썹이 도드라진 눈을 깜빡이며 계속 물었다.

- 정말 우아하지 않아? 지적이고 고상하고. 그치, 그치?

그는 다시 자세를 고쳐 앉았다.

- 여자가 섹시함만 가지고 있으면 안 되지. 섹시도 지성과 어울려야 그게 아름다운 거지,

한껏 턱을 치켜들고 가슴을 죽 내밀었다. 환자복 사이로 드러난 가슴은 수염이 난 턱과 따로 놀았다. 잘못 맞추어진 퍼즐처럼 그건 기괴했다.

- 내 장담하지. 요즘의 트랜드가 섹시지만, 금방 그건 시들해질 거라고. 이제부터는 지성과 섹시가 결합해서 고혹적인 자태를 뽐내야만 진정한 섹시함으로 인정받는 시대가 올 거라고. 그러면 나처럼 숨겨진 보석 같은 미인들이 각광을 받는 시대가 올 거야.

그는 팔꿈치를 움직여 만들어진 가슴을 끌어모았다.

- 꿀벅지? 가슴골? 흥, 이제 그건 식상해질 거야. 인텔리젼스! 바로 그거지, 그거. 지성! 우후, 지성!

그의 목소리는 빈 복도를 쩌렁쩌렁 울렸다. '언니라고 불러도 되지?'라고 물었을 때 고개를 저어야 했던 것일까. '아잉, 언니!' 하며 호호호 웃었을 때, 지난번 화장실에서 소리를 질렀던 일이 미안하니까, 라는 생각을 말아야 했을까. 그냥 그대로 일어서버리고 싶었다. 더 이상 여기 있어서는 안 될 것 같은 견디기 힘든 이물감.

- 그렇다고 너무 지적이기만 하면 곤란하지. 그 누구냐, 책 쓰는 그 언니는 아유, 그건 너무 심하더라. 그건 당당한 거라기보다는 뻔뻔스러운 거지, 원. 그래도 기본적인 섹시함은 가지고 있어 줘야

하는 거지. 암, 암!

크게 고개를 끄덕이던 그는 문득 내게 고개를 돌렸다.

- 맞다, 암! 근데 언니는 어디야?

그의 물음을 이해하지 못해 내 눈빛은 멍청했다. 자세히 보니 그의 화장은 지우려고 했던 것이 아니라, 물기에 뭉개져 있는 것 같기도 하고.

- 암 걸린 데가 어디냐고? 어디, 위? 폐? 아니면 가슴? 아니면⋯ 거기? 호홋.

담배를 쥔 손이 부들부들 떨렸다. 잠시 말이 지워진 사이, 그의 눈빛이 내 몸을 훑어가는 것이 분명히 느껴졌다. 게다가 그렇게 말해 놓고 웃어버리다니. 내 안에서 인간에 대한 환멸이 중국 화약처럼 팍팍 터졌다.

- 호홋, 아유 병이라는 게 심각하게 받아들이면 더 심각해지는 거야, 언니. 이렇게 웃으면서 아무렇지 않게, 응? 즐겁게 깔깔깔 웃으며 아무렇지 않게, 응? 호호호.

그는 커다란 어깨를 들썩였다. 처음 만났던 그때처럼, 춤이라도 추는 모양이었다. 겨우 담배 한 대를 태우고 싶다는 생각으로 너무 심한 대가를 치르고 있다. 이건 너무 혹독하고 혐오스럽다. 단순히 잔인한 현실, 이라고 받아들이기에 이건 너무 끔찍하다.

천천히 몸을 일으켰다. 돌아서면 그만이다. 눈물이든, 비명이든,

그에게는 추잡한 것처럼 보일 것이다. 아무렇지 않게 깔깔깔 웃으며 지나야 하는데 그건 고작 쓸데없는 법석이 될 것이다. 무릎을 폈다. 두드려 맞기라도 한 것처럼 온몸이 욱신욱신 아파 왔다.

 ‒ 어디 가?

그건 시간을 포개놓은 듯 익숙한 말투였다.

 ‒ 저 구석에 쭈그리고 앉아 질질 짜려고 그러지?

환청이라도 들은 것일까? 천천히 그를 봤다. 팔짱을 끼고 모퉁이에 앉은 그는 새까만 어둠 속을 들여다보며 중얼거렸다.

 ‒ 원래 그러잖아? 그깟 것도 자존심이고 쪽팔림이라고 남들 앞에서는 울지도 못하고 구석에 처박혀 질질 짜는 거. 내가 모르는 줄 알았어?

어디서 나와 남편의 대화를 엿들었을까? 이죽거리는 그 표정은 영락없이 내 얼굴을 들여다보는 듯했다.

 ‒ 여기서 울어. 여기, 여기! 내가 귀 막고 못 들은 척할게. 자!

엉덩이를 움직여 그는 옆으로 물러났다. 탁탁 바닥을 치는 손은 어떤 문이라도 두드리는 듯 복도를 꽝꽝 울렸다. 바닥이 쪼개지며 무언가 튀어나올 것 같은 환상 때문에 다리에 힘이 풀렸다. 그러고 보니 나는 이미 내가 두려워했던 그 어둠 속에 들어와 있었다. 그것도 그 한복판에.

 ‒ 언니, 얼마나 살아?

들고 있던 담배 개비가 손안에서 뭉개졌다.

– 얼마나 사냐고? 한 달? 두 달?

입이 벌어지지 않았다.

– 아니면 육 개월? 일 년?

어느 물속에 휩쓸리기라도 한 것처럼 온몸이 축축하게 젖어왔다.

– 언니, 어디 가고 싶은 데 없어?

천천히 고개를 돌려 그는 물었다.

– 원래 다들 그러잖아? 이젠 끝이구나, 하고 나면 돌아가고 싶은 그런 데가 떠오르잖아? 죽음을 앞둔 마지막 여행 같은 거, 제가 태어난 곳으로 다시 돌아가는, 광어인지, 연어인지, 물고기 새끼들이 하는 짓 같은 그런 거. 호홋. 언니는 그런 거 없어?

그는 또다시 킥킥거리며 물었다. 마구 소리를 질러주어야 하는데, 네깟 것들이 어디 그런 삶을 알기나 하느냐, 아무렇게나 삶을 낭비하고 있는 너희 같은 것들에게 어디 그런 말이나 할 자격이 있느냐 악다구니를 써야 하는데, 입이 벌어지지 않았다. 그랬다가는 축축하게 고여 있던 것들이 한꺼번에 쏟아져 나올 것만 같았다. 어떤 물줄기에 휩쓸려 나도 모르는 곳으로 떠내려갈 것만 같아서.

– 언니, 오늘 나랑 도망칠래?

밀어를 전하듯 그는 속삭였다. 하지만 나는 대답하지 못했다. 나 대신 희미하게 흔들렸던 복도의 등불 하나가 팍 터지며 꺼졌을 뿐.

가방을 머리에 쓴 시인

그렇게 그와 나는 새까만 어둠 속에 갇혀버렸다. 정말 그건 끔찍한 속이었다.

4.

시간의 이름

― 뭐 그런 델 가자고 그래?

 그는 투덜거리며 물었다.

 ― 그런 데가 있기는 해? 터미널 간판에 그렇게 쓰여 있었다고? 무
슨 포장마차 간판도 아니고, 사람들 다 드나드는 터미널에 그렇게
쓰여 있었단 말이지?

 고개를 끄덕이지는 않았다. 내가 그렇다고 하더라도 그는 또다시
어깃장을 놓을 것이 빤했다.

 ― 그게 말이 돼, 그게? 당장에 사람들이 민원 넣고, 공무원들 계장
한테 엄청 깨지고, 오기로 어울리지 않게 번쩍거리며 엄청 큰 간판으
로 여기저기 덕지덕지 붙이는 게 보통 일인데, 그게 말이 되느냐고?

창밖을 봤다. 파릇한 이파리들이 터지기 시작한 봄 풍경은 모든 등성이를 환하게 색칠하고 있었다.

― 게다가 산이 새까맸다고? 꿈꿨니? 아니면 언니, 어린 나이에 술을 좀 하신 거 아니우? 하긴 나도 초등학교 때 술맛을 알기 시작했으니까. 흠, 흠. 어쨌든, 언니, 정말 언니 말대로 그런 데가 있다고 하더라도 지금까지 그게 그대로 남아있겠냐고? 부수고 다시 짓고 깔아뭉개고 무조건 번쩍번쩍하게 다시 짓는 게 대한민국의 자랑스러운 습성인데, 그게 여태까지 남아있겠냐는 말이지.

환자복을 벗은 그의 모습은 더욱 도드라졌다. 하필 분홍색으로 걸쳐 입은 원피스는 가뜩이나 큰 그의 키를 더욱 거대하게 만들었다.

― 그게 다 새마을운동 때 만들어진 습성이라고, 그게. 옛날 것들, 칙칙한 것들 다 깔아뭉개고, 무조건 반짝거리는 걸로만 도배를 해버리는 거. 그 안에 뭐가 들었는지, 그 시간을 이겨낸 것들이 얼마나 소중한지 생각도 하지 않고 무조건 번쩍번쩍하는 걸로만 도배를 하는 그 못된 습성, 에이그!

― 너, 새마을운동도 아니?

흠칫 놀라며 그는 눈길을 피했다.

― 어? 어… 흠, 흠. 아니, 나도 가게에 있을 때 다른 언니들한테 들었거든.

― 솔직히 말해봐. 몇 살이니?

– 나? 어머, 말했잖아? 스물다섯. 팔육, 팔육. 이 언니가 사람을 아주 뭘로 보고, 어머머, 이 언니, 정말? 나 기분 나쁠 뻔했어, 흥!

그는 토라진 사람처럼 고개를 팩 돌렸다.

– 그럼, 이름은?

– 어머, 리브라고 그랬잖아? 리브 킴!

정색을 하는 그의 얼굴을 보며 피식 웃고 말았다. 그가 말한 리브 타일러라는 배우를 나는 알지 못했고, 그런 배우가 있다고 하더라도 사람들이 그 배우를 닮았다고 자신에게 그런 이름을 붙였다는 사실도 믿기 어렵기는 마찬가지였다. 그 배우가 남자가 아닌 다음에야.

– 언니, 반지의 제왕도 안 봤니? 에오윈 공주 몰라? 이 언니 완전 문화생활을 몰라도 너무 모르네? 언니 혹시 간첩 아니니? 휴대폰도 없다고 그러고, 고향도 모른다고 하고. 무슨 빠쓰 정류장이니 뭐니 그런 데나 찾으러 가자고 하고. 정말 북한에서 남파된 간첩인 거 아냐? 수상해, 수상해?

샛눈으로 그는 나를 노려봤다. 그러나 수상하고 이상한 건 오히려 그였다.

– 간첩도 아니? 남파라는 말도 알고?

– 흠, 흠. 다 들은 거라니까? 내가 기억력이 원래 좀 좋아. 한번 들은 건 절대 까먹지 않는다고. 원래 우리 같은 애들이 천재적인 능력 한두 가지쯤은 타고나는 게 보통이라고! 이 언니, 뭘 알지도 못하면서

이래, 흥!

이제 그는 아예 내게서 몸을 틀어 앉았다. 어차피 나는 그를 모른다. 그가 이야기하는 '리브'라는 배우도 알지 못했고, 그가 그토록 빠져있는 탱고라는 춤도 알지 못한다. 그리고 그는 내가 기억하는 그곳을 알지 못했다. 처음부터 우리는 서로를 알 수 없었다.

– 언니는 거기가 어느 지역인지도 모르지? 아무리 어렸을 때라고 하더라도 기억력이 그게, 그게 뭐니? 원숭이니, 돌고래니?

엄마의 뒷모습을 닮은 여자를 따라 버스에 올랐고, 그리고 내려섰던 곳이 수원이었다. 거기까지는 기억하고 있지만, 그 버스가 어디에서 오는 버스였는지, 그 버스의 이름도 출발지의 이름도 기억에 남아있지 않았다.

갑자기 두렵다. 이름을 잃어버린 내 기억의 정체. 그래서 나는 남편에게 남긴 쪽지 위에 그렇게 쓸 수밖에 없었던 것일까. '잠깐 다녀올게요, 걱정하지 말아요.'라고. 어디를 가는지, 누구를 만나야 하는지. 갈 수 있을지, 만날 수 있을지, 확신할 수 없는 일이어서. 어차피 시간에게는 이름이 없어서.

– 그래도 언니가 자란 보육원에는 그런 서류 같은 게 있겠지, 뭐. 언니는 거기 갔다가 오는 동안 나는 우리 파트너 좀 만나야겠다. 호홋.

– 파트너?

- 응, 파트너.

그의 얼굴은 또다시 금세 발그레 졌다. '남자친구' 같은 것이냐고 물으려는데 입이 떨어지지 않았다. 혹시 가벼이 몸을 섞고 헤어지는 그런 '파트너'는 아닌지 소름이 끼쳤다.

- 그래, 파트너, 파트너도 몰라?

화가 난 듯 그는 눈을 동그랗게 떴다. 나는 애써 그의 눈길을 피했다. 남자 옆에 붙어 앉아 홍홍 거리는 그의 모습이 도무지 그려지지 않았다. 화장을 고치는지 딸깍거리며 화장품 가방이 열리는 소리가 들렸다. 거울 속으로 입술을 내미는 그의 모습을 훔쳐보다 고개를 돌렸다. 그는 또다시 분홍색 립스틱을 돌돌 거리며 입술에 바르고 있었다.

기대 같은 건 없었다. 고등학교에 들어가면서 이미 들었던 똑같은 이야기였다. 성인이 되어 보육원을 나오면서 받아든 서류에는 모든 것이 더욱 또렷하게 기록되어 있었지만, 그 어디에도 내가 떠나온 그곳의 이름은 없었다. 그러니 별다른 이야기를 듣게 될 거라고는 생각하지 않았다.

다시 수원터미널에 도착했을 때, 시간을 정해 만나기로 한 것도 아닌데, 기다렸다는 듯 리브가 나타났다. 보육원에 들렀던 일은 어떻게 되었는지, 그곳에 대한 것들을 좀 알아냈는지 관심을 보이지도,

묻지도 않았다. 그저 방을 구해놨다며 오늘 밤은 거기서 보내자고 내 손을 잡아끌었다.

그와 같은 방에서 밤을 보내는 일은 탐탁지 않았다. 다른 방을 하나 알아보겠다, 이야기하려고 했는데, 그는 나를 방에 들여놓고 샤워실로 쏙 들어가 버렸다. 모텔방 구석에 어색하게 앉은 나는 엉덩이에 가시가 돋는 것 같은데, 뜨거운 목욕이라도 하는지 욕실에서 흥얼거리는 노랫소리가 들려왔다.

갑자기 이 상황이 낯설게 느껴졌다. 무엇에 이끌려 나는 저 사람을 따라 병원에서 나왔을까. 이렇게 함께 여행을 하기로 결정한 일이 현명한 것일까. 마술 같은 시간들이 슬그머니 일어섰다.

― 언니, 언니도 들어올래?

대답이라도 하듯 몸이 튕겨 올랐다.

― 여기 욕실은 좀 괜찮네. 여전히 좁아터지기는 했지만. 도대체가 두 사람이 들어올게 뻔한 이런 데, 왜 욕조는 1인용인 거야? 욕조에서까지 포개져서 씻으라는 거야, 뭐야? 그마저도 나처럼 늘씬한 다리를 가진 여자들은 다리도 못 펴게 만들었으니. 언니, 그래도 샤워실 공간은 넓어. 안 들어올래?

― 아, 아냐, 괜찮아.

되도록 낯선 두려움을 들키지 않도록 나는 또박또박 대답했다.

― 물 틀어 놓을까?

반투명의 유리가 단단한지 그는 엉뚱한 말들을 늘어놓았다.

─ 아냐, 난 다른 방 가서 잘게.

이번에는 조금 크게 소리치듯 말했다.

─ 욕조는 너무 작다니까? 우리 둘이 못 들어가.

그러나 그의 대답은 또다시 어긋났다. 대답이 틀렸다는 사실을 말해주기 위해서 욕실 가까이 가는 일은 내키지 않았다. 어쩌면 내가 무슨 이야기를 하더라도 그는 이해할 수 없을지도 모른다. 어차피 우리는 서로를 모른다. 갑자기 모든 것이 쓸모없다는 무력감이 온몸에 스몄다.

─ 강원도겠지?

─ 응?

그는 이제 아예 혼잣말처럼 중얼거렸다.

─ 거기 말이야. 산이 굉장히 높았다며? 그럼 강원도지, 뭐.

그런데 이번에는 오히려 내 말을 듣고 있는 투였다.

─ 강원도?

─ 그래, 우리나라에 산이 높은 데가 강원도 쪽밖에 더 있어?

하지만 자신이 없었다. 확신이 서지 않았다. 그저 물결 모양의 입간판만 머릿속에서 뱅글뱅글 돌고 있을 뿐.

─ 만나야 한다는 사람은 만났니?

─ 아니면 말고. 그럼 간 김에 바다나 보고 오지 뭐. 겨울 바다나

여름 바다도 아니고 봄 바다는 좀 밋밋하긴 하겠지만. 뭐, 그래도 바다는 바다니까. 왜 영화 같은 데서 보면 죽을 날 받아놓은 사람들 대부분 마지막에서 바다로 가잖아? 무슨 지들끼리 약속을 했나, 바닷가에 뭐 먹을 걸 묻어 놨나? 호홋.

그의 대답은 또다시 어긋났다. 이제 아예 나는 바닥에 몸을 뉘었다. 다행히 바닥은 기억을 되살리는 옛날 방처럼 뜨끈뜨끈했다.

 - 만나야 할 사람을 만나니까 좋았니?

어느새 나도 혼잣말하듯 중얼거렸다.

 - 그치? 생각해보니까 언니도 웃기지? 계곡이나 강이나, 뭐 놀이공원 같은데 갈 수도 있는 거 아니야?

혼잣말 같은 그의 말은 계속 이어졌다.

 - 윽, 나 다음 달에 죽으니까 롯데월드에 갔다 올게. 마지막으로 자이로스윙을 하루 종일 타고 싶어. 윽! 이거 이상한가?

누구를 흉내 내는지 그의 목소리는 가파르게 오르내렸다.

 - 나도 만나고 싶은 사람을 만나면 좋을까?

매번 하얀 얼굴로 떠오르던 엄마의 모습이 머릿속에 그려졌다. 번번이 나는 그 속에 아무런 표정도 그려 넣지 못했다. 어렸을 때에는 무작정 웃는 모습을 그렸지만, 지금 내가 그릴 수 있는 건 모든 것이 지워지고 그저 새하얀 무표정의 얼굴뿐이었다.

 - 또 자이로스윙을 몰라? 롯데월드는 아니? 에버랜드는? 도대체

그 나이 되도록 뭐하면서 살았니? 노래방은 가 봤니? 명동이나 홍대
는 가봤어? 이태원은? 남산은?

 씩씩거리며 그의 목소리는 계속 이어졌다.

 ─ 한 번은… 만나야 하는 거겠지? 한 번은, 살아서.

 ─ 한강은 왜 갔니? 설마 다른 사람들처럼 몸매 생각해서 강변을 뛰
느라 갔던 건 아닐 테고. 죽으려고 갔니?

 투덜거리는 그의 목소리는 욕실을 쩌렁쩌렁 울렸다.

 ─ 꼭 살아서, 한 번은.

 ─ 하이고, 그런데 살고 싶은 마음이 생겼어? 뛰어내리려고 갔더니
살고 싶은 생각이 들기는 해? 그 봐, 그 봐. 죽으려고 하지 않아도 다
죽을 때가 오잖니. 뭘 기를 쓰고 한강까지 나가 죽으려고 애를 쓰니?

 샤워를 하는지 다시 물줄기 소리가 들렸다.

 ─ 그걸 상상해봐. 죽고 난 다음에 물에 퉁퉁 불어 강물 위를 떠다
니다가 사람들한테 발견될 걸 생각해보라고. 어우, 쪽팔려. 살아서
도 더러운 팔자, 죽어서까지 그런 꼴로 죽어야 한다고 생각해보라
고! 어유, 쌍!

 그의 욕지거리가 욕실 밖으로 쑥 튀어나왔다. 어느새 천천히 눈이
감겼다. 피곤했던지 나는 조금씩 혼곤한 잠 속으로 빠져들고 있었다.

 ─ 언니, 자?

 ─ 아니, 안 자.

어차피 들을 수 없는 일, 희미한 목소리로 대답했다.

— 언니, 침대는 내가 쓴다? 나 워낙 예민해서 곁에 사람 있으면 못 자거든. 그러니까 언니가 이해해?

리브의 혼잣말은 그러고도 한참을 더 이어졌다. 물론 내 혼잣말도 마찬가지였다.

아이는 걸음을 멈추었다. 손을 내밀면 다시 한발 앞서 걸었고, 다시 두어 걸음 따라가면 껑충껑충 그만큼 멀어졌다. 문득 아이를 돌려세우는 일이 쓸모없다는 생각이 들었다. 지난밤의 무력감이 꿈속에까지 스몄던 건지.

그런데 내 발걸음을 따라 아이도 멈춰 섰다. 바람을 따라 아이의 잔 머리카락은 머리 뒤로 나풀나풀 넘어왔다. 머리끝에 묶인 흰 리본들도 조금 더 바스락거리는 느낌이었다. 그러고 보니, 아이가 입고 있는 봄빛 같았던 연노랑색도 조금 탁해진 듯했고. 자세히 보니 아이가 입고 있던 원피스는 남의 것을 빌려 입은 듯 조금 헐렁했다. 아닌가, 아이가 조금 작아진 건가.

아이의 뒤에 물끄러미 서서 내 머릿속은 자꾸 뒤엉켰다. 내가 믿고 있던 기억과 싸우며, 생각은 계속해서 하나씩 무너졌다.

아닌가?

갑자기 무서운 생각이 들었다. 그 아이가 아닐지도 모른다. 내가 매번 꿈속에 만나던 그 아이가 아닐지도. 온몸에 소름이 돋았다. 주춤주춤 두 발이 거꾸로 움직였다. 그러고 보니, 누런 긴 치마를 입은 구부정한 아이의 모습, 익숙했다. 머리 위에 꽃송이들을 두르고 있는 줄 알았는데, 어느새 꽃들이 시들며 지푸라기로 변했다. 머리를 묶은 흰 천은 나를 부르듯 길게 날렸고. 아이가 입고 있던 치마는 버적거리며 더욱 길어졌다.

소복(素服)이었다. 아이가 입고 있던 것은 상(喪)을 치를 때 입는 소복이었다. 철퍼덕 나는 주저앉았다. 버둥거리며 몸을 일으키려고 했지만, 보이지 않는 손이 나를 자꾸 짓눌렀다. 꼼짝도 않던 아이의 몸이 천천히 움직였다. 내 쪽으로 몸을 틀었다. 처음으로 아이의 옆모습이 눈에 들어오기 시작했다. 아이는 웃고 있었다. 씩 웃는 입꼬리가 뺨 한가운데까지 올라갔고, 찢겨진 아이의 눈웃음은 소름 끼치도록 길었다.

그런데 아이의 눈 위에 눈썹이 없다.

'읍!' 입을 틀어막았다. 심장이 요동쳤다. 터져 나오는 비명을 집어삼키느라 숨이 턱턱 막혔다. 천천히 아이가 다가왔다. 미끄러지듯 허공에 둥실 뜬 채였다. 기괴하게 목덜미를 튼 채 그건 나를 향해 쿵쿵쿵 다가오고 있었다.

5.

양평의 근처에서

비명은 짧았다. 꿈속에서는 손을 들어 입을 막았는데, 깨어보니 나는 팔뚝을 물고 있었다. 아침이 왔는데도 방 안에는 아침이 오지 않았다. 시간은 아홉 시. 그런데 어디에도 아침은 없었다. 꿈틀거리며 리브가 일어나 창문을 열었을 때, 그제야 아침이 왔다. 구석에 웅크린 날 보고, 그는 깜짝 놀라 소리를 지르며 주저앉았다.

그러나 내게는 '엄마야!' 하는 그의 비명소리가 늦게 온 아침보다 훨씬 더 고마웠다.

– 아주 내가 못살아, 못살아! 언니, 혹시 몽유병 같은 거 있는 거 아니니? 밤에 막 돌아다니고, 대답도 하고, 노래도 하고 그러는데, 정작

자기는 기억 못하는 그런 거, 그런 거 아니야?

돌아갈까. 다그치는 리브의 얼굴은 골탕이라도 먹은 듯 억울해 죽겠다는 표정이었다. 우겨넣은 밥알들이 상 위에 여기저기 튀었지만, 그는 투덜거림을 멈추지 않았다. 돌아갈까.

– 언니, 그거 무서운 거다, 알아?

눈을 동그랗게 떴던 그가 갑자기 웃음을 터뜨렸다.

– 히히히. 근데, 언니 내가 재밌는 이야기 하나 해줄까? 글쎄, 나 일하던 이태원 가게에서도 그런 보갈이 하나 있었는데 말이야, 언니. 그 기집애가 수술을 한 지 얼마 되지 않았거든. 게다가 이년이 몽유병 같은 게 있었던 거야. 글쎄, 밤에 자빠져 자다가 벌떡 일어나서는 화장대 옆에 두 다리를 쩍 벌리고 서더니, 글쎄 이년이 남자들 오줌 싸듯이 이러고, 이러고 오줌을 싸버린 거야, 글쎄?

리브는 숟가락을 든 채로 일어나 아랫배를 주욱 내밀었다. 내 얼굴은 저절로 일그러졌다. 돌아갈까.

– 미친년, 고상한 척, 예쁜 척은 혼자 다 하면서 자기는 천상 여자라나, 뭐라나 지랄을 떨더니, 아주 딱 걸렸지, 뭐? 그날 언니들한테 뒤지게 맞고, 그년 우리 아침 먹을 때까지 가게 구석에서 머리 박고 있었잖아? 호호호.

얼마나 입을 크게 벌리고 웃었는지, 작은 식당 밖에 거리를 걸어가던 사람들이 기웃거리며 들여다보았다.

양평의 근처에서

- 어머, 언니! 난 아니야, 언니. 나야말로 언니가 봐서 알겠지만 천상 여자지, 내가 어디 그런 되다 만 보갈 년하고 같겠어? 언니는 사람을 겪어 보고도 그런 생각을 하는 거야? 아니야, 언니! 호호호! 이 언니도 참!

자꾸 눈썹이 없는, 치켜 올라간 아이의 눈이 떠올랐다. 날씨가 추운 것도 아닌데 몸이 떨렸다. 나도 모르게 비명이라도 새어 나올까 이를 꽉 물었다. 돌아갈까. 곁에 남편이라도 있다면 이렇게 두렵지는 않을 텐데. 오빠라면 내 두려움을 다독여줄 수 있을 텐데. 자꾸 목이 탔다. 물 잔을 쥐는 손이 미끄러졌다.

- 언니, 왜 안 먹어?

그러나 대답할 수 없었다. 입을 벌리면 비명이라도 새어나올 것만 같았다.

- 빨리 먹어. 언니 이거 먹을 날도 며칠 안 남았잖아? 어쩌면 이런 핏덩이 둥둥 떠 있는 국밥 먹는 게 이번이 마지막일지도 모르잖아?

생각 없는 그의 말은 입속의 밥알처럼 마구 튀었다.

- 어머, 언니 시간 다 됐다! 먹을 시간 없겠다, 일어나자!

리브는 내 팔을 잡고 일어났다. 돌아가겠다고 말해야 하는데 입이 벌어지지 않았다. 어리둥절한 얼굴로 자신을 구경하던 식당 주인에게 계산을 하고서, 그는 내 팔을 잡아끌었다. 양평은 강원도가 아니라 경기도라고 말했는데도 소용없었다. 또다시 만나야 할 '파트너'가

있다며 그는 막무가내였다. 어차피 가는 길이니 비행기를 타고 갈
것이 아니라면 들르면 되는 일이라고 했다. 터미널을 향해 뛰는 그
에게 나는 질질 끌려가고 있었다. 그가 끌고 있는 캐리어처럼 눈부
신 분홍색은 아니었지만, 나는 선명한 두려움의 색을 뒤집어쓰고 있
었다.

　리브는 계속해서 누군가에게 전화를 했다. 전화 통화가 되지 않는
지, 전화를 받고도 만나지 않겠다 말하는지, 리브의 표정은 자꾸 조
급해졌다. 나는 대합실 한가운데, 천장에서 길게 늘어진 파란 안내
판 밑에 앉았다. 그 위에는 3개 국어로 똑같은 말이 나란히 씌어 있
었다. 서로 다른 곳에서 도착하는 관광객들을 위한 배려겠지만, 그
건 어쩐지 절박해 보였다.
　- 언니, 여기가 아니고 용문터미널이라는데?
　물론 거기도 여기처럼 내가 찾는 터미널이 아닐 것이다. 검은 산
같은 것도 찾아볼 수 없었을 뿐더러, 여긴 그저 술 박스를 짊어진 젊
은 사람들의 놀이터처럼 보였다.
　- 뭐가?
　- 그 인간 말이야. 아니, 처음부터 똑바로 말을 해야지. 양평이라
고 했다가 이제야 다른 데라고 하면 어쩌자는 거야?
　하지만 양평에 살고 있지 않으면서도, 양평에 산다고 말했을

누군가의 마음도 조금은 납득이 갔다. 어차피 리브가 알지 못하는 그곳을 말해놓고도, 결국 양평의 근처라고 덧붙일 수밖에는 없었을 테니까. 그렇다면 내 두려움은 무엇의 근처일까.

– 어유, 쌍! 거기 가려면 또 한 시간이나 기다려야 된대. 그 인간은 무슨 한국말도 제대로 못해?

무슨 말을 해야 그에게 내 두려움을 납득시킬 수 있을까. 또다시 손거울을 들어 화장을 고치는 그를 물끄러미 봤다. 돌아갈까. 이런 쓸모없는 여행, 이런 의미 없는 동행. 그만둘까.

– 어머, 저 오빠들 놀러 왔나 보네?

– 안녕하세요.

인상 좋은 젊은이 하나가 고개를 숙였다.

– 네, 안녕하세요. 호호호.

금세 다리를 모아 앉아 고상한 척 리브도 고개를 숙였다.

– 언니, 언니, 쟤 귀엽네, 그치? 저렇게 먼저 인사를 한다는 이야기는, 우리 같은 사람들에 대해서 이미 알고 있다는 이야기거든. 하리수 언니가 티비에 나오고 나서 저런 사람들 종종 있더라고. 그 언니야말로 우리들의 잔다르크지, 모든 보갈들의 유관순 누나, 아… 아니, 유관순 언니! 호호호!

리브는 대합실이 울리도록 꽝꽝 웃었다.

– 저, 이거 좀 드세요.

등 뒤로 따스한 손 하나가 넘어왔다. 아까 그 젊은이였다. 그의 손에는 음료수병 두 개가 나란히 들려 있었다.

– 어머, 호호호, 뭐 이런 것까지, 고맙습니다. 쌩큐! 호호호!

다시 사람들의 무리로 돌아간 그는 살짝 눈인사를 했다. 다른 젊은 친구들도 친근한 눈빛으로 고개를 숙였다. 이방인인 내가 보아도 그건 참 고마운 눈빛이었다.

– 저 봐, 저 봐! 저 남자, 나한테 꽂혔어, 언니! 호호호! 아유, 어떡하지? 난 연하 타입은 아닌데, 맨날 연하들이 나한테 꽂힌단 말이야? 호호호. 언니 수첩, 수첩 있어? 볼펜이랑.

리브는 황급히 들고 있던 손가방을 뒤적였다.

– 어머, 뭐해, 언니? 좀 찾아보라니깐.

버럭 화를 내는 그의 얼굴을 물끄러미 봤다.

– 없어? 뭐 적을 것도 없어? 다이어리나 수첩 같은 것도? 이 언니 교양 있는 언니인 줄 알았더니 뭐 그런 것도 안 가지고 다니니? 아이, 참, 잠깐만!

리브는 조심스럽게 일어서서 창구로 다가갔다. 종이쪽지 하나를 받아들고 그는 남자의 무리로 쪼르르 달려갔다. 돌아가야 한다. 내 생의 마지막을 이런 구렁텅이에 몰아넣을 수는 없다. 나는 천천히 몸을 일으켜, 창구 쪽으로 다가갔다.

– 광주요.

앞에 섰던 손님이 잔돈을 건네받자, 나는 창구 안쪽에 대고 말했다.

– 어디요?

– 광주요!

두려움 때문이었을까. 어느새 내 목소리는 조금 커졌다.

– 삼천백 원이요.

내 앞에 내밀어진 분홍색 차표 위에는 분명 양평에서 광주라고 쓰여 있었다. 그런데 가격이 이상했다.

– 삼천 원이요?

작은 창구에 대고 다시 물었다. 창구 안의 얼굴은 확인할 수 없었다. 그건 마치 어떤 감금의 표시 같았다. 목소리만으로 판단하자면 물론 감금된 건 나였다.

– 삼천 백 원이요!

안의 목소리도 커졌다.

– 이게 광주 가는 게 맞아요?

이미 내 목소리도 조금씩 커지고 있었다. 대합실 안에 사람들은 무슨 일인가 내 쪽으로 기웃거렸다. 괜찮다고 손사래를 치며 당혹스러워하는 젊은이에게 아예 쪽지 하나를 떠맡기던 리브도 무슨 일인가 넘겨봤다.

– 어디 광주요?

– 전라도요, 전라도 광주라고요!

어느새 건너편의 그녀와 나는 거의 악다구니를 주고받고 있었다.

- 여긴 없어요, 다른 데 가서 타세요!

불쑥 내밀어진 손이 거칠게 표를 빼앗아 갔다.

- 왜 없어요! 터미널에 버스가 없으면 어쩌자는 거냐고요!

나는 거의 멱살잡이라도 하는 사람 같았다.

- 이 아줌마가? 없는 버스는 없는 버스지, 그럼 이 촌 동네에 전국
방방곡곡 가는 버스가 다 있을 줄 알았어요? 전라도 가는 버스는 이
천으로 가던가, 아니면 동서울터미널로 가던가, 거기 가서 갈아타라
고요!

매표원도 여간내기가 아니었다.

- 살 거예요, 말 거예요!

그러나 말문이 열리지 않았다.

- 안 살 거면 비키세요, 다음 분이요!

그녀가 나를 밀친 것도 아닌데, 내 몸은 가볍게 옆으로 밀려났다.

- 어머머! 저 여자, 손님 대하는 태도가 저게 뭐야, 저게? 천박하게
저게, 저게?

다가온 리브는 호들갑을 떨며 내 팔을 잡아끌었다. 그러나 그는 이
미 커다란 몸을 내 뒤에 숨긴 채였다. 처음부터 그는 내 두려움이나
간절함을 이해할 수 없는 사람이었고, 그리고 나는 내가 가고 싶은
곳으로 다시 되돌아갈 수 없는 사람이었다.

양평의 근처에서

버스가 우리를 내려놓은 곳은 용문터미널이었다. 그러나 그곳은 터미널이라는 이름을 붙이기에 너무 후락했다. 마을 한복판에 자리한 넓은 공터에 그저 오두막 같은 건물이 하나 서 있을 뿐이었다. 낡은 건물 안에는 찰흙으로 빚은 것 같은 매표소가 있었고, 긴 나무 의자들이 좁은 공간을 차지하고 있었다. 버스는 작은 터미널 건물을 끼고 공터로 들어와 승객들을 태워 다시 건물을 돌아나가는 구조였다. 포장이 되지 않아 버스가 들어왔다 나갈 때마다 먼지가 풀풀 일었다.

– 읍! 아유, 아유! 요즘도 이런 데가 있나? 마을은 그렇게 낡아 보이지 않는데 터미널이 왜 이 모양이야? 아유, 아유!

리브는 분홍색 손수건으로 입과 코를 틀어막았다. 버스에서 내려서며 연신 원피스에 묻은 먼지를 떨어냈다. 학생들의 하교 시간인지, 교복을 입은 아이들은 건물 밖에 주욱 늘어섰다. 버스에서 내리는 리브를 보고는 서로 수군거리며 킥킥댔다.

– 아유, 귀엽네! 안녕, 안녕, 애들아? 호호호!

리브는 자신을 신기하게 쳐다보는 아이들을 향해 손을 흔들었다. 구경거리라도 만난 듯 아이들은 신났고, 몇몇은 휴대폰을 들어 그의 사진을 찍기 시작했다.

– 아유, 정말 좋을 때다! 애들은 참 순수한 것 같애. 그치, 언니? 우리 같은 것들한테는 저런 아이들의 순수함이 얼마나 고마운 건 줄

알아, 언니? 쟤들은 그냥 신기해할 뿐이지, 좋다, 나쁘다 그런 생각이 없잖아? 아직 아무것도 그려지지 않은 흰 도화지 같은. 그래, 그래, 이리와! 같이 사진 찍어 줄게. 호홋.

자신에게 카메라를 들이대는 아이들 무리에게 손을 흔들자, 교복을 입은 몇몇이 기다렸다는 듯 다가왔다. 그리고 이제 아예 리브의 코앞에 카메라를 들이댔다.

— 아유, 줄 서, 줄 서!

— 아줌마, 너무 멋있어요!

— 예뻐요, 섹시해요!

모여든 아이들 속에서 입에 발린 말들이 쏟아졌다.

— 그래, 그래. 너희들 보는 눈 좀 있구나? 호호호, 그래, 그래, 사진 찍어줄게. 이렇게, 이렇게?

리브는 얼굴이 발그레 져서는 아이들의 카메라 앞에 이리저리 포즈를 취했다. 어느새 아이들은 리브를 빙 둘러싸고 있었다. 주변의 상가에서도 사람들이 몰려나와 무슨 일인가 구경을 했고, 교복을 입은 아이들은 또 다른 교복 입은 아이들을 몰고 왔다.

— 차례로, 차례를 지켜서 찍자! 차례로!

리브는 몰려드는 아이들의 줄을 세우느라, 카메라를 향해 포즈를 취하느라 정신없었다. 학생들의 어깨에 손을 올리기도 했고, 학생들과 나란히 서서 카메라에 포즈를 취하기도 했다.

– 봤지? 봤지, 언니? 이게 다 하리수 언니의 힘이라고! 호호호!

아이들은 연예인이라도 만난 듯 꺅 비명을 질렀다. 몇몇은 사진 속을 들여다보며 좋아라 발을 동동 굴렀다. 리브는 땀을 뻘뻘 흘리며 아이들의 카메라 앞에 일일이 포즈를 취했다. 나는 어느새 아이들의 무리에서 밀려나, 구경하는 다른 사람들처럼 벽에 기대섰다. 돌아가야 한다. 나는 또다시 어딘가에 끌려와 있다. 시간은 언제나 나를 이렇게 내가 모르는 낯선 곳에 내려놓았다.

– 악! 어딜 만져요!

리브를 둘러싼 아이들 너머에서 비명소리가 들려왔다. 그의 곁에서 사진을 찍던 한 여자아이는 가슴께를 가리며 몸부림을 쳤다.

– 어머머, 같은 여자끼린데 뭐 어떠니?

– 으유, 씨발! 변태새끼!

여자아이는 도망치듯 아이들을 비집고 나와 길 건너로 사라졌다. 리브 주위에서 사진을 찍던 아이들도 슬금슬금 뒤로 물러났다.

– 아유, 기집애! 유별나게 굴기는. 호호호.

리브는 다시 아이들을 향해 포즈를 취하려 했지만, 이미 아이들의 눈초리는 달라져 있었다. 수군거리며, 긴장된 표정을 주고받으며, 아이들은 슬금슬금 물러났다. 경계의 눈빛을 가진 그들에게서는 더 이상 리브가 말했던 순수함 같은 건 찾아볼 수 없었다.

남자아이들 중의 하나가 리브의 치마를 들치는 장난을 시작했을 때, 그의 얼굴에는 당황한 기색이 역력했다. 너덧 명의 커다란 덩치의 남자아이들은 당황하는 그의 모습을 보자 더욱 희희낙락했다. 아이들 중의 하나를 잡으려고 움직이면 다시 뒤에서 손이 나타났고, 그 아이를 향해 돌아서면 다시 뒤에서 다른 손이 나타났다. 리브를 둘러쌌던 아이들은 킬킬거리기 시작했고, 몇몇 아이들은 치마 속을 들여다보려고 주저앉았다.

 ― 비켜! 저리 안 가! 악! 언니, 언니!

 그의 비명소리가 더욱 날카로워졌다. 그러나 아이들 너머에서 구경하던 어른들도 재미있다는 듯 웃고 있었다. 내 옆에 섰던 남자도 킬킬거렸다.

 ― 히히히, 같은 남자끼린데 뭐 어때?

 ― 어, 저놈들 가슴도 만지는데?

 고개를 주욱 빼고 다른 남자가 중얼거렸다. 이제 그들은 리브의 가슴을 구경하기 위해 눈을 반짝였다.

 ― 언니, 언니!

 그러나 발이 움직이지 않았다. 자꾸 나는 사람들 뒤로 숨어들고 있었다. 돌아가야 하기 때문이다. 다른 이유는 없다. 나와는 상관없는, 내가 원하지 않는 이곳을 떠나서 이제야 비로소 내가 원하는, 내 삶으로 돌아가야 하기 때문에.

어느새 나는 슬금슬금 뒷걸음질을 치고 있었다. 리브의 비명소리
는 더욱 날카로워졌고, 사람들은 구경하기 위해 더욱 몰려들었다.
몇몇 아줌마들이 이제 그만 말려라, 이야기하고 있었지만, 아무도
나서는 사람은 없었다. 모두들 당황하는 리브의 모습을 구경하며 킬
킬거렸고, 내 발걸음은 모퉁이를 돌아, 작은 터미널 지하의 계단 속
으로 숨어들고 있었다.

6.
금화다방

죄책감 같은 건 필요 없다. 그는 그저 자신의 길을 갔던 것이고, 나는 내 길을 갔던 것뿐이다. 양평의 근처에서 우리의 길은 갈라졌다. 같은 시간 속에, 똑같은 공간 속에 공존하는 서로 다른 방향의 여행.

누구든 만나고 헤어진다. 헤어지고 또다시 만난다. 길은 엇갈리고 미소는 달라진다. 슬픔을 건너가면, 다른 길 속에서는 아무것도 들리지 않는다. 시간은 쉽게 내가 지나온 발자국을 지운다. 죄책감이란, 어리석게도 지나온 발자국을 따라 뒤로 걷는 일. 소용없다. 이미 시간은 그곳에 없다. 우리의 여행이란 멈출 수 있는 것이 아니다.

  - 혼자 오셨어요?

여자는 작은 쟁반을 들고 삐딱하게 섰다. 그러나 내 입은 열리지 않았다. 풀칠이라도 한 듯 찰싹 들러붙었다.

ㅡ 혼자 오셨냐고요?

그녀의 목소리가 조금 높아졌다. 금화다방이라는 입구의 네 글자가 그녀의 등 뒤에서 선명했다. 딸랑 방울 소리가 들리며 지상으로 통하는 작은 문이 열렸다. 남자들 서넛이 우르르 몰려 들어왔다. 아무도 혼자가 아니었다.

ㅡ 아줌마! 혼자냐고요!

ㅡ 물 좀… 물 좀 줄래요?

ㅡ 아이, 참. 뭐야, 귀머거린 줄 알았잖아? 씨.

여자는 투덜거리며 돌아섰다. 혼자일까. 나는 처음부터 혼자였을까. 목이 탔다. 여자는 금세 물 잔을 들고 돌아왔다. 그녀가 건넨 물을 벌컥벌컥 들이켰다. 마음껏 물을 들이켰는데도 갈증이 가시지 않았다.

ㅡ 커피 드려요?

대답도 하지 못한 채 고개만 끄덕였다. 다른 여종업원들과 귓속말을 나누는 그녀의 모습이 보였다. 딸랑 다시 방울이 울렸다. 또다시 지상에서 남자들이 들어왔다. 익숙한 목소리로 그들은 킥킥거렸다. 그들을 따라 들어온 또 한 사람의 목소리는 더욱 익숙했다.

ㅡ 어머, 언니!

작은 공간은 둘러볼 필요도 없이 한눈에 들어왔다. 리브는 함께 들어온 남자들을 다른 테이블에 세워두고 망설임 없이 나를 향해 달려왔다. 맞다. 우리의 여행이란 멈출 수 없다. 그와 나는 또 다른 시간과 공간 속에서 엇갈리며 만났다. 여기, 우리가 만난 이곳의 시간은, '금화다방' 이라고 부른다.

– 만나야 하는 사람 있다며?

죄책감을 지우느라 지레 목소리가 높아졌다.

– 아까 전화했더니 여섯 시가 넘어야 끝난대. 그러니까 여기서 아까 그 친절한 오빠들하고 잠깐 이야기하며 시간 보내자, 응?

그러나 그들의 웃음소리를 나는 똑똑히 기억했다. 내 곁에 서서 리브의 당혹스러움을 같이 구경하던 그들의 모습. '같은 남자끼리 뭐 어때?' 라고 말하던 그들의 목소리, 알고 있다.

– 그 오빠들이 아까 나 구해줬단 말이야. 그 오빠들 아니었으면 그놈들한테 내가 어떤 봉변을 당했을지 언니가 알아? 막 치마를 들치고, 가슴도 만지고. 으유, 못된 새끼들, 어린 것들이 그래도 예쁜 건 알아가지고, 흥!

팔짱을 끼며 리브는 턱을 치켜들었다.

– 이봐, 이봐. 여기, 여기 다 찢어지고 까지고 그랬잖아? 저 오빠들이 백마 탄 왕자님들처럼 짜안 하고 나타난 거야. 그러니까 얼마나

고마워, 언니? 언니도 언니가 힘들 때 누가 짜안 하고 나타나면 굉장히 고맙고 그렇잖아, 응? 그러니까 우리 저 친절한 오빠들하고 같이 이야기하고 밥 먹고 그러다가, 나중에 만나러 가자, 응? 저 오빠들이 여기 가이드도 해주고 그런다고 그랬어? 가이드가 뭔지는 알지?

리브는 샛눈으로 나를 흘겨봤다.

– 아까 그렇게 일을 당하고도 모르니? 애들이라고 믿고 만만히 보다가 큰코다쳐놓고도 또다시 사람들을 그렇게 무턱대고 믿는 거야? 세상에 좋은 사람이 어딨니? 자기한테 먼저 좋은지 아닌지 다 따지고 나서야, 겨우 배시시 웃어주는 게 세상 사람인데, 고마워하고 감사해야 하는 좋은 사람 같은 게 어딨어?

자꾸 얼굴이 붉어졌다. 나도 어쩌면 그에게 용기를 빌려 썼는지 모른다. 나 혼자의 힘으로는 감히 상상도 할 수 없는 이런 여행을 위해 그의 무모함을 도용했던 건지도.

– 어머머, 언니! 세상을 그렇게 살면 안 되지. 그런 거 다 따지고 그러면 피곤해서 어떻게 살아? 그렇게 쓸데없는 것까지 다 생각하고 사니까 언니 피부가 그렇게 찌들었지, 에이그, 에이그!

리브는 밉지 않게 눈을 흘겼다.

– 그 사람들 좋은 사람 아니야.

– 언니가 어떻게 알아?

나도 그들 옆에 구경하고 서 있었다, 그렇게 대답할 수는 없는 노릇이었다.

- 보면 알아. 좋은 사람들 아니야.

- 우리 언니, 돗자리라도 까셨나? 그걸 어떻게 알아?

리브의 얼굴을 봤다. 그런 일을 당하고 났으면 지금쯤 어디서 펑펑 울고 있거나, 태생을 탓하며 가슴을 쥐어뜯었을 텐데, 어디에서도 인간에 대한 환멸 같은 것, 세상에 대한 적개심 같은 것 상상도 하지 않는 모습이었다. 어쩌자고 인생이라는 여행이 저렇게 즐겁기만 한 건지. 누구보다 굴곡 많았을 시간의 길 위에 어쩜 저렇게 경쾌할 수 있는지.

- 나, 갈게.

온 힘을 다해 나는 귀환을 선언했다. 다 필요 없다. 돌아가는 일만이 지금 내게 필요하다는 사실을 알고 있다.

- 그래, 알았어. 그럼 가자. 내가 가방 가지고 나올 테니까 잠깐만 기다려.

그는 그렇게 말해놓고는 총총 계단참으로 사라졌다. 귀환이나, 회한 같은 것, 그는 알지 못하는 모양이었다. 여행을 되돌아보거나, 아쉬워하는 시간의 길 같은 것, 그에게는 없는 모양이었다. 그렇게 그는 사라졌다. 나는 그를 기다렸다. 여전히 그의 말과 나의 말은 어긋났지만, 이제 나는 도망치지 않고 그를 기다리고 있었다. 기다림은 혼자가 아니라는 사실을 나는 처음 깨닫고 있었다.

똑똑, 똑똑.

여전히 아이의 얼굴은 보이지 않았다. 멈춰선 뒷모습은 금방이라
도 뒤를 돌아볼 것 같았다. 눈썹이 없는 눈을 다시 보게 될까 질끈
눈을 감았다. 그런데 마찬가지였다. 금방이라도 고개를 돌릴 것 같
은 아이의 모습은 눈앞에 고스란히 들어왔다. 눈을 떠도 눈을 감아
도 그건 지워지지 않았다.

아이의 뒷모습이 조금씩 움직였다. 천천히 내 쪽으로 다가왔다. 똑
똑, 똑똑. 새하얀 것이 고운 모래사장이거나, 보드라운 구름 위 일
거라고 생각했는데, 아이의 뒷모습이 다가올 때마다 어딘가 딱딱한
곳에 부딪히는 발걸음소리가 들렸다. 똑똑, 똑똑.

– 저리 가! 따라오지 말라고, 저리 가라고!

두 손을 휘저으며 내달리기 시작했다. 하얀색의 허공은 안개 속 같
았다. 어디에든 금방이라도 몸을 숨길 수 있을 것 같은데, 나를 따라
오는 소리는 멈추지 않았다. 똑똑, 똑똑. 돌아보니 아이는 뒷모습으
로 내게 뛰어오고 있었다. 뒷걸음인데도 아이의 뜀박질은 내 것보다
훨씬 빨랐다. 지푸라기와 흰 삼베 끈으로 엮인 갈래머리가 덜렁거리
며 내 등 뒤로 바짝 다가왔다. 당장에라도 긴 목이 돌아가 눈썹이 없
는 아이의 얼굴이 보일 듯했다. 똑똑, 똑똑.

– 안 돼, 저리 가! 저리 가!

그러나 둔탁한 아이의 발걸음소리는 이미 내 뒷덜미까지 다가왔다. 서늘한 기운이 목덜미를 차갑게 감쌌다. 그리고 천천히 아이의 목이 돌아가기 시작했다. 나사를 조이듯 목덜미만 나를 향해 천천히. 똑똑, 똑똑.

 – 악!

벌떡 몸을 일으켰다. 그런데도 귓가에는 여전히 아이의 발걸음 소리가 또렷했다. 똑똑, 똑똑. 환청을 막으려고 황급히 귀를 틀어막았는데, 침대 위에서 잠들어 있던 리브가 부스스 몸을 일으켰다.

 – 음, 누구지? 오빠야?

휘청거리며 그는 문쪽으로 다가갔다. 그건 문을 두드리는 소리였다. 만나야 할 사람이 일이 늦게 끝난다고 하더니 이제야 찾아온 모양인지. 온몸을 옥죄었던 공포가 갑자기 풀어졌다. 쓰러지듯 침대에 몸을 기댔다. 낯선 사람을 맞이하게 될 거라는 긴장 같은 것도 준비되어 있지 않았다. 그저 악몽에서 벗어난 것만으로 모종의 감사를 떠올렸다.

 – 이제 일이 끝난 거야? 치사하게 하루 종일 튕기고, 오빠가 어떻게 나한테… 악!

리브는 쓰러지듯 바닥에 주저앉았다. 몸을 밀치고 들어온 것은 제복을 입은 사람들이었다.

 – 잠깐 파출소까지 같이 좀 가시죠?

– 어머머, 이 아저씨 봐? 내가 무슨 잘못을 했다고, 어머머!

그러나 그는 처음부터 리브의 말 같은 건 들을 생각도 없는 모양이었다. 그들은 몸부림치는 그와 공포에 흠뻑 젖어있던 나를 막무가내로 끌어냈다. 나는 아무렇게나 그들에게 몸을 맡겼다. 어쨌든 뒷모습으로 내게 달려오던 아이는 아니었으니, 그것만으로 내겐 충분했다.

교복차림이 아니었지만, 중년 여자의 뒤에 숨은 아이는 분명 터미널에서 보았던 그 아이였다. 졸지에 성추행범으로 몰린 리브는 어이없다는 듯 연신 손부채질을 하며 달아오르는 얼굴을 식혔다. 그러나 아이가 내민 휴대폰 속의 사진들은 아이의 증언을 뒷받침하기에 충분했다. 양옆에 붙어선 여자아이들의 어깨에 올린 손은 공교롭게도 어깨 아래로 늘어져 가슴께를 덮고 있었다. 그리고 그것은 분명 아이가 말 한대로 만지는 것처럼 보였다. 게다가 자신의 치마를 들쳐보이는 사진이나, 남자아이들의 볼에 뽀뽀하는 시늉의 사진들은 더 이상 변명의 여지가 없는 확실한 증거였다.

여자아이의 엄마는 강력한 처벌을 원했다. 게다가 화장도 하지 않은 채 수염이 덥수룩한 얼굴에다가 원피스 하나만 간신히 걸친 채 끌려나온 리브는 영락없이 여자 옷을 훔쳐 입고 다니는 정신이상자처럼 보였다.

– 그러니까 일단 이름 하고 주민번호를 대라고요.

경찰은 벌써 몇 번째 리브를 다그치고 있었다.

– 어머, 이 아저씨, 정말 몇 번을 말해? 아직 안 바뀌서 그런 거 없다고 했잖아요?

– 원래 이름 하고 주민번호가 있을 거 아니냐고?

– 몰라요, 모른다고요! 난 그런 거 다 잊어버리고 살았어요. 내 이름도 아니고, 내 주민번호도 아닌데 내가 왜 그걸 기억하면서 살아야 해? 내 참, 기가 막혀서, 흥!

– 이봐, 지금 당신은 성추행 혐의로 여기 잡혀 와 있는 거야, 알아? 당신 범죄기록 속에 그런 기록이 있으면 어떡할 거냐고? 당신은 지금 아니라고 잡아떼지만, 누가 알아?

경찰은 어깨를 으쓱했다.

– 그리고 객관적으로 봐도 그래. 당신 지금 그 꼴이 절대 그런 사람들이라고는 보이지가 않아. 나도 알거든. 성소수자, 트랜스젠더. 나도 알 건 다 알아. 그 사람들에게도 인권이 있고, 보호 받아야 할 권리가 있는 거지. 알아, 알고 있어. 근데 그 사람들은 당신처럼 안 생겼어?

– 어머, 지금 사람 생긴 거 가지고 트집 잡는 거예요? 아저씨도 사람처럼 안 생겼어요! 겉으로 보면 설치류나 양서류에 가깝지 포유류로는 절대 안 보인다고요!

리브는 경찰관의 얼굴을 가리켰다. 쥐 상의 남자는 인중을 씰룩거리며 눈을 부릅떴다. 화를 삭이려는 듯 쌕쌕 낮은 숨을 쉬었다.

－ 그게 아니라 객관적으로 생각하자는 거야, 객관적으로. 당신도 거울 있으면 봐봐, 그 얼굴 하며, 턱밑에, 다리에 털 수북이 난 거 하며, 당신 영락없이 여자 옷이나 훔치러 다니는 변태로 밖에는 안 보여? 그러니 저 아이 엄마가 성추행범이라는 생각을 안 하겠어?

－ 어머, 이 아저씨가 자꾸? 같은 여자끼리 무슨 추행을 했다고 그러는 거냐고요!

리브는 이제 거의 울먹이고 있었다.

－ 호적 안 바꿨다면서? 그럼 남자지, 여잔가?

－ 어머머, 그럼 나는 호적 바꿀 때까지 법의 보호도 못 받고 산단 말예요?

－ 아, 남자로 법의 보호를 받고 사시면 되지. 호적을 못 바꿨으면 이유가 있을 거 아냐? 그럼 그때까지는 남자로 법의 보호를 받으며 사시고, 호적 바꾼 다음에 여자로 보호를 받든 말든 그건 마음대로 하시고. 그러니까 일단 주민번호하고 이름을 대라고요. 남자 주민번호하고 남자 이름.

－ 아니, 누가 나한테 남자 호적을 달라고 했어요, 왜 내가 원하지도 않는 것들을 나한테 씌워놓고 그것에 맞춰 살라고 하는 거냐고요!

리브도 이를 악물며 파르르 일어섰다. 그러나 경찰관도 지지 않았다.

– 아니, 그럼 태어날 때부터 젖먹이들 의향까지 물어보고 성별을
확인하란 말이야, 뭐야? 달렸는지 안 달렸는지 그것만 가지고 판단
을 하지, 누가 그 머릿속이 어떤지 그것까지 들여다보고 판단을 하
는 의사가 어딨어? 객관적으로 생각을 해, 객관적으로. 당신 태어날
때 달렸어, 안 달렸어?

그의 이야기는 점점 악다구니가 되어가고 있었다.

– 말해 봐요, 있었어, 없었어? 있었지? 그럼 지금이야 어쨌든 그때
는 남자였던 거 아니냐고? 지금 수술을 했으니 호적을 바꿨어야 하
는데, 바꾸지 못했다면 또 무슨 이유가 있을 거 아냐? 그 뭐냐, 티비
에 나오는 그… 그 사람, 바꿨어, 못 바꿨어? 바꿔서 결혼까지 했지?
근데 당신은 안 바꿨으면 이유가 있을 거 아니야? 그 이유가 뭔데?
이유가 뭐야?

조곤조곤 따지는 경찰의 얼굴은 어쩐지 징그러웠다. 리브는 더 이
상 입을 벌리지 못했다. 아마도 그는 이제 더 이상 그녀를 독립투사
나, 잔다르크라고 생각하지 못할 것이다.

– 그 봐, 뭔가 구린 게 있어, 당신! 객관적으로 생각해보면 딱 나와!

경찰은 이미 다 알겠다는 듯 의자에 깊숙이 기대앉았다. 리브는 아
무런 대꾸도 하지 못했다. 경찰이 말했던 이유도, 그들이 알고 싶어 하
는 남자 주민번호와 이름도 리브에게는 존재하지 않는 언어였는지.

– 뭐야, 뭐하는 거요, 지금?

리브는 어느새 의자에서 천천히 일어났다. 경찰의 얼굴을 똑똑히 정면으로 응시한 채였다. 좀 전처럼 당혹스러워하거나, 울분을 토해 내던 눈빛 같은 건 아니었다. 뜨거운 것을 토해내려는 듯 그의 얼굴이 한껏 부풀었다. 그리고 천천히 그의 입이 벌어졌다.

– 아저씨, 탱고 알아요?

갑작스런 그의 말에 작은 공간 안의 사람들이 일제히 그를 봤다. 뜬금없는 이야기에 쥐 상인 그의 눈은 휘둥그레졌다.

– 뭐래는 거야, 지금?

그러나 그의 물음과는 상관없이, 리브는 한쪽 팔을 높게 쳐들었다. 목덜미를 주욱 빼, 고개를 잔뜩 치켜들었다. 눈을 지그시 감더니, 그는 다른 손으로 원피스 자락을 옆으로 끌어 올렸다. 그리고 슬리퍼를 신은 뒤꿈치를 살짝 들어 올렸다. 허공을 디딘 듯 발끝으로 몸을 들어 올린 채, 그는 천천히 움직이기 시작했다.

– 라… 라라라, 라라라라 라라라라. 라라…….

그의 입에서 악기 같은 소리가 새어나왔다. 그리고 그는 그 소리를 따라 흘러가듯 움직였다. 사람들 주위를 빙글빙글 돌기도 했고, 서류가 잔뜩 쌓여있는 테이블 주위를 돌기도 했고, 겁먹은 채 엄마 뒤에 숨은 아이 앞에서 격하게 움직이기도 했다. 그리고 허리춤에 손을 올린 쥐 상의 경찰에게 다가오더니, 그의 손을 끌어 잡았다.

– 뭐야, 왜 이래?

금화다방

– 라라라 라라, 라라라… 라라!

그가 경찰의 어깨에 손을 올렸다. 다른 손으로 경찰의 손을 잡아 허공에 찍어놓고, 그를 끌어당겼다. 질질 끌리듯 움직이던 경찰은 짐짝을 던지듯 리브를 밀쳤다. 커다란 리브의 몸뚱이는 책상 위에 서류들을 끌어안으며 바닥에 팽개쳐졌다.

– 당신 미쳤어?

화가 치밀어 오르는지 경찰의 얼굴은 새빨갛게 달아올랐다. 책상 모서리에 부딪혔는지 비틀거리며 일어서는 리브는 옆구리를 움켜쥐고 있었다. 그러나 그는 이내 다시 손을 허공 속에 들어 올리고, 원피스 치맛자락을 손끝으로 그러모았다. 그리고 또다시 테이블 사이를, 사람들 사이를 움직이기 시작했다. 그의 입에서는 여전히 악기 같은 소리가 흘러나오고 있었고.

– 저 자식이 지금 장난을 하나?

경찰은 더 이상 견디지 못하고 손에 들었던 볼펜을 책상 위에 던졌다. 그러나 리브는 또다시 멀뚱히 서 있는 사람들을 손짓으로 어루만지며, 그들의 주위를 돌고, 다시 돌고, 다시 돌았다.

– 허, 이 자식이? 뭐해, 저 자식 끌어다가 유치장에 처넣어버려!

참고 참았던 욕지기가 그의 입에서 비어져 나왔다. 앳된 경찰 제복을 입은 남자들 둘이 춤을 추는 리브의 팔꿈치를 움켜쥐었다. 그러자 그는 몸부림을 쳐, 두 사람의 손아귀를 뿌리쳤다. 그러고는 이내 사람들을 향해 허리를 깊숙이 숙여 인사했다. 원피스를 예쁘게 들어 올려 무릎을 구부렸다. 무대에서 내려가듯 그는 두 사람에게 붙들려 작은 문 안으로 끌려갔다. 끌려가면서도 그는 쥐 상의 경찰에게 찡긋 윙크를 했다. 작은 파출소 안의 모든 사람들에게 손 키스를 하나씩 하나씩 날렸다. 모르고 있었는데, 어느새 작은 공간 안의 모든 사람들은 박수를 치기라도 할 것처럼 기립해 있었다.

당신도 여자가 맞느냐, 쥐 상의 경찰이 그렇게 물었을 때, 하마터면 '여자가 아니라 아줌마다!'라고 소리를 지를 뻔했다. 여자니, 남자니 따지고 있는 그의 모습은 아무리 객관적으로 생각하더라도 남의 꼬리를 갉아 먹는 쥐 꼴 같았다.

시간은 더디게 흘렀다. 리브와 경찰이 작은 문 안으로 사라지고 난 뒤, 작은 파출소 안은 관객들이 빠져나간 객석처럼 공허했다. 나는 혼자서 객석 가운데 앉아 있는 듯했다. 불이 꺼진 무대를 바라보며 있지도 않은 앙코르 공연을 기다리는 열혈 관객처럼. 끝난 것을 인정하지 못해 무희들의 커튼콜이라도 억지스레 기다리고 있는 것처럼.

처음 그를 만났을 때에도 그는 탱고를 아느냐고 물었다. 알고 있다, 탱고라는 춤. 내가 알고 있는 건, 병원 앞에서 리브가 보여주었던 그런 춤이었다. 코미디 프로그램에서 사람들을 웃기기 위해 쓰였던 음악들. 쓰러질 듯, 부러질 듯 남자의 손길에 의지해 움직이던 여자 무희들의 고혹적인 몸짓. 열정이나, 사랑이라고 그 춤을 누군가 설명했던 것 같은데, 내가 보기에는 그저 남세스러운 짓으로 밖에는 보이지 않던 그 춤.

그런데 좀 전에 그가 보여주었던 건 좀 달랐다. 그저 인상적인 악기 소리에 맞춰 끊어지듯 움직이는 것이 탱고라는 춤이라고만 생각했는데, 리브가 오늘 보여주었던 건 조금 느렸고, 부드러웠다. 그래선지, 더 우울했고, 처절했다. 그의 몸짓이나, 그의 입에서 흘러나오는 음악 소리나, 지그시 감은 눈빛의 표정까지, 그건 내가 알고 있는 탱고와는 분명 달랐다.

하지만, 왜 갑자기 그런 춤을? '미친 거 아냐?'라고 소리치던 경찰의 목소리가 떠올랐다. 정말 그런 건 아닐까, 내가 걱정스러우면서도, 또한 그가 걱정스럽기도 했다. 그 짧은 시간 동안 정이라도 쌓인 건지, 대놓고 그를 정신병자 취급하는 경찰들에게 곱게 눈이 떠지지 않았다.

소스라치게 놀라며 눈을 떴던 것은 까맣게 어두워진 무대 위로 아이의 뒷모습이 나타났기 때문이었다. 적막하고 고요한 공간이 평화롭다고 생각했는데, 아이의 뒷모습은 무대 천장 위에서 뚝 떨어졌다. 그리고 내 앞에 그가 있었다. 성별을 알 수 없는 그였다.

– 언니, 언니?

리브의 목소리는 떨고 있었다. 화장을 한 것도 아닌데, 무언가에 짓눌린 듯 얼굴 한쪽이 붉게 달아올랐다. 급하게 바른 체리 빛 립밤이 뭉개져 있었고, 눈가가 물기로 반짝이고 있었다. 자신도 모르는 자신의 정체를 납득시키는데 성공한 것일까. 끝없이 이어지는 질문과 대답을 마무리하기 위해 그는 또 어떤 노래를 불렀고, 또 어떤 춤을 추었을까. 그들은 그를 끌어안고 기꺼이 춤을 추어주었을까, 아니면 이번에도 끊어질 듯 이어지는 혼자만의 춤이었을까. 그런데 그는 왜 울고 있을까.

  – 어떻게…….

  – 쉿!

  그는 손가락으로 내 입을 막았다. 주위를 둘러보니 파출소 안의 책상들은 텅 비어 있었다. 공연이 끝난 걸까. 무대 위가 어두워진 뒤 누군가 저 문에서 나와 소품들을 모두 치워가게 되어 있는 것처럼 작은 공간은 그저 적막했다. 리브는 천천히 내게 손짓을 했다. 그리고 자신은 조심스럽게 유리문 쪽으로 다가갔다. 엉성하게 몸을 구부리며 나는 그를 따랐다. 순간 마법처럼 딸각 불이 꺼졌다. 고개를 드니 리브가 문 옆에 서 있었다. 빨리 오라는 그의 손짓은 유리문을 붙들고 다급했다.

  – 빨리 와, 빨리.

  입 모양만으로 그는 그렇게 말했다. 그를 따라가는 발걸음이 괜히 급해졌다. 유리문 밖은 연기 속처럼 뿌옇게 흐렸다. 안개가 끼었을까. 그렇다고 생각하기에 공기는 너무 메말랐다. 그렇다면 이 뿌연 것은 안개가 아니고 무엇일까. 리브는 종종걸음으로 뿌연 연기 속으로 사라졌다. 갑자기 발밑이 보드랍게 느껴졌다. '밤'이라는 시간이 낯설게 느껴졌다. 여긴 어딜까. 내가 믿고 있는 그곳이 아닌 걸까.

  ― 호홋, 호홋.

  뿌연 어둠 속에서 리브의 웃음소리가 커졌다, 작아졌다. 웃음소리가 번지는 물감 같은 것도 아닌데, 어느새 내 입꼬리도 슬며시 올라갔다. 나는 조금씩 두 다리에 힘을 주기 시작했다. 나도 모르게 내 발걸음은 뜀박질이 되었다. 똑똑, 똑똑. 내 발걸음소리가 새벽녘의 공기에 튕겨 여기저기 울려 퍼졌다. 분명히 발을 디디고 있는 건 둔탁한 소리가 나지 않는 좁은 흙바닥이었는데, 환청처럼 발소리는 계속 이어졌다. 똑똑, 똑똑.

  고개를 들었다. 밤 속으로 뛰어가는 그의 뒷모습을 봤다. 그가 자꾸 뒤를 돌아봐 내게 손짓했는데, 익숙한 뒷모습이 떠올랐다. 갑작스레 떠오른 두려움 때문에 다리에 힘이 풀릴 줄 알았는데, 내 두 다리는 날아가듯 움직이고 있었다. 여긴 어딜까. 이곳이 어디기에 내게서 이런 두려움을 지웠을까. 뿌연 것들에 쌓인 마을 풍경을 둘러봤다. 호홋, 호홋. 그의 웃음소리가 들렸다. 울고 있는 줄 알았는데, 그의 웃음소리는 더욱 커졌다. 어느새 마술처럼 내 얼굴 위에도 미소가 번지고 있었다. 맞다, 기억났다.

이곳은 용문이라는 자그만 소읍, 양평의 근처였다.

7.

눈썹을 그리는 법

모텔 방으로 돌아온 그는 제일 먼저 거울 앞에 섰다. 비비크림으로
는 잡티 커버에 한계가 있다며 투덜거렸고, 아이크림을 바르고 자지
않았더니 눈가에 주름이 겹겹이 쌓였다고 한숨을 쉬었다. 지금이라
도 다시 경찰들이 문을 박차고 들어올까 나는 오금이 저리는데, 그
는 화장실 거울 앞에서 꼼짝도 하지 않았다. 이럴 때가 아니다. 나도
서둘러 가방을 챙겼다. 담을 것 없는 작은 가방을 문가에 밀어 놓았
는데, 갑자기 사위가 조용해졌다. 침묵의 눈이라도 내렸던 것처럼
너무 고요했다.

 ─ 저, 저기……

어느새 그가 들어갔던 화장실 문이 닫혀있었다. 종이 한 장 같은

얇은 모텔 벽은 숨소리마저 고스란히 들려줄 것 같은데, 그의 투덜거림으로 시끄러웠던 공간이 갑자기 고요해졌다. 서늘한 생각이 스친 것은 그때였다. 어쩌면 그는 눈썹을 다듬는 가위를 들고 거부할 수 없는 충동에 휩싸였을지도 모른다. 뾰족한 그것의 날카로움은 짧지만, 목덜미를 찌르거나 동맥을 뜯어내기에는 충분할 것이다.

– 리, 리브야?

간밤의 일들은 그에게는 분명 너무 혹독했다. 웃고 있었던 것이 아니라, 그는 새처럼 울었던 건지도 모른다. 인간은 알 수 없는 날갯짓과 노래로, 그는 내내 그렇게 울고 있었던 것인지도.

– 리브야, 문 좀 열어봐! 리브야!

새빨간 물 위에 둥둥 떠 있는 그의 몸뚱이가 떠올랐다.

– 리브야!

언제나 알 수 없는 불안은 고스란히 현실로 드러났다. 끔찍하고 두려웠던 것들이 제일 먼저 내 앞에 다가왔다. 어느새 내 목소리는 울부짖고 있었다.

– 리브야, 문 좀 열어! 문 좀 열라고!

그러자 딸각 문이 열렸다.

– 아이, 참! 라이너 그릴 때에는 집중을 해야 하는데, 왜 이렇게 난리야?

그는 시커멓게 두터워진 눈꺼풀을 내 앞에 들이밀었다.

— 왜, 벌써 짭새들이 따라왔어?

그는 문밖으로 목을 빼며 물었다. 너무 어이가 없어 나는 멍청한데, 그는 그런 내 앞에 다시 자신의 얼굴을 바짝 들이밀었다.

— 없네, 뭐. 언니, 언니, 나 라이너 잘 그렸지? 그치? 내가 라이너 그리는 데는 정말 도사라니까? 이게 너무 힘을 줘도 안 되고, 그렇다고 너무 힘을 빼도 안 되고. 너무 천천히 그려도 안 되고, 너무 빨리 그려도 안 되는 고도의 기술을 요하는 작업이거든. 그치, 언니가 봐도 예술이지, 그치? 호호호.

그는 눈을 갸름하니 뜨며 연신 깜빡였다. 호홋, 하는 특유의 웃음소리도 잊지 않았다.

버스터미널로 돌아와 우리는 가장 먼저 도착하는 아무 버스나 집어탔다. 우선 경찰들의 눈을 피해 이 마을을 벗어나는 일이 먼저였다. 그러니 버스가 어디로 향하는지는 중요하지 않았다. 버스가 우리를 내려놓은 곳은 용두터미널이었다. 그러나 그곳은 터미널이라기보다는 어느 시장통의 입구 같았다. 옛날에는 버스가 들어와 정차했을지도 모르는 안쪽은 '우리상회'라는 가게가 까만 먼지를 이고 굳게 잠겼고, 빈 공간의 한가운데에는 너무 큰 드럼통 하나가 자리하고 있었다.

리브는 '한밭슈퍼'라는 간판 앞에 한참을 섰다. 그러고는 이내 큰 소리로 소리를 질렀다.

　- 이봐, 이봐! 여긴 용두라는 곳인데 왜 한밭 슈퍼냐고? 한밭은 대전이라는 말 아니야? 그치, 언니? 맞지, 맞지? 그럼 한밭슈퍼가 아니라 용두슈퍼라야 하는 거 아니냐고! 용두슈퍼가 아니라 한밭슈퍼라고 해서 팔 걸 안 팔아, 그렇다고 슈퍼가 아니고 목욕탕이나 이발소 같은 거야? 못된 인종들! 좋겠네? 지들은 용문에서 태어난 용문슈퍼나 용문파출소 같은 거여서. 퉤!

　이해할 수 없는 노래와 춤으로 털어버린 줄 알았는데, 그는 간밤의 일들을 또다시 곱씹고 있는 모양이었다.

　- 언니, 나 어때?

　화장실에서 나온 리브는 내 앞에서 빙그르르 돌았다. 홍천터미널에 도착해서 여기저기 군복을 입은 젊은 사내들이 보이자, 옷을 갈아입어야겠다며 화장실로 들어가고 난 후였다.

　- 어때? 좀 영하고 큐트 해 보이지, 그치? 호홋.

　그러나 허리까지 딱 달라붙은 청바지에 밑이 짧은 분홍색 점퍼는 칠팔십 년 대의 다방 여종업원을 떠올리게 했다.

　- 언니, 언니. 나 저 오빠들하고 이야기 좀 하고 올게. 저 오빠들 아까부터 나한테 자꾸 눈길을 주고, 눈짓을 하고. 호홋, 뻔해, 뻔해. 내가 말했잖아, 언니. 내가 연하에게 좀 먹히는 얼굴이라고. 호홋.

갔다 올게.

리브는 엉덩이를 잔뜩 뒤로 빼고는 종종걸음으로 그들에게 다가갔다. 제복을 입은 군인들은 주춤거리며 물러나면서도 호기심 어린 눈길을 감추지 못했다.

갑자기 맥이 빠졌다. 여기에서도 나는 돌아가고 싶은 곳으로 돌아갈 수 없는 사람일 뿐인 건지. 나는 또다시 내가 원하지 않는, 내가 모르는 공간 속으로 끌려와 있었다.

– 언니, 언니!

소리가 나는 쪽으로 고개를 돌리니, 리브는 키가 작은 군인 한 명을 끌고 내 앞으로 달려오고 있었다. 중학생이나 고등학생들처럼 그의 얼굴에는 새빨간 여드름이 가득했다.

– 언니, 이 오빠가 거기 안대!

– 저 오빠 아니에요.

그는 어이없다는 듯 피식 웃었다.

– 어머머, 그럼 언닌가? 호호호. 오빠 나 키만 컸지, 아직 어리다? 직장 생활을 일찍 시작해서 성숙해서 그런 거지, 나 그렇게 나이 안 많아? 이 오빠, 참 사람 보는 눈 없으시다. 호홋.

그는 몸을 베베 꼬며 군인의 팔짱을 슬쩍 꼈다.

– 그럼 민증 깔까? 근데 오빤 군인이라 민증 없지? 호홋, 사실 나도 민증 없거든. 그러니까 우리는 서로 같은 처진 거지. 동병상련,

이심전심, 님도 보고 뽕도 따고. 그럼 나는 님? 오빠는 뽕? 호호호.

　피곤한 얼굴의 나를 세워두고 그의 이야기는 또다시 엉뚱한 곳으로 빠져들었다.

　– 거기라니?

　– 맞다! 거기 언니, 거기! 그치 오빠? 오빠가 거기 본 적 있다고 했지, 그치?

　– 아, 까맣게 탄 산등성이 이야기를 하길래요. 포탄 사격장이 있는 데는 원래 산들이 그렇게 새까맣게 그을려 있는 경우가 많거든요. 그래서 이야기한 건데.

　갑자기 가슴이 뛰기 시작했다. 장막처럼 기억 속의 검은 산등성이들이 눈앞에 펼쳐졌다.

　– 정말 거긴 산들이 검은가요?

　– 네, 맨날 포를 사격하니까 까맣게 타고 그러죠.

　그는 말을 하면서도 계속 리브의 팔을 자신의 팔꿈치에서 빼냈다.

　그 뫼, 맞지 언니? 그치?

　리브는 호들갑스럽게 떠들며 다시 팔짱을 꼈다. 검은 산이 아니라, 검게 그을린 산? 그러고 보니 그날 지축을 흔드는 굉음 때문에 귀를 막았던 것도 같고. 그렇다, 그래서 엄마가 내게 마지막으로 했던 이야기들이 들리지 않았던 것인지도 모른다. 어디에 묻어두었는지도 몰랐던 기억들이 불쑥 솟아올랐다.

– 어디, 어디죠, 거기?

– 제가 가는 곳은 전곡인데… 포천 위에 전곡이요.

그는 또다시 팔꿈치를 밀어내며 덧붙였다.

– 이 오빠가 우리 거기까지 안내해 준댄다? 그치 오빠? 호홋.

– 뭐 어차피 그리로 가기는 하는데…….

그는 그렇게 말을 흐려놓고 저만치 물러섰다. 그러고는 도망이라
도 치듯 몇몇 동료 군인들과 함께 승강장 쪽으로 뛰었다.

– 언니, 언니, 빨리 표 끊어가지고 와! 내가 저 오빠들 잡아놓을게.
빨리!

리브는 그렇게 말해놓고는 종종걸음으로 뛰어갔다. 지갑을 들고
일어서는데 현기증이 일었다. 머릿속에서 엉켜있던 기억이 쿵쿵 소
리를 내며 하나로 겹쳤다가, 다시 흩어졌다. 그때, 악악거리며 입간
판 옆을 뛰고 있었을 때, 내게 손을 내밀었던 것이 제복을 입은 남자
였다. 도와주려는 그의 손길을 나는 바보처럼 물어뜯었었다. 흐릿한
기억 때문이라고 생각했는데, 어느새 내 눈가는 촉촉하게 물기가 어
리고 있었다.

우리를 태운 버스는 현리터미널과 일동터미널과 포천터미널을 지
났다. 현리터미널은 장터 근처였고, 일동터미널은 도로 근처였고,
포천터미널은 도심지 한복판이었다.

어느 때부턴가 가슴이 답답해지기 시작했는데, 그게 통증이 아니라 설렘일지도 모른다는 사실을 깨달은 건 동두천터미널 근처를 지날 때였다. 이제 어쩌면 내가 떠나왔던 그곳으로 돌아가게 될지도 모른다는 설렘. 나를 버린 그녀를 만나게 된다면 한 번도 해보지 못했던 말을 할 수 있게 될 거라는 설렘. 그리고 나는 이제야 비로소 내 생의 마지막을 행복하게 마무리하며 눈을 감게 될지도 모른다는 설렘.

– 언니, 언니! 저기 봐, 저기!

고함소리에 고개를 들었을 때, 리브는 제복을 입은 군인들 틈바구니에서 창밖을 가리키고 있었다. 고개를 돌려 창밖을 보았는데, 촉촉해진 눈가 때문에 눈앞이 흐려졌다. 태양은 등 뒤에 있는데 어디서 빛이 들어오는지 눈이 부셨다.

있었다. 그의 말대로 그곳에 검은 산들이 있었다. 높은 등성이들이 어느 식구들의 새까만 속인지, 여기저기 검은 흔적들로 뒤덮였다.

– 맞지, 언니? 저기 맞지? 그렇지?

그의 고함소리는 버스 안을 쾅쾅 울렸다. 맞나? 저기가 맞나? 나는 고개를 죽 빼 검은 산들 주위를 살폈다. 내가 앉아있던 자리, 내가 울던 모퉁이, 내 옆에서 돌아가던 틀린 글자의 입간판까지.

– 그치, 찾은 거지! 그치 언니!

그러나 없었다. 검게 그을린 산들 밑에는 기다란 밭이랑이 늘어져 있을 뿐, 어디에도 기억 속 입간판 같은 것 보이지 않았다. 아닌가, 하는 생각을 떠올릴 무렵, 버스는 천천히 모퉁이를 돌았다. 그러자 눈앞에 보이던 검은 산들이 조금씩 멀어졌다. 어딘가를 향해 달음박질치던 심장도 조금씩 느려졌다. 기억의 근처에서 멀어지듯 촉촉했던 눈가도 조금씩 말라가고 있었다.

버스는 우리를 전곡터미널에 내려놓았다. 혹시 어느 모퉁이에 빙글빙글 돌아가는 입간판이 있지 않을까 두리번거렸지만, 먼지가 낀 넓은 터미널 안에는 사연 많은 얼굴의 사람들뿐이었다. 다른 터미널은 없느냐 기사에게 물었지만, 시내버스가 서는 작은 터미널이 있긴 한데, 그것도 이 근처라고 했다. 정류장이 아닌 곳에 사람들을 내려주는 읍내버스가 조금 더 북쪽으로 가기는 했지만, 그건 겨우 마을 외곽일 뿐이라고.

여전히 나는 내가 돌아가고 싶은 곳으로 갈 수 없는 사람이었고, 여기는 그저 희망의 근처일 뿐이었다.

익숙한 냄새가 난 건 여드름이 난 군인을 따라 리브가 터미널 바깥으로 뛰어나가고 난 후였다. 매캐하게 나를 환각 시키는 기억의 냄새. 모르고 있다고 생각했는데, 그건 검은 산처럼, 쿵쿵 울리던 굉음처럼 불쑥 내 안에서 솟아올랐다.

고개를 드니 곁에 누군가 와 앉았다. 남자같이 짧게 자른 머리를 가진 여자였다. 커다란 짐 보따리 하나를 그녀는 아이처럼 끌어안고 있었다. 겁먹은 아이의 목덜미를 품어 안고 있듯 그녀의 팔꿈치는 단단했다. 여자가 나를 쳐다봤다. 사연 많은 눈을 알겠는지, 그녀의 눈빛도 흔들렸다. 그런데 그녀의 얼굴 모습이 조금 어색했다. 립스틱만 급하게 바른 민낯이어서였을까. 그녀의 이마 언저리가 조금 허전했다. 그러고 보니, 그녀의 두 눈 위에 눈썹이 없었다.

– 한 대 줄까요?

내 앞에 내밀어진 담배 끝에는 립스틱 자국이 선명했다. 떨리는 손으로 그걸 받아들었다. 한 모금 깊게 빨았다. 두려움을 지워내듯 내 입술은 조급했다.

– 늦은 거죠?

담배 연기 때문인지 탁한 그녀의 목소리는 중얼거리듯 말했다.

– 네?

– 이미 늦은 거야. 다들 너무 늦어버린 거야. 돌아가긴 틀렸어. 가고 싶어도 더 이상 갈 수 없어. 그렇죠?

너무 갑작스런 물음에, 오랜만에 피우는 담배 한 모금에 머릿속은 혼미해졌다. 분명히 들었다고 생각했는데, 그녀는 여전히 담배를 문 채였다. 그냥 흰 피부라고만 생각했는데, 어떤 공포에 질렸는지 그녀의 얼굴에는 핏기가 없었다.

– 아유, 졸라 빠르네. 아유, 힘들어!

얼마나 달음박질을 했는지 리브의 온 얼굴에는 땀이 범벅이었다.

– 아니 누가 잡아먹어? 귀엽게 생겨서 좀 이뻐 해 주려고 그랬더니만 무슨 사자를 만났니, 호랑이를 만났니? 그 짧은 다리로 다다다다 달리는데, 아유 난 무슨 이봉조 탄생한 줄 알았다니깐? 아이고 다리야, 아이고!

리브는 나무 의자에 털썩 주저앉아 다리를 두드렸다.

– 맞나, 이봉조? 이봉주인가? 어쨌든 봉다리인데? 어, 언니 담배 끊었다면서?

그는 내 손안에 혼자 타들어 가는 담배를 가리켰다. 발갛게 묻은 립스틱 자국을 분명히 기억하고 있는데, 필터에는 아무런 자국도 남아 있지 않았다.

– 내 가방은 언제 뒤졌대? 언니, 사생활 침해 몰라, 사생활 침해?

자신의 손가방을 뒤적이며 그는 투덜거렸다. 짧은 머리의 여자가 앉았던 자리는 이미 텅 비어 있었다. 어린아이를 닮은 커다란 짐 꾸러미도 보이지 않았다. 분명히 보았다고 생각했는데 보이지 않았고, 들었다고 생각했는데 기억 속 말도 희미해졌다. 리브는 멍한 나를 바라보며 또다시 투덜거렸다. 그러나 나는 들고 있던 담배를 내려놓지 못했다. 흰 연기를 뿜으며 그것은 끝까지 하얗게 타들어 갔고, 끝내 나는 어디에서도 그 여자를 찾아내지 못했다.

그날 밤, 전곡의 허름한 여인숙에서 나는 리브에게 꿈 이야기를 했다.

– 어머머, 세상에, 세상에!

리브는 손바닥을 연신 부딪치며 호들갑을 떨었다.

– 어머 언니 그거 신 내리는 거 아니니? 언니 무당 되는 거 아니야? 조상 중에 어렸을 때 죽었거나, 아니면 언니 어떤 남자랑 놀아나다가 애 뗀 적 있니? 그건 영락없이 귀신 쓰인 건데. 어머, 어쩜!

그러나 여지없이 그의 이야기는 엉뚱한 데로 흘렀다. 하지만 화가 나거나 괜히 털어놓았다 후회 같은 건 없었다. 처음부터 그에게 어떤 이해나 위로를 바랐던 것은 아니었다. 차라리 그건 구토 같은 것이었다. 생각의 명치끝을 꽉 틀어막은 것을 단번에 쏟아놓고 마는.

– 그럼 유명한 무당 만나서 살풀이를 해야 하는 거라던데. 그리고 신 내림도 받고. 아니다, 언니, 내 가방 좀 줘봐.

침대 위에서 호들갑을 떨던 그는 머리맡에 자신의 가방을 끌어당겨 열었다. 그러고는 작은 화장품 가방에서 무언가를 뒤적뒤적 꺼내 내 앞에 내밀었다.

– 언니, 이거.

커다란 그의 손을 내려보니 거기에는 길쭉한 연필 하나가 놓여 있었다. 그건 눈썹연필이었다.

– 뭐니, 이게?

- 지금 살풀이를 할 수도 없고, 신 내림을 받을 수도 없으니까 언니가 해결해야지, 뭐. 그건 분명히 동자귀신 같은 걸 거야. 그러니까 언니가 그걸 가지고 가서 걔 얼굴에 눈썹을 그려줘. 걔 눈썹이 없었다면서? 그러니까 눈썹을 그려주고 걔 마음을 얻는 거야. 그렇게 걔를 언니 신으로 받아들이는 거지. 그럼 신 내림까지는 아니더라도 뭐 그 비슷한 게 되는 거 아닐까? 왜 케이블 TV에서 보니까 신 내림 같은 거 받을 때 무슨 원한을 풀어준다든가, 위로를 해준다든가, 그러잖아? 그러니까 괜찮아지지 않을까? 자!

리브는 내 손안에 눈썹연필을 우겨넣었다.

- 근데 제대로 그려야 된다?

그는 밀사를 준비하는 독립군처럼 비장한 눈빛으로 내게 속삭였다.

- 눈썹 산이 너무 높으면 사람이 사나와 보이니까 너무 높지 않게 조금만, 조금만 올려서. 그리고 눈썹이 너무 진하면 가면을 뒤집어 쓴 것 같은 화장이 되니까 눈의 라인과 균형을 맞춰가며 너무 길지 않고 또 너무 짧지 않게 자연스럽게, 알았지? 괜히 그려준다고 시작했다가 얼굴에 떡칠해놔서 동자귀신 열 받게 하지 말고!

그 표정이 얼마나 진지한지 픽 웃음이 터졌다.

- 어머, 이 언니 웃어? 귀신에게 잘못 놀아나면 삼 대가 망가지는 수가 있는 거랬어, 언니? 그러니까 정신 똑바로 차리고, 엉? 괜히 같이 다니는 나까지 피해 보게 하지 말고, 엉?

그의 눈썹 그리는 법에 관한 이야기는 그러고도 한참을 이어졌다. 눈썹 그리는 법에 대한 것뿐만이 아니었다. 자연스러운 피부 톤을 표현하는 법, 민낯처럼 보이는 화장법, 아이라인을 잘 그리는 법, 립 라인을 그리는 법 등에 대해서도 무수히 많은 이야기를 떠벌렸다. 물론 나는 그가 하는 이야기의 대부분을 이해하지 못했다. 그저 그가 쥐어 준 눈썹연필을 손에 꼭 쥐고 잠자리에 누웠다. 또다시 꿈속에 아이를 만나면, 이번에는 아이에게 눈썹을 그려 주리라 생각하면서. 더 이상 도망치지 않고, 반드시 아이를 돌려세워 아이의 얼굴을 마주하리라 다짐하면서.

8.

여기, 있다

우리가 다시 경기도로 돌아왔다는 사실은 버스를 타기 위해 터미널로 돌아와서 알게 되었다.

– 어머, 포천은 강원도 아닌가? 맞는데? 강원도 포천?

높이 매달린 운행표를 올려보며 리브도 눈이 커졌다.

– 맞아, 언니! 강원도 포천, 산도 많고 계곡도 많고, 군인들 부대도 많고 겨울에 눈도 엄청 내리고. 강원도 포천!

리브는 믿지 못하겠는지 매표창구로 쪼르르 달려갔다. 고개를 갸웃거리며 돌아와서도 다시 공중에 둥실 뜬 운행표를 올려보았다.

– 이상하네, 맞는데? 강원도 포천, 분명히 맞는데?

나도 알고 있다. 인생이라는 무대가 벌이는 깜짝 쇼. 마술이라도 걸린 듯 멍하게 만드는 갑작스런 시간 속. 그 어떤 영화나 드라마에서도 본 적 없는 소름 끼치는 시간의 반전. 알고 있다.

　– 언니도 이상하지 그치? 누가 우리를 놔두고 사기 치는 것 같지, 그치? 몰래카메라 아니야, 이거?

　썰렁한 대합실을 둘러보는 그의 얼굴은 금세 장난을 치듯 환해졌다. 그러나 나는 그처럼 웃지 못했다. 그의 말대로 이것이 사기이고 장난이라면 그건 내겐 너무 가혹했다. 결국 나는 어디로도 가지 못하고, 처음 그곳으로 돌아가게 되리라는 예언 같아 자꾸 몸이 떨렸다. 아무리 벗어나려 해도 벗어날 수 없으리라, 내 팔다리를 묶은 시간의 공포(公布).

　– 이상하네, 이상해.

　눈썹을 씰룩이며 그는 연신 고개를 갸웃거렸다. 어쩐지 그의 눈썹은 간밤에 내가 아이에게 그려주었던 눈썹과 닮은 듯 보였다.

　다행히 내 앞에 처음 얼굴을 보여준 아이의 모습은 평범했다. 뺨까지 올라와 있다고 생각했던 아이의 입꼬리는 울먹이느라 뒤틀려 있었을 뿐이었고, 기괴하고 끔찍하다고 생각했던 두 눈은 그저 울먹이느라 찌그러졌을 뿐이었다. 그런 아이를 나는 어쩌자고 그렇게 두려워했던 건지.

　너무 미안하고 부끄러워 아이를 와락 끌어안았다. 겨우 열 살 남짓 되어 보이는 작은 여자아이는 내 품에 들어와 '앙!' 울음을 터뜨렸다.

애써 웃는 얼굴로 아이의 등을 토닥였다. 그리고 눈물범벅인 작고 동그란 얼굴을 닦아 주었다. 눈썹이 없는 것이 아니라, 병이라도 앓고 있는지 그저 듬성듬성할 뿐이었다. 주머니에서 리브에게 받았던 눈썹연필을 꺼냈다. 그리고 리브의 말처럼 조심스럽게 손을 놀려 눈썹을 그리기 시작했다. 눈썹 산이 너무 높지 않게, 또 너무 진하지 않게.

두 눈에 눈썹을 모두 그리고 얼굴을 들여다보자, 아이는 환하게 웃고 있었다. 거울을 들여다보고 있는 것도 아닐 텐데, 새로운 눈썹을 단 제 얼굴이 마음에 드는지 아이의 미소는 자꾸 커졌다. '여기에도 그려주세요.' 아이가 손을 내밀었다. 작은 손 위에는 풀어져 버린 머리끈이 올려 있었다. 지푸라기와 흰 천으로 엮은 머리끈.

망설였다. 흰색이나 검은색이나 어차피 마찬가지일 텐데. 그러나 나는 아이의 말대로 바스락거리는 검은 천위에 눈썹연필을 가져갔다. 그리고 정성스레 흰 공간을 채워주었다. 새까맣게 채워진 지저분해진 천 조각을 떠올렸는데, 검은 연필 끝에서 눈이 시린 분홍빛이 쏟아져 나왔다. 어느새 흰 천의 조각들은 분홍색 꽃들이 되어 피었고, 말리 비틀어진 지푸라기는 초록의 싱싱한 줄기가 되었다.

'아!' 하고 탄성을 지르는데, 눈앞에 섰던 아이가 물감을 뒤집어쓴 듯 머리끝에서부터 천천히 분홍빛으로 물들기 시작했다. 예뻐진 제 모양이 좋은지 아이는 빙글빙글 돌며 춤을 추었다. 아이의 발길을

따라 꽃향기가 콧속을 가득 채웠다. '호홋, 호홋!'

행복한 아이의 웃음소리가 들렸을 때, 갑자기 이상한 생각이 들었다. '이 아이, 여자아이가 맞나?' 그러고 보니 아이의 머리카락은 짧아져 있었고, 흐릿하던 얼굴 모양이 조금 더 또렷해졌다. 아닌가, 그저 남자아이처럼 생긴 여자아이일까. 빙글빙글 춤을 추며 웃고 있는 아이 앞에서 내 머릿속의 생각은 또다시 희미해졌다. 그리고 '호홋, 호홋!' 하는 아이의 웃음소리는 나를 가르치듯 점점 더 커져갔고.

— 왜?

리브는 짙은 눈 화장의 두 눈을 깜빡였다. 분명 닮은 것도 같다. 그 아이, 이 사람.

— 그치, 처음에는 몰랐는데 보면 볼수록 자꾸 쳐다보게 되지? 그봐, 그 봐, 그게 내 매력이라니까? 첫눈에 이뻐서 금방 질리고 마는 스타일이 아니라, 보면 볼수록 알 수 없이 끌리고 자꾸만 빠져드는 이 거부할 수 없는 매력! 호홋, 호홋!

꿈속에 그 아이처럼 그는 입을 가리며 웃었다.

— 여기, 여기 이 광대뼈. 이거, 이거 서양에서는 완전한 부의 상징이라는 거 아니우? 언니는 당연히 모르겠지? 그래서 서양에서 활동하는 동양 모델들이나 동양 연예인들 보면 광대뼈 툭 튀어나오고 눈 쫙 찢어지고, 그게 바로 나라니까! 이 코딱지만 한 대한민국이 아니라 세계적으로 통하는 국제적 미인! 이너내셔널 뷰리!

- 호홋.

어느새 이번엔 내가 아이처럼 입을 가리며 웃고 있었다.

- 어머, 어머! 언니, 웃을 때는 제발 눈가 주름 신경 쓰면서, 엉? 그리고 선크림 발랐니, 안 발랐니? 아주아주 흙바닥에 하루 종일 굴러다닌 감자마냥 시커멓게 타가지고서는. 쯧쯧.

그러나 웃음은 멈추지 않았다. 화장이 뭉친 그의 얼굴이 일그러질 때마다 웃음소리는 자꾸 커졌다.

- 푸하하하!

- 으유, 저 기미, 기미! 잡티, 잡티! 어머머, 다크써클, 다크써클!

- 하하하!

- 으유, 으유, 아주 좋댄다, 그냥! 허!

기가 막힌 듯 리브는 팔짱을 꼈지만, 나는 오랜만에 대합실이 �꽝�꽝 울리도록 소리 내어 웃고 있었다. 그건 정말 오랜만이었다.

너는 가고 싶은 곳이 없느냐 물었을 때, 리브는 '바다?' 라고 말해 놓고 깔깔 웃었다. 불과 어제까지만 하더라도 그건 비아냥거림처럼 들렸을 것이다. 약속이나 한 듯 바다로 몰려가는, 마지막 시간을 지나는 사람들을 그는 이죽거리며 비아냥거렸으니까.

그러나 이번에 나는 그냥 피식 웃고 말았다. 어느새 그의 눈썹연필이 내 얼굴에도 눈썹을 그렸던 건지 자꾸 웃음이 샜다. '진짜 갈래,

바다?' 그렇게 다시 물었을 때, 그는 물끄러미 나를 봤다. 그러다가 갑자기 홍당무처럼 얼굴이 붉어졌다. 후다닥 매표창구로 가서 표 두 장을 끊어 와서는 다짜고짜 내 팔뚝을 끌었다. 어디로 가느냐 묻지 않았다. 마음이 바뀌기 전에 한 번쯤 그를 위한 동행이 되어주고 싶었다. '고마워서.'라는 생각을 떠올리기는 싫었다. 자존심만 센 고약한 속내가 부끄러웠지만, 끝까지 나는 입을 벌리지는 않았다.

버스는 의정부시외버스터미널에 우리를 내려놓았다. 결국 그곳이 리브가 원하는 곳인 줄 알았는데, 그는 다시 매표창구로 뛰어가 다른 표를 끊어왔다. 버스는 전주시외버스터미널에 도착했지만, 리브는 또다시 다른 표 두 장을 들고 나타났다. '버스를 또 타?' 그렇게 묻고 있는 내 앞에 그는 두 볼이 발그레해져 호홋 웃고 말았다. 결국 우리는 익산시외버스터미널에 도착했다. 물론 그 어느 터미널도 내가 찾고 있는 그곳은 아니었다. 터미널에 내려서니 입구에 노란 플래카드가 펄럭였다. 그 위에는 의정부에서 익산을 거쳐, 군산으로 가는 직통버스가 개통되었다는 내용이 커다랗게 적혀 있었다. 아무리 어긋나고 틀어지는 것이 여행이라지만, 누군가 우리보다 빠르고 쉽게 이곳에 도착했을 것을 생각하니 왠지 허무한 생각이 드는 건 어쩔 수 없었다. 그게 인생이라는 건지.

― 누군데?

전화기에 매달려 있던 그는 '파트너'를 찾던 지난번과는 좀 달랐다. 하긴 터미널 화장실에서 옷을 갈아입고 나오는 그를 보았던 때부터 눈치는 채고 있었다. 평상시 같았으면 분홍색으로 친친 휘감았을 그의 모습은 개나리꽃처럼 샛노랗게 물들어 있었다.

– 누구냐고? 호홋. 음, 내 파트너. 진짜 파트너. 흐흐흐.

자꾸 벌어지는 그의 입은 좀 웃겼다. 무얼 떠올리는지 수염 자국이 덥수룩한 턱밑은 자꾸 파르르 떨렸다.

– 언니는 그거, 언제야?

– 그거?

파트너이야기를 하며, '그거'라고 말하는 그의 목소리는 왠지 소름 끼쳤다.

– 응, 그거. 음, 첫사랑? 호홋!

커다란 몸을 부르르 떨며 그는 얼굴이 발그레 졌다. 사랑이라는 말이 마법인 건 알고 있지만, 그건 어쩐지 그에게는 이물스럽게 느껴졌다.

– 사랑은 무슨…….

그렇게 말하고 말았지만, 나는 애써 불편한 표정을 감추었다. 그에게 사랑이라는 것이 어떤 모습일지 도무지 상상이 되지 않았다. TV에 나왔던 연예인은 귀여운 인상의 남자와 결혼식을 올렸다지만, 그의 곁에는 도무지 아무도 떠오르지 않았다. 남자도, 여자도,

어느 쪽이든 그에게 어울리지 않기는 마찬가지였다.

　－ 너는 언젠데?

　－ 나? 호홋, 난 고 삼 때? 호홋.

　그는 또다시 꽃잎처럼 너풀거렸다.

　－ 누군데?

　－ 음, 좋은 사람. 좋은 사람이야.

　괜히 얼굴이 일그러졌다. 버스를 타고 오는 내내도 말이 없어 이상하더니, 오늘 그는 내가 알고 있는 리브가 아닌 듯했다. 게다가 '좋은 사람'이라고 말하며 발그레해지는 그의 얼굴은, 미안하지만 그저 기괴했다. 명품들을 휘감을 수 있는 돈 많은 부자라거나, 키가 크고 콧날이 오뚝한 호남형이라거나, 그도 아니면 섹시한 근육질의 남자를 찾아 호호거려야 평상시의 리브다웠다. 그도 아니면, 도구라도 장만하듯 파트너나 찾아다니고 있다고 떠벌리거나.

　게다가 용문에서 만났던 남자들이 떠오르고 나니, 당장에라도 그런 건 없다, 소리쳐주고 싶은 마음이 스멀거리며 피어올랐다.

　－ 너 오늘 이상한 거 아니?

　선뜩한 목덜미를 견디지 못해 나는 그렇게 물었다.

　－ 내가? 내가 왜? 내가, 내가 어때서?

　－ 어떻기는? 너 삶은 홍당무 같아.

　－ 어머머머! 이 언니 어쩜 비유를 해도? 딸기나 복숭아 같은 거라면

모를까, 하필 삶은 홍당무니? 하여간 센스 없고 세련되지 못하기는. 쯧쯧. 못 말려, 못 말려!

팩 토라져서도 그는 붉어진 얼굴을 감추지 못했다.

– 왜 좋았는데?

– 응? 왜? 호홋, 왜냐고? 호홋.

그는 또다시 법석을 떨며 발을 동동 굴렀다.

– 나, 처음이었거든. 호홋.

– 처음?

그러나 좋아 어쩔 줄 모르는 그와는 달리 내 얼굴은 딱딱하게 굳었다. 그려지지 않던 이물스런 것들이 머릿속에서 마구 뒤엉키고 있었다.

– 응, 처음. 아유, 아유 어떡해! 아유!

손부채질을 하는 그의 모습이 좀 징그러웠다. 편견이라고 한다면 달리 핑계를 댈 생각은 없었지만, 영락없이 내 머릿속은 새빨간 책 한 페이지였다.

– 아유, 몰라, 몰라, 몰라, 몰라! 꺅, 나 어떡해! 호호호!

펄쩍펄쩍 뛰며 그는 빙글빙글 돌았다. 지나가던 사람들이 취객이라도 만난 듯 비켜섰다. 펄럭거리며 그가 지나가고 나면 여지없이 손가락질하며 수군거렸지만, 그는 꺅꺅 비명을 질러대며 몸을 떨었다.

– 언니, 이것도 그 사람이 제일 좋아하는 색이다? 나, 예쁘지,

예쁘지? 꺅! 어떡해, 어떡해!

탱탱한 얼굴로 뛰어가며 그는 그렇게 계속 소리쳤다. 그러나 나는 그가 말한 '처음'을 떠올리느라 발걸음이 자꾸 느려지고 있었다.

뜨거운 물속에 누워 나는 나의 '처음'을 기억하려고 애썼다. 리브가 말했던 '처음'도 이상하고 이해할 수 없는 것이더니, 생각해보니 내 '처음'도 마찬가지였다. 내 삶의 처음이란, 검은 산과 틀린 글자의 터미널 간판이 전부였으니 기괴하기는 다를 게 없었고, 지금의 내 남편이 처음 말했던 고백도 '사랑한다.' '행복하자.'가 아니라, 그저 '같이 살자.'였으니 이상하기는 똑같았다.

목적지도 없이, 잠시 다녀오겠다는 내 이야기를 남편은 무엇으로 받아들였을까. 쓸데없이 삶의 마지막을 허비한다, 비난이나 하고 있지 않을까. 쓸모도 없는 두꺼운 책에 빠져 끼니 같은 건 잊어버리고 지내지는 않을까. 또 다른 모양의 불안이 조금씩 부풀었다. 시계를 올려보았다. 버스가 끊겼으려나? 몸을 씻어내고 타월을 둘렀다. 물기를 닦아내고 옷을 갈아입었다. 돌아가지는 않을 것이다. 다만 그의 목소리를 듣고 싶었다. 가능하다면 곧 돌아가겠으니 걱정하지 말라는 거짓말을 해야겠다, 하는 생각도 어느새 슬그머니 떠오르고 있었다.

버스가 끊어진 터미널은 거대한 항구 같았다. 시멘트 깊숙한 곳에 닻을 내리고 조용히 누군가를 떠나보내기 위해, 혹은 누군가를 데려오기 위하여 푸른 새벽을 기다리고 있는 시간의 방주(方舟). 괜히 오슬오슬 한기가 느껴졌다. 어둠 속 어딘가에서 차례를 기다리는 해쑥한 얼굴들을 보게 될까, 눈길을 피했다. 괜히 나왔나? 어차피 그에게 해야 할 거짓말들은 한두 가지가 아닐 텐데. 잘 지내고 있다는 말이나, 그저 바람이나 쐬러 나왔다는 말이나, 혹은 친구나 아는 동생과 같이 여행 중이라는 이야기나 온통 새빨간 거짓말들뿐인데.

어느새 꼬깃꼬깃 숨겨놓았던 두려움이 슬그머니 일어섰다. 안되겠다, 돌아가자. 이미 시간이 너무 늦어 버렸으니 그이도 전화를 받지 않을지도 모른다. 뒷걸음으로 물러나며 나는 서둘러 모텔 쪽으로 발길을 돌렸다. 그런데 도로 곁에 세워진 자동차 뒤에 두 개의 다리가 삐죽 새어나온 것이 눈에 들어왔다. 발을 걸듯 그건 내 앞길을 가로막고 있었다. 시간의 덫처럼 두려움이 왈칵 일어섰다.

– 호홋.

웃음소리가 들린 건 그때였다. 조금씩 꿈틀거리는 두 다리에게 다가갔다. 그러자 적막 속에 깊숙이 빠진 노란색 블라우스가 눈에 들어왔다.

– 리브니? 리브야?

그러나 그는 이미 무언가에 흠뻑 젖어있는 듯했다.

– 어, 언니? 호홋, 우리 언니네? 호홋.

부축하기 위해 그의 팔을 잡았다. 그러나 무엇을 머금었는지 그의 몸은 혼자서 감당할 수 없는 무게였다. 다시 그를 내려놓고 곁에 쪼그려 앉았다. 그에게선 갖가지 물의 냄새가 진동했다. 술의 냄새, 눈물의 냄새, 그리고 적막이라는 바다의 냄새.

– 언니, 사람이 그렇게 삐딱하게 살면 안 되는 거야. 있어, 분명히 있다고. 언니는 자꾸 없다고 말하는데, 그거… 그거 분명히 있어. 분명히, 분명히!

없다고 말했던 무수히 많은 것들 중에 어떤 걸 말하는 걸까. 꿈? 아니면, 희망? 그도 아니면 남편이 내게 말했던, 피안? 천국? 벌레처럼 그의 손이 꿈틀거리며 내 손을 잡았다.

– 에이, 이봐, 이봐! 전혀, 전혀 감이 안 오잖아! 전혀!

만지작거리던 내 손을 팽개치더니 그는 오른손으로 자신의 왼손을 만지작거리며 중얼거렸다.

– 처음이었어. 처음. 화장도 하지 않았고, 치마를 입지도 않았고, 여드름이 가득한 얼굴에, 일부러 수염까지 듬성듬성 기르고 있었는데, 처음으로 날, 누나라고 불러줬어. 누나, 그렇게.

희미한 달빛 아래 그는 웃고 있었는데, 물 냄새가 더욱 진동했다.

– 내가 아무리 남자 옷을 입고, 남자처럼 보여도 여자로 느껴진다고 했어. 마음으로 느낄 수 있다고. 누나는 분명히 자기한테는

여자로 느껴진다고.

　어둠 속인데 발그레해지는 그의 두 볼이 보이는 듯했다. 삶은 홍당무 같은 것이 아니라, 딸기나 복숭아처럼 그렇게 붉은.

　- 호홋, 그리고 이렇게… 이렇게 내 손을 잡아줬다?

　다시 그의 손이 꼬물거리며 내게 다가왔다. 이번에는 내가 먼저 그의 손을 꼭 잡아주었다. 생각지도 않았는데, 하마터면 '미안해.' 하고 말할 뻔했다.

　- 그리고 나를 일으켰어. 일으켰는데, 엉겁결에 그 사람 품에 안겼는데, 그 사람이 나한테 속삭였어. 누나, 탱고˙알아요? 그렇게. 호홋. 그리고 우리 춤췄다? 음악도 없었고, 나는 탱고에 대해서는 전혀 몰랐는데, 우리 같이 그렇게 춤췄어. 짠짠짠, 짠짠짠. 호홋, 호홋.

　그는 내 손을 들어 올려 허공 위에 아무렇게나 움직였다. 그의 입에서 익숙한 음악 소리가 흘러나왔지만, 잡은 두 손 위로 물기가 느껴졌다. 새까맸던 밤 풍경이 흐릿하게 흔들렸다.

　- 히히히! 그러니까 있어, 언니! 뭐든지, 있다고 생각하면 있어. 왜 요즘 그렇잖아? 정말 말도 안 되는 황당무계한 일들이 얼마나 많아? 믿기 힘들 정도로 고약하고 끔찍한 일들도 있으니까, 그 반대로 생각하면 믿기 힘들 정도로 행복하고 감격적인 그런 일들도 분명 있을 거야. 있어, 분명 있어! 호홋!

　만났느냐 묻지는 않았다. 그렇게 소름 끼치도록 설레는 느낌을

주었던 그 사람을 만나서 무슨 일이 있었느냐 묻는 것도 쓸모없는 일 같았다.

　– 그러니까 언니, 우리 죽지 말자? 백 살, 이백 살까지 살아서, 벽에 똥칠할 때까지 살아서 깜짝 놀랄만한 일들이 벌어지는 그런 거 두 눈으로 똑똑히 보고 살아야지, 엉? 등골이 뻐개지도록 행복해지는 그런 느낌, 발바닥에 불이 붙은 것처럼 껑충껑충 뛰고 싶을 만큼 기쁜 그런 느낌, 꼭 만끽하며 살아야지, 엉?

　휘청거리며 그는 일어섰다.

　– 정말 괜찮은 거니?

　휘청거리는 몸 이야기가 아니었다.

　– 괜찮아?

　– 오케이, 오케이! 암 오케이! 호홋! 자, 가자! 우리 언니 빠쓰인지, 빤쓰인지 거기 찾으러 가고, 나는 내 파트너 찾으러 가고! 고고고!

　휘청거리며 그는 자연스레 내게 기댔다.

　– 우선 개소주나 한바탕 끓여서 나눠 먹자, 응? 개소주보다는 사슴피가 직방이지 않을까? 아유, 근데 그건 정말 아니더라. 살아보겠다고 죽어가는 사슴 목덜미에 빨대 꽂아가지고 쪽쪽 빨아먹는 그 인간들은 정말… 아유, 아유!

　네발 달린 짐승처럼 우리는 조금씩 어둠 속으로 움직였다. 커다란 그의 가슴 때문에 불편하기는 했는데, 기대고 보니 그의 가슴에 안긴 꼴이었다. 그리고 어쩐지 그건 남편의 품과 닮아있었다.

　– 개소주나 사슴피는 칵테일 같은 걸로 안 나오나? 좀 우아하게 먹으면 안 되는 거야? 와인글라스에 따라서 쨍, 개소주 언더 락이나 트로피칼 사슴피 뭐 이런 거. 그런 걸로 만들면 안 되나?

　휘적거리는 그의 목소리는 빈 어둠 속을 꽝꽝 울렸다. 바짝 다가왔던 어둠은 어느새 멀찌감치 물러났고, 우리는 춤을 추는 사람들처럼 새벽 속을 스텝에 맞춰 걷고 있었다.

9.
줄무늬 물고기

문득 그에게 필요한 건 그냥 사람이 아닐까 싶었다. 여자도 아니고, 남자도 아닌, 그저 그를 사랑하고 그를 떠나지 않을 든든한 사람. 이해할 수 없는 그의 언어를 이해하고, 그가 하는 생각들을 믿어주고 고개를 끄덕여주는 그런 사람. 따스하게 손을 잡아주고, 음악이 없는 춤이라도 같이 출 수 있는 그런 사람. 그래서 그가 찾고 있던 것은 애인이나, 남자친구가 아니라 '파트너'였을까.

– 언니, 언니! 나 죽이지?

화장실에서 나온 그는 속이 훤히 비치는 긴 스커트를 입고 있었다. 오늘은 제모라도 했는지 모르지만, 갈라진 스커트 자락으로 까슬까슬한 털 자국이 고스란히 드러난 건 마찬가지였다.

- 아, 참! 모자, 모자!

분홍색 캐리어 어느 구석에 처박혀 있었는지 커다란 챙을 가진 모자는 한쪽이 구겨졌다. 흰 셔츠에 아슬아슬 걸려 있는 싸구려 선글라스도 어디에 깔렸던 건지 한쪽 다리가 틀어졌고.

- 오케이, 됐어! 가자, 바다!

이번에는 깔깔거리며 웃지 않았다. 바다를 가고 싶다던 그의 말은 진심이었을 것이다. 막힘없이 탁 트인 바다의 모습은 첩첩산중이었던 삶을 살았을 그에게 어쩌면 가장 간절한 것이었던 건지도 모른다. 물론 그건 나에게도 마찬가지였다.

사람들은 공연이라도 하려는 광대를 바라보듯 리브를 신기해하다가, 이내 끌끌 혀를 찼다. 물론 리브는 신경 쓰지 않았다. 좀 더 바다 쪽으로 가까이 가는 버스를 탔는데, 그건 우리가 놓쳤던, 의정부에서 익산을 거쳐 군산으로 가는 직통버스였다.

삶이란 예상하지 못한 갑작스런 것들과 마주하는 일이라는 사실을 알고 있다. 그렇게 계속되는 깜짝쇼를 견디며 무뎌지는 일이 사는 일이라는 것도 알고 있다.

- 어머머, 기가 막혀! 뭐니, 이건?

맞다, 여기는 바다. 넘실대는 물결이 보이고 끼룩끼룩 갈매기가 날고 있는 그 바다, 맞다. 그런데 그건 리브와 내가 상상했던 것과는 전혀 다른 바다였다. 널따란 해변이 펼쳐져 있는 대신, 진흙 바닥에 생선을 담았던 상자들과 바닷물에 쩐 부표들이 여기저기서 썩어가고 있었다. 외롭게 드문드문 떠 있는 섬 대신, 방파제 시멘트 구조물들이 눈앞을 떡하니 가로막았고, 겹겹이 쌓인 어선들 위에서 어부들은 킬킬거리며 리브의 꼬락서니를 구경했다. 알고 있다. 한 번도 생각했던 대로 되어지지 않던 그런 삶. 알고 있다.

 – 정말 센스 없는 사람들 천지라니. 아니 그 아저씨는 이런 꼴로 바다를 가자고 했으면 근사한 백사장이 있는 바닷가를 데려다가 줘야지, 여기는 뭐니, 여기는? 이런 꼴로 갈치, 고등어 배라도 따고 내장이라도 긁어낼 줄 안거니? 아니면 사내들과 섞여 웃샤웃샤 그물이라도 끌어당길 것처럼 생겼던 거야, 내가? 허이고, 기가 막혀! 으유, 정말 센스 없는 사람들 같으니라고! 으유!

 리브는 모자를 벗어 물어뜯었다. 바다로 가자고 말하던 리브를 운전사는 불쾌한 눈빛으로 쳐다봤었다. 저기 모퉁이만 돌아가면 바다가 있수, 라고 말하던 그의 목소리는 지금 생각해보니 골탕을 먹이려던 편견 덩어리였다.

 리브는 그런 줄도 모르고 항구 한복판에 서서 발을 굴렀다. 발을 동동 구를 때마다 긴 스커트 자락은 진흙탕에 끌려 엉망이 되어 갔고, 공들여 발랐던 발가락 매니큐어는 공판장에서 흘러나온 썩은 물로 새까매졌다. 얼결에 바닥에 누워 있던 손바닥만 한 생선을 밟았는데,

죽은 줄 알았던 생선이 퍼드덕 발밑에서 튀었다.

– 으아아아악!

질겁하며 리브는 비명을 질렀고, 재미있다는 듯 구경을 나온 어부들이 삑삑 휘파람을 불며 킬킬거렸다.

다시 군산시외버스터미널로 돌아왔을 때, 리브와 나는 이미 진흙 구덩이에 땀범벅이었다. 몸을 움직일 때마다 생선 비린내가 코를 찔렀다. 가뜩이나 리브의 차림새를 보며 뒷걸음질을 치던 사람들은 이제 아예 코를 틀어막으며 얼굴을 찡그렸다. 리브의 움직임을 따라 이리저리 도망을 치는 사람들은 그물을 피해 다니는 물고기 같았다. 리브는 그 물고기들을 모는 어부 같았고.

다시 화장실로 들어가는 리브를 보며 대합실 나무 의자에 앉았는데, 건너편에 한 아이가 눈에 들어왔다. 초등학생쯤으로 보이는 남자아이는 손에 연필 하나와 활짝 편 노트를 들고 있었다.

사람의 기척이 들리자 아이는 벌떡 일어나 다가갔다. 손에 든 작은 노트를 사람들 앞에 내밀었는데, 물고기의 삶을 살고 있는 사람들은 이번에도 여지없이 아이를 피해 우르르 도망쳤다. 아이가 다가가면 다시 도망치고, 물끄러미 서 있으면 뒤에서 수군거리며 뒷말을 주고받는 사람들. 어느새 옷을 갈아입고 리브가 화장실에서 나오자 아이는 이번에는 리브에게 달려갔다.

- 이게 뭐니?

마스카라를 다시 칠했는지 리브의 눈꺼풀에서 검은 가루가 부스스 떨어졌다.

- 서명 좀 해주세요.

- 됐어, 바쁘다.

그러나 이번에는 아이도 지지 않았다.

- 누나, 누나! 그러지 말고 서명 좀 해 주세요.

놀랐던 건 리브뿐만 아니라 나도 마찬가지였다.

- 뭐… 라고?

- 서명 좀 해달라고요.

- 아니, 그 전에 말이야, 그 전에.

아이는 골똘히 생각에 잠긴 표정이더니, 이렇게 덧붙였다.

- 그전에는 아무 말 안 했는데? 그냥 누나가 서명 안 해주고 가니까 누나한테 서명해달라고 그런 건데.

멀리서도 리브의 얼굴이 붉어지는 것이 보였다. 어쩌면 그는 함께 춤을 추었던 그에게 처음 '누나'라는 말을 들었을 때에도 그런 표정이었을 것이다.

- 흠, 흠. 근데 누나는 이름이 없는데.

'리브 킴'이라고 소리치던 그 모습과는 분명 달랐다. 무언가를 꿀꺽꿀꺽 삼키며 그는 조심스러운 목소리로 그렇게 대답했다.

― 이름이 없어요?

아이는 신기하다는 듯 되물었다.

― 응, 아직은. 이런 거는 서류에 있는 진짜 이름 쓰는 거잖아, 그치?

― 네.

― 근데 누나는… 누나는 아직 이름이 없어. 아직.

그가 하고 싶은 말들이 무엇인지 알고 있었다. 그러나 그가 그 말들을 하지 못하는 이유도 알 수 있을 듯했다.

― 네, 알았어요. 고맙습니다, 누나.

아이는 리브의 앞에 고개를 푹 숙이고는 그만이었다. 이름이 없다는 말에 한 번쯤 거짓말이라고 외칠 법도 한데, 그토록 여러 사람에게 외면을 당한 터라면 섭섭함 때문이라도 이름이 없는 사람이 어디 있느냐, 소리를 칠만도 한데 아이는 그대로 고개를 끄덕이고는 돌아섰다.

― 잠깐, 잠깐만! 이리 와봐!

리브는 돌아서는 아이의 팔꿈치를 잡아끌었다. 그러고는 성큼성큼 내게 다가왔다.

― 언니, 언니! 이거, 이거 좀 써줘.

리브는 아이에게서 노트와 연필을 빼앗아, 내게 내밀었다.

― 여기, 언니 이름 하고 주민등록번호하고 주소하고, 그런 거 적어. 언니는 그런 거 있지? 그치? 그러니까 빨리 적어. 언니 남편

것도 알지? 그럼 그것도 적고.

무엇이라도 해주고 싶은 그의 마음을 알 수 있을 듯했다. 생각 같아서는 아이 대신 사람들에게 일일이 쫓아다니며 서명을 받아주고 싶었을 것이다. 아이처럼 자신도 물고기를 몰아내는 어부의 꼴이 아니라면 분명히 그렇게 해주고 싶었을 것이다.

머릿속 희미한 남편의 주민등록번호까지 떠올리며 연필을 받아들었다. 그리고 자신을 누나라고 불러 준 리브의 고마움을 담아 정성스럽게 이름과 신상정보를 적어주려고 마음먹었다. 그런데 문득 몇 개 채워지지 않은 칸 위에 삐뚤삐뚤 적혀 있는 아이의 손 글씨가 눈에 들어왔다. 순간 이름을 적던 연필 끝이 툭 꺾였다.

– 어머, 이 언니 뭐 그렇게 세게 눌러 써? 연필 더 없니? 없어?

마음이 급한 리브는 아이의 작은 가방을 뒤적이고 있었지만, 나는 어떤 연필이라도 그 위에 이름을 적어 넣을 수는 없을 것 같았다. 이름을 가진 누구라도 그건 적을 수 없을 듯했다. 그건 한 줄의 문장으로 증명할 수도 없는 말이었고, 쉽사리 확인할 수도 없는 말이었다.

고개를 들어 아이의 눈을 들여다보았다. 거짓 없고 순수한 아이의 눈망울. 아이의 작은 입은 금방이라도 노트 위에 적힌 것처럼 그렇게 중얼거릴 것만 같았다. '우리 아빠는 살인자가 아닙니다.' 라는 말을.

– 여기 있다, 연필! 자, 언니! 빨리 써, 빨리!

그러나 내 손은 움직이지 않았다. 그건 아마 이름이 있는 누구라도 마찬가지였을 것이다.

투명한 유리상자 위에는 '제브라 다니오'라고 씌어 있었다. 검은색의 긴 줄무늬를 가진 물고기들은 어항 밖의 세상일이야 어쨌든, 그 속을 제법 여유롭게 유영했다. 그러나 유리 상자 바깥의 작은 방은 내장을 들어낸 물고기처럼 모든 것들이 널브러져 있었다.

빨지 않아 때에 전 옷가지들과 밥그릇들이 뒤엉켰고, 던져진 가방 밑으로 넘어진 물병이 쿨럭쿨럭 물을 쏟고 있었다. 아이는 방에 들어서자 익숙한 모습으로 엉킨 것들을 발로 스윽 스윽 밀어 구석으로 몰아넣었다.

– 이름이 뭐니?

– 없어요, 이름 같은 거.

물고기가 들어있는 어항에 눈을 두고 물었더니 자신에게 묻는 말인 줄 몰랐던 모양이었다. 아이는 컴퓨터 앞에 앉아 익숙하게 게임을 실행시켰다. 그러고는 곧 삐용삐용 소리를 내는 구부러진 등이 되었다.

– 언니, 언니, 잘 됐지, 그치? 돈도 절약하고 잘 됐잖아, 그치?

'누나들이 가서 자도 돼?'라고 리브가 물었을 때, 대답하지 않았던 건 외로움 때문이었을 것이다. 혼자서 잠이 들고 혼자서 깨어야 하는 시간들이 두려웠을 것이다. 그러면서도 여기를 떠날 수 없었던 건 분명히 아빠가 돌아올 거라는 믿음 때문일 것이다. 갑자기 팽팽 돌아가고 있는 입간판이 떠올랐다. 아이가 붙들고 있는, 삐용삐용 소리를 내는 화면 속으로 무언가 틀린 글자가 뱅뱅 돌아가고 있을 것만 같았다.

— 친척들은 없니?

하지만, 떠난 것들이 돌아올까. 이미 내 것이 아닌 것들을 기다리는 것이 옳은 일일까. 괜히 화가 치밀었다. 아이를 이 끔찍한 구석까지 몰아낸 시간이 억울했다. 원하지도 않는데 시간에 휩쓸려 엉켜버린 아이의 꿈들이 내 것처럼 머릿속에 선명하게 그려졌다.

— 물고기는 누가 갖다 줬니?

— 일주일마다 한 번씩 오는 보호산가, 심리치료산가, 뭔가 하는 여자가 갖다 준거라던데? 차라리 개새끼 한 마리를 가져다줄 일이지, 저게 뭐야, 저게? 게다가 줄무늬? 무슨 죄수복 입은 물고기도 아니고. 아야야!

철퍼덕 주저앉은 그의 허벅지를 꼬집었다. 생각 없이 내뱉는 그의 말은 여전했다. 삐용삐용 소리를 내던 아이의 등이 슬그머니 일어났다. 그리고 작은 유리 상자 안을 유영하는 물고기를 들여다보았다. 그 조그만 공간 속에 누구를 떠올리는지 누구라도 짐작할 수 있는 일이었다.

- 아야야! 이 언니는 왜 꼬집고 그래? 영락없이 맞는데 뭘? 어떤 심술 맞은 인간이 너희 아빠 그런 꼴로 갇혀 있다, 이런 너희 아빠 꼬라지를 너도 받아들이는 게 좋을 거다, 비아냥거리기라도 하는 것 같은데 뭘!

- 너, 정말?

이죽거리는 그를 향해 눈을 부릅떴다. 그래도 제 잘못을 모르겠는지 그는 커다랗게 그려진 입술만 삐죽거렸다. 생각 없는 말 몇 마디에 마음이 상하지는 않았을까 조심스러운데, 물끄러미 유리 상자 안을 들여다보던 아이는 다시 컴퓨터 화면 쪽으로 몸을 구부렸다.

- 밥 먹자, 아줌마가 밥해줄게.

그러나 아이는 대답이 없었다. 말을 잃은 아이의 구부러진 등은 여전히 삐용삐용 대답할 뿐이었다.

텅 빈 냉장고 안에서는 모든 것들이 썩고 있었다. 노란 불을 켜고 윙윙 돌아가고 있었는데, 냉장고 바깥보다 안의 냄새가 훨씬 더 고약했다. 계란이라도 한 줄 사려고 슈퍼에 들어섰다. 그랬더니 주인 여자는 기묘한 표정으로 아이와 어떻게 되는 사이냐고 물었다. 확실하게 누구다, 말을 하지 못하며 머뭇거리고 있는데, 봉사하러 오신 양반들이냐, 그녀는 자신이 먼저 대답을 찾아냈다. 그러고는 아이의 사정이야기를 하나하나 늘어놓았다. 금고를 만드는 공장을 다니다가 사고로 사람을 죽이게 된 아빠의 이야기에서부터, 그래서 가족들을 데리고 동반자살을 시도했다가, 아내와 어린 딸아이는 죽어버리고, 정작 아이 아빠와 아이만 구사일생으로 살아난 이야기까지.

그녀는 그 모든 일들이 그 집이 터가 세서 그렇더라고 덧붙였다. 그 집이 이사 오기 전에 살던 식구들도 귀신이 씌워 여자가 미쳐버렸고, 아이들마저 줄줄이 시름시름 앓다가 저세상 사람이 되어버렸다고 했다. 무당을 불러다가 굿을 한번 하면 되는 일인데, 날마다 쌀이며 물건이며 해다 나를 일이 아니라 굿을 한 번 하면 될 일을 저렇게 이사 오는 집들마다 족족 박살이 나게 하는 바보짓을 이해할 수 없다고 혀를 끌끌 찼다.

애써 귀를 막으며 계란을 달라고 했다. 그러나 계란 한 줄을 들고서도 그녀의 이야기는 계속되었다. 제 애비가 살인자가 아니라고 사람들 서명을 받으러 다니는 모양인데, 그래야 애비가 정상참작이 되어서 형을 조금 낮게 받을 수 있다고 하는데, 그런다고 사람을 죽인 살인자라는 사실이 지워지는 건 아니지 않느냐, 목소리를 높였다. 객관적으로 보더라도 사람을 셋이나 죽인 건 죽인 것이지 않느냐, 그렇게 말하는 그녀의 말투는 어딘가 익숙했다. 다 필요 없다, 무조건 용한 무당을 데려다가 굿판을 벌이는 것이 가장 현명하고 시급한 일이다, 그렇게 그녀의 말은 이해할 수 없는, 참으로 객관적이지 못한 결론으로 끝이 나버렸다.

계란을 받아들며 돈을 내밀기가 싫어졌다. 어쩌면 초등생 아이를 붙들고도 그런 이야기를 했을 생각을 하니, 당장에 계란을 그녀의 발밑에 팽개치고 싶었다. 입 밖으로 새어나오는 악다구니를 끅끅 집어삼키며 나는 겨우 그곳을 빠져나왔다.

타인의 절망을 바라보는 사람들의 시선은 두 가지다. 동정하거나, 외면하거나. 조금이라도 그 절망 곁에 다가간 사람들의 시선도 역시 두 가지뿐이다. 정작 가장 끔찍한 고통을 겪고 있을 당사자의 마음가짐이나 자세를 탓하거나, 어이없게도 신의 탓을 하거나.

더욱 끔찍하고 잔인한 것은 그것마저 신의 뜻이라고 위로할 때다. 네가 겪고 있는 고통도 결국 신의 뜻이니 받아들이는 수밖에는 없는 거라고. 신의 뜻을 이해하고 나면 한 번도 경험하지 못했던 생의 위안과 행복을 느낄 수 있을 거라고.

  ─ 이게 뭐니? 보살펴 주는 사람이 없을수록 더 깨끗하게 씻고, 더 깨끗하게 입고 그래야지! 그래야 사람들이 손가락질하지 않지? 이러면 지는 거야! 사람들이 손가락질하는 그대로 되고 마는 거라고!

  역겨웠다. 위로라고 하는 모든 것들은 그저 역겹게만 느껴졌다. 살인자의 아들이라는 틀을 벗어버릴 수 있는 위로가 무얼까. 부모의 손에 의해 버려진 아이라는 껍데기를 지워버릴 수 있는 위로가 무얼까.

  ─ 빨래할 건 한군데다가 차곡차곡 쌓아놓고, 일주일마다 한 번씩

봉사하는 사람들이 와서 집도 치워 준다면서? 근데 이게 뭐야, 이게! 이제 중학교도 들어갈 텐데, 자기 방 정도는 자기가 청소하고 그래야지! 다른 애들도 다 그렇게 하고 살아, 알고 있니?

방안 구석에 쌓여있던 것들을 끌어내며 내 목소리는 점점 커졌다. 다 필요 없다. 스스로 정신을 똑바로 차려도 내내 위태로울 것이 너의 삶이다. 쓸모없는 감상이나 순수함 같은 건 오히려 방해가 될 뿐이다. 지독함만이 너를 살게 할 것이다. 누구도 상상할 수 없는 혀를 내두르게 하는 오기만이 너를 생존시킬 것이다. 터져 나오는 악다구니 사이로 그런 말들이 촘촘히 박혔다.

– 언제까지 이렇게 사람들이 도와줄 줄 아니? 보육원은 가지 않겠다고 했다면서? 끝까지 너희 아빠를 기다릴 거라면서? 당당하고 멋지게 커서 아들 노릇 하는 네 모습을 아빠한테 보여줄 거라면서? 그게 이 정도니, 그 다짐이 이 정도야!

나는 어느새 마당에 쌓인 빨랫감들을 집어던지며 발로 마구 짓밟고 있었다.

– 어머머, 언니 무섭게 왜 그래? 애가 뭘 잘못한 게 있다고? 부모 없이 크는 애들이 다 그렇지, 이 쪼그만 게 뭘 할 수 있겠어?

화장도 하지 않고 수염 자국이 시커먼 턱을 문지르며 리브가 문밖으로 나섰다. 뚱한 얼굴로 쪽마루에 서 있는 아이의 어깨를 조심스럽게 감싸 안았다.

- 누가 그래? 부모 없는 애들이 다 그렇다고 누가 그러냐고? 저렇게 쪼그만 아이가 아픈 할아버지 할머니 병 수발하고, 동생들 뒷바라지까지 하는 거 TV에서 안 봤니?

뭉개진 빨랫감들을 끌어안고 수도꼭지로 다가갔다. 마당 한구석에 솟아있는 그것은 물을 뿜어본 지가 언제인지 까만 흙 때가 엉겨 있었다. 물을 틀기 위해 수도꼭지를 비트는데, 새빨갛게 녹이 슨 그것은 꼼짝도 하지 않았다.

- 누가 그래? 부모 없는 애들이 그렇게 살아야 한다고 누가 그랬냐고? 도대체 누가… 익!

그러나 수도꼭지는 단단했다. 얼마나 힘을 주었는지 손가락 사이에 시뻘겋게 피가 몰렸다. 달아오른 건 손가락인데, 자꾸 얼굴이 뜨거워졌다. 순간 날을 세운 생각들이 아무 데서나 솟구쳤다. 벌게진 얼굴을 들고서 벌떡 일어섰다. 입을 벌리자 생각지도 않은 말들이 마구 쏟아졌다.

- 넌 뭘 아니? 네가 뭘 알아서 그런 소리를 해?

아이를 껴안고 있는 리브에게로 성큼성큼 다가갔다.

- 너희 아버지 교수였다면서? 그 병원 원장이랑 친구지간이라면서? 너희 부모가 대주는 돈으로 대학까지 다니며 공부해놓고 그 꼴로 살고 있으면서, 네가 그런 말을 할 자격이나 있니? 당장 죽어 넘어지는 것도 아니고, 그런 수술을 할 돈이 있으면 나 같으면 먹고

사는 데 보태느라 정신이 없을 거다, 알고 있니? 여자니, 남자니, 그런 거 생각하며 살만큼, 사는 게 만만한 줄 아니? 다 먹고 살 만하고 편안하니까 그따위 생각하며 그렇게 살고 있는 거지? 내 말이 틀려, 틀리냐고!

한참을 그렇게 소리쳤지만 나는 내가 무슨 이야기를 했는지 알 수 없었다. 둑이 터지듯 그저 한순간 무언가 쏟아져 나왔을 뿐이었다. 아이의 어깨를 쥔 리브의 손이 떨렸다. 아무런 대답도 하지 못하는 그의 입이 힘없이 벌어졌다. 근데 왜 자꾸 이렇게 눈물이 고이는지. 그저 억울하다는 생각이 들었던 것뿐인데, 애들처럼 왜 이렇게 눈물이.

— 세탁기는 저 뒤에 있어요.

아이는 리브의 손을 뿌리치고 성큼성큼 걸어 나와 마당으로 내려섰다. 그리고 던져진 옷가지들을 끌어 집 뒤로 옮겨갔다. 아이의 걸음걸이는 조금도 흔들림이 없었다. 그저 묵묵히 제 할 일들을 하고 있었을 뿐. 잠시 후, 동작 버튼이라도 눌렀는지 쏴하며 쏟아지는 물줄기 소리가 들렸다. 나는 리브의 얼굴을 쳐다보지도 못한 채, 한참을 그렇게 물끄러미 섰다. 벌게진 얼굴로 서 있는 나와 리브를 방안의 줄무늬 물고기들은 줄을 서서 넘겨보고 있었다.

미안하다는 이야기는 하고 싶지 않았다. 어쩌면 그건 가식의 껍데기를 벗어버린 내 진심이었는지도 모른다. 허겁지겁 다시 껍데기를 둘러쓰는 내 형편없는 모양새를 그는 금세 알아차릴 것이다. 처음부터 그도 나처럼 동감이나 이해를 기대하지는 않았을 것이다. 우린 그저 똑같은 곳을 향해 함께 걷고 있을 뿐.

쪽마루에 걸터앉아 무릎 사이에 얼굴을 묻었다. 아이는 요강처럼 꼴사나운 모양새를 하고 있는 나를 지나쳐 방으로 들어갔다. 그리고 또다시 활짝 편 서명 노트를 집어 들고 나왔다. 아이는 무어라 말도 없이 운동화를 꿰어 신고 지붕 밑을 빠져나갔다. 리브와 함께 나선 건지, 그의 기척도 아이를 따라 사라져버렸다. 도무지 왜 이렇게 마음먹은 대로 되는 일이 없는지, 왜 나는 언제나 가장 지독한 구석에서 고개를 들고 후회를 해야 하는 건지. 더 이상 눈물이 새지 않도록 팔뚝으로 두 눈을 틀어막았다. 그리고 어느새 나는 조금씩 잠 속으로 빨려들고 있었다.

다행히 아이는 아직도 거기 있었다. 내가 그려준 분홍색 원피스를 입은 채 그대로였다. 미안하다는 이야기는 하지 못하더라도 최소한 아이를 꼭 안아주고 싶었다. 괜찮으니까, 나는 괜찮으니까 다시 그렇게 환한 웃음을 보여 달라고 아이의 얼굴을 쓰다듬고 싶었다.

그러나 아이는 내가 다가서자 다시 성큼 도망쳤다. 분홍색 원피스 자락과 꽃냄새는 여전히 향기롭게 내 쪽으로 흘러왔지만, 아이는 또다시 등을 돌린 채였다.

– 안 돼, 가지 마!

또다시 아이를 쫓아 다가섰지만, 아이는 다시 그만큼 도망쳤다. 그러고는 허공 속으로 내달리기 시작했다.

– 안 돼, 가면 안 돼!

아이를 쫓아 달리는데, 안개 속 같던 허공 속에서 거대한 건물이 드러났다. 아이는 제집인 듯 모퉁이를 돌아 그 건물 뒤쪽으로 사라졌다. 황급히 아이를 따라 돌아서는데, 텅 빈 승강장이 눈에 들어왔다. 목적지가 지워진 간판들이 기우뚱 매달렸고, 용도를 알 수 없는 건물이 뼈대만 드러낸 채 저만치에 서 있었다.

– 어딨니? 어딨어?

텅 빈 승강장으로 다가가며 조심스럽게 아이를 불렀다. 그러나 어디에도 아이의 모습은 보이지 않았다. 어디선가 허공 속에서 나를 태우기 위한 버스가 스르르 다가올 것만 같았다. 오금이 저렸다. 두 다리가 부들부들 떨렸다.

– 제발 어딨니? 어딨는 거야? 제발…….

어느새 나는 울먹이고 있었다. 당장에라도 주저앉을 듯 자꾸 구겨졌다.

– 힝.

등 뒤에서 울음소리가 들린 건 그때였다. 돌아보니 아이의 뒷모습은 건물 입구에 우뚝 섰다. 내가 돌아서자 아이는 한 발 더 건물 속으로 다가섰다. 아이가 들어간 건물 속은 새까맸다. 어찌나 까만지 그림자만으로도 아이의 분홍 원피스는 순식간에 검은 가루를 뒤집어쓴 것처럼 보였다.

　- 안 돼!

　나도 모르게 달려가 아이의 손목을 붙들었다.

　- 안 돼, 가면 안 돼!

　그러나 아이는 검은 허공 속으로 빨려 들어가듯 조금씩 안쪽으로 움직이고 있었다.

　- 안 돼, 안 돼! 익!

　있는 힘을 다해 아이를 끌어당겼다. 아이의 팔꿈치는 장난감처럼 뒤로 꺾였다. 아이의 몸은 조금씩 검은 허공 속으로 삼켜지고 있었다. 초록색 머리띠가 검은 공간 속으로 빨려 들어가며 뭉개졌고, 원피스 자락이 아무렇게나 구겨지며 새까매졌다.

　- 익! 안 돼! 절대 안 돼!

　어느새 내 몸도 검은 허공 속으로 질질 끌려들어 가고 있었다.

　- 악! 안 돼! 악!

　온 힘을 실어 아이를 끌어 당겼다. 이제 아이의 모습은 검은 허공 속으로 모두 사라져 팔 하나만 주욱 빠져나와 있었다. 그러나 나는 포기하지 않았다. 온 힘을 다해 팔을 잡아당겼다. 땀이 비 오듯 쏟아졌다. 악문 이 때문에 턱이 아렸다.

- 안 돼!

비명이 온 건물을 쩌렁쩌렁 울렸다. 그러자 아이의 몸뚱이가 조금씩 내 쪽으로 끌려나오기 시작했다.

- 그래, 조금만, 조금만 더. 조금만, 익!

아이의 어깨가 드러나고 머리카락이 보였다. 그제야 내 얼굴도 조금씩 환해졌다.

- 그래, 그래! 조금만, 조금만… 더!

검은 허공 속에서 아이의 머리가 딸려 나왔다. 쏟아지듯 머리 하나가 밖으로 툭 떨어졌다. 어둠 한가운데 덜렁 매달린 얼굴이 내 쪽으로 고개를 돌렸다. 그런데 그건 아이가 아니었다. 주름이 가득한 얼굴의 노파가 내 쪽으로 고개를 돌려 나를 노려보고 있었다.

- 악!

털썩 그 자리에 주저앉았다. 피가 터져 나오도록 비명을 질렀다. 비명을 지르는 내 쪽으로 노파는 검은 허공 속에서 엉금엉금 기어나오고 있었다. '순옥아, 순옥아!' 그렇게 내 이름을 부르며 그건 검은 허공에 매달려 버둥거리고 있었다.

발버둥을 치듯 몸을 일으켰다. 있는 힘껏 승강장 밖으로 뛰었다. 순옥아, 순옥아, 내 이름을 부르는 노파의 목소리를 듣지 않기 위해 귀를 틀어막은 채였다. 천둥이 치듯 안개 속 같은 허공 한쪽이 밝아졌다. 그리고 네모나고 기다란 것이 내 앞에 천천히 다가왔다.

앞 유리에 매달린 번쩍이는 푯말이 천천히 다가오며 점점 커졌다. 그 위에는 손 글씨로 커다랗게 '장항'이라고 씌어 있었다.

눈을 떴다. 가슴이 요동치고 있었다. 이제는 온몸으로 물이 새고 있는 건지 얼굴이며 몸이며 온통 땀범벅이었다.

— 리, 리브야, 리브야!

있는 힘껏 리브의 이름을 불렀다. 분명히 보았다. 거기, 내 이름을 알고 있는 그 사람, 분명히 보았다.

— 리브야!

장항이었다. 장항터미널이라면 여기에서 멀지 않다. 어쩌면 이해할 수 없었던 시간은 그래서 나를 이곳까지 이르게 한 것인지도 모른다. 내 마지막 희망이 이루어지게 하려고. 내가 모르는 시간의 의미를 알게 하려고.

나는 있는 힘껏 밖으로 내달렸다. 신발이 벗어졌고, 낮은 지붕에 이마를 부딪쳤지만, 희망으로 가득 찬 내 얼굴은 달빛처럼 반짝였다. 괜한 걱정이나 두려움 같은 건 이제는 없었다. 그녀를 만날 수 있다면, 이렇게라도 그녀를 만날 수 있다면. 달려 내려가는 시골 마을 한가운데 깜빡 불이 켜졌다. 신의 뜻을 말하듯 그건 새빨갛게 반짝이며 서로 엇갈려 있었다.

10.
딸기맛이날때

리브와 아이는 보이지 않았다. 터미널 여기저기를 둘러보았지만, 그들의 모습은 어디에도 없었다. 터미널이 떠내려가는 배도 아닌데, 마음이 자꾸 조급해졌다. 동동거리며 발을 구르고 있는 내 앞에 마술처럼 천천히 버스가 다가왔다. 꿈속인 듯 그건 '장항'이라는 커다란 푯말을 문 앞에 달고 있었다. 흘러가듯 나는 버스에 올랐고, 버스는 미끄러지듯 밤안개가 자욱해지기 시작한 검은 허공 속을 내달리기 시작했다.

─ 안 내려요? 장항가신다면서요?
기사는 그렇게 물어놓고 대답을 들을 생각도 없이 버스 밖으로 사라졌다. 어둠 속을 한참을 달려 버스는 허공 속에 멈추었다. 창밖으로는 아무것도 보이지 않았다. 부들부들 떨고 있는 내 모습만 유리에 비춰 기괴하게 구겨져 있었다. 있는 힘을 다해 몸을 일으켰다. 버스는 정말 허공 속에 멈춘 것 같았다. 떨리는 발걸음으로 문밖을 나섰다. 분명히 운전석에 기사는 없었는데 마술처럼 문이 닫혔다. 딸각 버스 안에 불이 꺼졌다. 기사도, 버스도 스르르 어둠 속으로 사라졌다. 어디선가 나를 태우고 여기에 내려놓은 듯 그건 새까만 속으로 사라져버렸다.

터미널이라고 했는데, 분명 터미널이라고 했는데. 그러나 새까만 어둠 속에는 아무것도 보이지 않았다. 터미널 건물이 어둠으로 지은 것이 아니라면 이렇게 새까말 수는 없는 일이었다. 후들거리는 두 다리를 움직여 어둠 속을 더듬는데, 갑자기 검은 허공 속에서 불빛이 드러났다. 어떤 모퉁이 뒤였다. 그러고 보니, 내 눈앞에는 거대한 건물이 검은색으로 그려져 있었다. 그 한 귀퉁이에서 희미한 형광등 불빛이 새어나왔다. 영락없이 꿈 속 같았다.

 – 엄마?

내가 알지 못했던 말이 나도 모르게 튀어나왔다. 겨우 말 한마디였는데, 잔뜩 겁에 질렸던 몸뚱이가 조금씩 펴졌다. 그 한 마디가 어떤 마술인지 내 두 다리에는 불끈불끈 힘이 솟고 있었다. 천천히 불빛을 향해 걸었다. '순옥아, 순옥아.' 하는 목소리를 듣기 위해 귀를 쫑긋 세운 채였다.

천천히 불빛이 새어나오는 작은 공간 안으로 들어섰다. 비뚜름하니 서 있는 냉장고가 보였다. 때에 전 이부자리가 작은 시멘트 모퉁이 위에 깔려 있었고, 승객들을 위해 표를 끊었을 책상 위에는 흐릿한 사진 몇 장이 유리 밑에 깔려 있었다. 두 명의 남자아이와 여자아이 하나가 서 있는 사진. 그 뒤에 든든하게 그들을 감싸고 있는 부부의 모습. 어른이 된 아이들 모습, 그 아이들의 아이들인지 귀여움을 떠는 또 다른 아이들의 모습. 그 속에서 나를 찾기 위해 눈을 부릅떴다. 나와 닮은 것들을, 순옥아, 하고 부르는 내 이름을 찾기 위해 안간힘을 썼다. 그러나 어디에도 내 모습은 없었다. 아무 데서도 내 이름은 들리지 않았다.

끼익, 등 뒤에서 사람의 기척이 느껴졌다. 고개를 돌리니 문가에 노파가 서 있었다. 백발에, 주름이 가득한데다가, 어느 시간에 깔렸는지 종잇장처럼 그녀의 모습은 접혀 있었다.

– 누구세요?

노파의 말이 아니었다. 그건 내 입에서 튀어나왔다.

– 도대체 누구시냐고요?

어느새 나는 노파의 팔뚝을 흔들고 있었다. 내 손에 들어온 그녀의 팔뚝은 마른 북어처럼 얇았다. 나를 바라보는 노파의 눈에 알수 없는 물빛이 가득했다. 회한인지, 깨달음인지. 아니면 그저 낯선 이방인을 만난 두려움뿐인지.

　- 할머니는 도대체 누구예요! 도대체 누구냐고요!

　그녀는 순간 내 눈빛을 피했다. 그리고 바닥에 놓여 있는 때에 전이불 위에 주저앉았다.

　- 할아버지는요? 할아버지는 어디 가셨어요? 할머니, 자식들 없어요? 여기… 여기 이 사람들, 할머니 자식들 아니에요?

　책상 위 사진들을 가리키는 내 손가락은 부들부들 떨고 있었다.

　- 여기 자식들 셋이나 있는데, 하나도 아니고 둘도 아니고 셋씩이나 있는데, 할머니가 왜 여기 이러고 있어요? 할머니가 왜 여기 이러고 있어야 되는 거냐고요!

　내 악다구니는 텅 빈 어둠 속을 쩌렁쩌렁 울렸다. 어둠을 밝혔던 것이 촛불도 아닌데 내 비명을 따라 불빛은 힘없이 흔들렸다.

　- 그런 자식들을 뭐 하러 키웠어요? 처음부터 다 갖다 버려버리지, 그런 자식새끼들 뭐 하러 애지중지 키웠느냐고요!

　눈물이 흐르고 있었다. 어느새 내 얼굴은 눈물범벅이었다.

　- 죽었어요? 다 죽은 거예요?

　듣지 않고 있다고 생각했는데, 말로라도 당신 자식을 죽인 것이 싫었는지 그녀는 단호하게 고개를 저었다.

　- 그럼 왜요? 그런데 왜요!

　그녀의 입술도 푸들푸들 떨고 있었다.

— 그럼 왜 이렇게 살아요! 자식새끼들 다 살아 있는데, 왜 이렇게 살고 있냐고요! 그놈들 목덜미를 붙들고 따져야죠! 야, 이놈들아, 내가 너희들 낳고 키운 시간만 반평생이다, 들인 돈, 노력은 고사하고, 너희들을 지켜보며 산 시간만으로도 반평생이다, 그렇게 소리를 지르셨어야죠!

곤혹스러운지 노파의 고개가 외로 꺾였다.

— 그런 자식 뭐 하러 키웠어요? 뭐 하러 열 달을 배 앓아 낳아 키운 거냐고요! 진즉에 어디다가 갖다버리고 말지, 죽든지 살든지 어디 내다 버리고 말지 뭐 하러 여태껏 이따위 사진들을 껴안고 살고 있느냐고요! 왜요, 왜요! 흑흑흑!

내 이름을 부르는 그녀의 목소리를 듣고 싶었다. 한 번도 듣지 못했던 그 목소리를 마지막으로 듣고 싶었다. 찾아서 원망을 하거나, 비난을 하려는 것이 아니었다. 그저 내 이름을 부르는 그녀의 목소리를 듣고 싶었을 뿐. '순옥아, 순옥아!' 그렇게 부르는, 나를 닮은 목소리를 듣고 싶었을 뿐.

엉엉 울며 노파의 무릎에 쓰러졌다. 말하지 않은 사연을 알겠는지 노파도 어정쩡하니 내 어깨를 쓰다듬어 주었다. 알고 있을 것이다. 그녀도 누군가의 어미, 나는 누군가의 딸. 말하지 않아도 이미 우린 다 알고 있을 것이다. 바로 그것이 어미와 딸 사이.

밤이 깊어지도록 나는 노파의 구겨진 무릎에 앉아 울고 또 울었다.

엉엉 소리를 내어 울어도 괜찮을 만큼, 다행히 새까만 어둠은 말없이 든든했다.

반쯤 넋이 나간 채 장항으로 가는 버스에 올라타는 나를 본 것은 아이라고 했다. 나는 그들을 찾고 있다고 생각했는데 그들이 보이지 않았고, 그들은 나를 찾고 있었던 것도 아닌데, 내가 보였다.

그들의 손에 이끌려, 군산으로 돌아오는 버스 안에서 나는 또다시 엉엉 울었다. 두려움이나 실망감 때문은 아니었다. 갑자기 허물어진 어떤 것 때문에 나는 납작하게 깔려 버둥거리고 있었다.

아침에 일어나자 리브와 아이는 널빤지 몇 개를 주워와 무언가를 만들기 시작했다. 아이보다도 더 커다랗고 튼튼한 손을 가지고 있으면서도 리브는 몇 번이나 망치질을 하다가 손가락을 찧고 말았다. 결국 아이가 망치를 빼앗아 못질을 했고, 리브는 널빤지 끄트머리에 끈을 묶었다. 얼기설기 못으로 박은 상자에 그런 예쁜 리본 같은 거 필요없는데, 그는 커다란 손을 조심스럽게 움직여 곡선이 근사하게 휘어진, 풍성한 리본을 만들었다.

— 예쁘지, 예쁘지? 호홋.

상자를 들어 보이며 그는 아이 앞에 자랑했다.

— 자, 여기다가 이제 이걸 넣어서 사람들한테 나눠주는 거야. 이렇게.

언제 그런 걸 만들었는지, 흰 종이 위에는 빼곡히 커다란 글자들이 박혀 있었다. 물론 그것은 너무도 선명한, '우리 아빠는 살인자가 아닙니다.'였다. 그 위에 어색하게 그려진 분홍색 리본은 '살인자'라는 말과 따로 놀았다.

　- 이래야 사람들이 읽어보고 아, 그렇구나, 그런 일이 있었구나, 그리고 서명을 해주는 거지. 이왕이면 하얀 종이에 그냥 주는 것보다는 이렇게 예쁜 리본을 그려주는 게 사람들 이목을 끌어서 좋고. 그리고 이 상자에 매달린 이 리본과 같은 느낌이라야 '오, 센스 좀 있는데?' 그러면서 더 관심을 보이고 그러거든. 이게 바로 환상의 깔 맞춤이라는 거지. 호홋.

　리브는 잡지 속 유명한 사람들의 패션이야기라도 하듯, 여기저기 짚어가며 고개를 끄덕였다. 그러고는 직접 그것을 아이의 어깨에 걸어주었다. 물론 활짝 편 공책과 연필도 양손에 쥐어주었고.

　- 자, 됐다! 오, 근사한데? 이제 머리에 왁스 좀 발라서 스타일링해주고, 옷도 좀 환한 색으로, 이왕이면 완전 깔 맞춤이게 핑크색으로 입을까? 아니다, 그건 좀 오버다. 그게 숨긴 듯 드러난 듯 맞아야 되는 거지, 대놓고 맞추면 그건 완전히 컨츄리 스타일인 거거든. 오, 어쨌든, 근사해, 근사해! 호호홋!

　리브는 아이를 빙글빙글 돌리며 박수를 쳤다. '우리 아빠는 살인자가 아닙니다.'라는 전단지를 넣은 가방을 메고, 아이도 어느새 푸슬 푸슬 웃고 있었다.

과연 어떤 것이 옳은 일일까. 슈퍼 주인의 말대로 아이의 아빠는 가족들을 모두 죽이려 했다. 게다가 사고이기는 하지만, 자신이 다니던 공장의 사장을 죽게 만든 것도 그의 아빠였다. 어떤 이유도 살인을 정당화할 수는 없는 일인데, 어떤 시간도 죽음을 되돌릴 수는 없는 일인데, 자신의 아빠가 살인자가 아니라는 아이의 믿음은 과연 옳은 것일까. 설령 그의 아빠가 아이에게 돌아오더라도 어쩌면 그는 아이에게 또 다른 위협이 될지도 모르는 일인데.

천천히 몸을 움직여, 나는 쪽마루에서 그들 곁으로 내려앉았다. 말해 주어야 한다. 아무리 힘들고 어려운 일이라도 말해주어야 한다. 죽는다는 건, 너희들이 상상하는 것보다 훨씬 더 끔찍하고 두려운 일이다. 다시 되돌릴 수 없는 시간의 의미는 누구도 거역할 수 없는 일이다. 그렇게 냉정하게 말해주어야 한다. 진실의 힘은 센 거라고.

– 이건…….

천천히 바닥에 쌓인 전단지들을 집어 들었다.

– 이러면, 안 되는 거야.

좋아라, 손을 잡고 빙글빙글 돌던 리브와 아이는 물끄러미 나를 봤다. 철없이 구겨지는 그들의 얼굴은 몇십 년의 시간을 사이에 두고 있는데도, 어쩐지 꼭 닮아 있었다.

– 뭐가 안 돼?

여전히 내가 했던 섭섭한 말들에 대한 분이 풀리지 않았는지, 나를 보는 그의 얼굴은 잔뜩 부어 있었다.

– 너희들은 죽는다는 게 뭔지 아니?

그런 말, 담담하게 받아들이고 있다고 생각했는데, 입에 담고 보니 그건 생각보다 끔찍했다.

– 그게 얼마나 무섭고, 두렵고. 내가 살아온 시간들이, 그게 행복했든, 행복하지 않았든, 그 시간들이… 돌아갈 수 없다는 게, 모든 것과 모든 살아있는 것들과 헤어진다는 게 그게… 나만, 나 혼자만 떠나게 된다는 그게…….

나도 모르는 내 속이 얼마나 공포에 질려있었던 건지, 입술이 부들부들 떨려 자꾸 말이 끊겼다. 내 안에 꽁꽁 숨겨 두었던 두려움이 얼마나 지독했는지, 우는 것도 모르고 두 눈에서 눈물이 질질 샜다.

– 그, 그게… 죽음을 기다린다는 게, 죽는다는 게 어떤 느낌인지, 너는 아니?

명치끝이 아렸다. 누군가 생각의 칼을 찔러 넣은 듯 온 가슴이 쪼개지듯 아파왔다.

– 딸기 맛이요.

갑작스레 들려온 목소리에 고개를 들었다. 눈물을 머금은 내 두 눈은 아이를 향해 멍청했다. 아이는 메고 있는 전단지 상자를 뒤적거리며 다시 한 번 말했다.

― 그거 딸기 맛인데. 그때 아빠가 그랬어요. 이거 먹으면 행복해진다, 아빠도 엄마도 동생도 나도, 다 편해진다. 그거 딸기 맛인데.

두려움을 감추지 못했던 입이 벌어졌다. 아무것도 떠오르지 않았다. 부끄러운 그림 한 장이 된 듯, 나는 그 자리에 꽁꽁 얼어붙어 있었다. 아이는 내 손에 들렸던 전단지를 조심스럽게 끌어모아 상자 안을 또다시 가득 채웠다.

― 누나, 누나! 우리 이거 더 만들어요. 나 버스 타고 여기저기 다니면서 다 나눠줄래요. 그러면 더 많은 사람들한테 나눠줄 수 있을 거 아니에요, 그죠, 그죠?

상자를 가득 채운 전단지를 아이는 만족스러운 듯 내려봤다. 딸기 맛을 아는지 모르는지 리브도 아이의 손을 잡고 방으로 들어가 버렸다. 아니라고 말해야 하는데, 틀렸다고 말해야 하는데, 입이 떨어지지 않았다. 아이의 미래를 위해서 그건 틀렸다고 말해주어야 하는데, 자꾸 몸이 베베 꼬였다. 나도 모르게 딸기 맛을 떠올리고 있는지 어느새 내 입안에도 침이 고이고 있었다.

남편에게 다시 돌아가야겠다고 말했을 때, 리브의 얼굴엔 놀이를 끝내지 못한 아쉬움이 잔뜩 묻어났다. '우리 아빠는 살인자가 아닙니다.'라는 전단지를 인쇄하는 중이었다. 그는 그 전단지 위에 커다랗게 분홍 리본을 그려 넣는 중이었고. 그러나 리브는 왜냐고 묻지 않았다. 가지 않겠다 말하지도 않았다. 그저 아이가 돌아오면 인사라도 하고 떠나자 말했지만, 나는 자신이 없었다. 딸기 맛 우유라도 쪽쪽 빨고 들어오는 아이를 보게 된다면, 아마도 나는 그 자리에 주저앉아버리고 말 것만 같았다.

이름이 없는 줄무늬 물고기 어항 밑에 돈 봉투라도 넣어둘까 오래 고민했다. 그러나 그러지 않았다. 편지 같은 것도 쓰지 않았다. 그건 희망이나 예의가 아니라, 떠난 자의 알량한 자기 위안, 혹은 핑계에 불과할 테니까. 우리는 지붕이 낮은 그 집을 나와 다시 터미널로 향했다. 그리고 장항터미널로 가는 버스에 올랐다. 리브는 무엇하러 거길 다시 가느냐 물었지만, 분명히 목격하고 싶었다. 환한 곳에서, 환한 얼굴로 그녀에게 웃고 있는 내 모습을 보여주고 싶었다.

이번에 버스는 허공 속에 우리를 내려놓지 않았다. 작은 읍내를 지나 인적이 드문 골목 끄트머리에 커다란 건물 앞에서 우리를 내려주었다. 페인트가 여기저기 벗겨진 커다란 건물 맨 꼭 대기에는 '장항 버스 공용 정류장'이라고 쓰여 있었다. 모퉁이를 돌며 다시 노파의 얼굴을 볼 생각을 하니 자꾸 눈물이 고였다. 죄송하다는 이야기를 해야 할까, 몸이나 잘 챙기며 지내시라, 하는 무감한 이야기가 좋을까. 눈물을 털어내며 모퉁이를 돌아서는데, 노파가 머물고 있던 작은 공간 입구에 누군가 앉아 있었다. 그 아이였다. 죽음의 맛을 아는 아이.

– 어, 대성아? 너 여기서 뭐해?

– 어, 누나!

아이는 이제 제 식구라도 만난 듯 리브에게 쪼르르 달려와 안겼다. 대성이었구나. 그의 이름은 대성. 큰 대, 이룰 성. 크게 이루어라, 하는 아빠의 뜻. 반드시 크게 이루며 살아라, 하는 아빠의 희망. 또다시 찌릿하게 명치끝이 아파왔다.

– 여기서 뭐하는 거야, 응?

– 전단 나눠주려고 왔는데 여기는 사람들이 없어요. 터미널에는 다 사람들이 많은 줄 알았는데, 여긴 하나도 없어요.

아이의 얼굴은 금세 풀죽은 표정이었다.

– 그럼 아줌마랑 같이 갈래?

정체를 알 수 없는 여기 터미널은 모든 걸 토해놓게 하는 힘이 있는지, 생각지도 않은 말들이 자꾸 입 밖으로 쏟아졌다.

– 어머, 정말? 그래, 그래! 우리랑 같이 가자, 대성아! 우리 여기저기 버스정류장 많이 돌아다니고 있는 중이거든. 그러니까 우리랑 같이 다니면 사람들을 많이 만날 수 있을 거야, 응? 그러자, 응? 누나랑 같이 다니자, 응?

리브는 좋아서 흥흥 거리며 뛰었다. 그 모습을 보니 나도 괜히 기분이 좋아졌다. 그럴 운명이었던 걸까. 정말 시간이란, 허투루 흐르는 법이 없는 건지. 아무도 모르게 숨기고 있을 뿐, 모든 시간에는 길이 있고, 이름이 있는 건지.

— 어디 가는 건데요?

아이는 뜬금없이 그렇게 물었다.

— 어디?

— 네, 아줌마는 어디 가는 건데요?

또랑또랑한 아이의 눈망울은 그렇게 묻고 있었다.

— 글쎄, 어디냐 하면… 어디냐 하면 말이야.

그러나 나는 모르고 있었다. 내가 어디로 가는지, 어디로 가게 될지. 딸기 맛이 나는 그 시간이 떠올랐지만, 그건 어디라고 말할 수 없는 그런 시간이었다. 그저 아이처럼 딸기 맛이다, 라고 말하는 수밖에 없는.

— 난 그냥 여기 있을래요. 아빠 기다린다고 했거든요.

— 어머, 대성아, 그러지 말고 누나랑 같이 가자, 응?

리브의 두 눈은 섭섭함으로 가득했다. 그러나 아이는 조금씩 움직이는 버스 쪽으로 눈을 돌렸다.

— 어, 버스 간다! 저는 그럼 갈게요. 잘 가요, 아줌마! 누나, 탱고는 나중에 꼭 다시 와서 가르쳐 주세요. 히힛!

아이는 어른스럽게 나에게, 그리고 또 리브에게 꾸벅 인사를 했다. 나도 모르는 사이, 언제 아이에게 탱고를 아느냐고 물었던지, 아쉬움을 견디다 못해 리브는 거의 울먹이고 있었다.

– 대성아, 누나 잊어버리면 안 돼! 누나야, 누나라고!

리브는 아이의 뒷모습에 대고 계속해서 그렇게 소리쳤다. 아이는 천천히 버스 유리창 밖으로 우리에게 손을 흔들었다. 왠지 미안하고 고맙고 그랬다. 무언가를 주려고 했는데 오히려 내가 잔뜩 얻어가는 것만 같았다. 아이에게 천천히 손을 흔드는데 알 수 없는 생각과 감정들이 내 안에서 어지럽게 뒤엉켰다. 자꾸 말문을 막는 생각은 부끄러운 손짓만 다급하게 만들고 있었다.

한참을 기다렸지만, 노파는 돌아오지 않았다. 어디로 갔는지 그녀가 남긴 흔적도 사라졌다. 먼지가 가득 쌓인 책상 위에 사진들도 사라졌고, 흔들리던 형광등 불빛도 새빨갛게 녹이 슬어 있었다. 터미널 건물 안도 텅 비어 있었다. 역전다방이라는 낡은 유리 창문 위에 글자들이 대합실 바닥에 고인 물 위에 뒤집혀 있었고, '홍산'이라는 알 수 없는 목적지의 이름만이 대합실 벽, 운행표 위를 가득 채우고 있었다.

리브는 냄새가 난다고 코를 틀어막으며 법석을 떨었고, 이런 데 어떻게 사람이 사느냐, 또다시 내게 눈을 흘겼다. 동자 귀신에게 홀리더니 정말 무당이 되려고 그러는 것 아니냐, 떠벌리는 그의 목소리는 빈 대합실을 꽝꽝 울렸다.

다시 사위가 어둑해지면서 우리는 인적이 끊어진 그 자리를 일어섰다. 괴괴한 모습으로 새까매지는 터미널 건물을 돌아 나오는데, 누가 쌓아 놓은 건지, 검은 쓰레기봉투 몇 개가 눈에 들어왔다. 다른 것들보다 유독 커다랗게 부풀어 넘쳐나는 그 봉투 안에는 사람들이 버린 우유 곽들이 한가득 들어 있었다. 누군가 맛보았을 딸기 맛, 바나나 맛, 그리고 초콜릿 맛, 커피 맛 우유 곽들. 물론 누가 어떤 맛의 우유를 집어 들었는지는 아무도 알지 못한다. 왜 그 우유를 마시게 되었고, 어디에서 샀는지, 또 누구와 함께 마시게 되었는지.

 – 아유, 다리야. 뭐니, 누구를 기다린 거니? 근데 언니, 좀 출출하지 않아? 우리 우유 하나 사 먹을까? 딸기 맛 우유, 호홋.

 리브는 그렇게 말해놓고 두리번거리며 편의점을 찾았다. 어느새 그의 입속에도 침이 고이고 있는 모양이었다.

11.
고래의 말

벨이 울렸고, 문이 열렸고 사람들이 내렸다. 삑삑, 딸랑, 딸랑. 규칙적인 소리를 내며 사람들이 버스에 올랐다. 가끔 타는 문으로 내리는 사람들 때문에 운전기사와 손님 사이에 고성이 들리곤 했지만, 그건 지극히 일상적인 소리여서 오히려 나를 안도하게 했다.

사람들이 많았는지 누군가 내 등 뒤 의자에 달린 손잡이를 잡고 섰다. 조물거리는 작은 손이 어깨에 닿았다. 어린아이일까. 그렇다면 내 무릎에 앉혀 주어야지. 무거운 몸을 틀어 아이를 향해 손을 벌렸다.

— 아줌마 무릎에…….

그러나 내 입은 더 이상 벌어지지 않았다.

— 고맙습니다.

아이는 작은 입을 벌려 그렇게 말해놓고는 떨고 있는 내 무릎 위에 털썩 앉았다. 아이의 뒤로 늘어진 갈래머리가 목덜미를 간질였다. 분홍색 원피스는 아무렇게나 구겨졌다. 아이의 머리에서 아직 지워지지 않은 젖내가 났다. 무릎에 앉은 아이는 낯을 가리지도 않고 발장난을 하며 창밖을 봤다. 옆으로 돌린 아이의 작은 얼굴에 어색하게 휘어진 눈썹이 또렷했다. 내가 그려주었던 바로 그 눈썹이었다.

— 장난하지 말고 잘 앉아야지, 아줌마 힘들잖아?

고개를 들었다. 머리 위에서 입을 벌렸던 여자는 너무 평범한 모습이었다. 부스스한 파마머리를 아무렇게나 올려 묶고, 립스틱만 겨우 바른, 조금은 지친. 그녀의 말을 들었는지 아이는 흘끗 그녀를 올려보고는 자세를 고쳤다. 그리고 엉겁결에 나도 아이의 허리춤을 감싸 안았다. 초록색 리본이 내 손에 선명하게 엉겼다.

꿈일까. 내가 지금 꿈을 꾸고 있는 걸까. 며칠 동안 잠을 설치기는 했다. 너무 많은 생각들과 상념으로 머리가 무거워 잠을 이루지 못했다. 그렇다면 이건 정말 꿈일까.

삐, 다시 벨이 울렸고, 뒤쪽의 손님 하나가 사람들을 비집고 출입구로 다가섰다. 그 바람에 서 있는 사람들의 무리가 내 앞으로 조금 더 기울여졌다. 버스는 다시 멈췄고, 사람들이 내렸고, 다시 또 다른 사람들이 탔다. 삑삑, 딸랑, 딸랑. 소름 끼치도록 일상적인 풍경. 너무 일상적이어서 그건 비현실적이었을까.

고래의 말

천천히 심호흡을 했다. 그리고 안고 있는 아이에게 얼굴을 기댔다. 느껴진다. 따스한 온기. 분명히 느껴진다. 살아있는 것의 온기. 용기를 내어 나는 천천히 입을 벌렸다. 그리고 아이의 작은 귀에 속삭였다.

- 이름이… 뭐니?

- 호홋.

그러나 아이는 대답도 없이 그렇게 웃고 말았다. 꿈속에서 그랬던 것처럼, 리브처럼.

- 어디… 가니?

이번에도 호홋 웃고 말 줄 알았는데, 아이는 살짝 고개를 돌려 내가 그렸던 눈썹을 선명하게 보여주었다.

- 바다요. 엄마가 바다 간다 그랬어요, 호홋.

- 바다?

바다를 달리고 있는 상상을 하는지 아이의 두 발은 허공 위에서 춤을 추었다.

- 남쪽이랬어요, 바다.

아이는 창 밖 어딘가를 손가락으로 가리켰다. 아이의 손가락이 가리킨 곳을 바라보았지만, 그쪽이 남쪽인지는 알 수 없었다.

- 고래가 산댔어요, 바다. 큰 고래. 호홋. 고래 만나러 바다 가요, 호홋.

이번에는 고래를 표현하기 위해 아이의 팔이 양옆으로 주욱 벌어졌다. 물론 그것도 고래 모양은 아니었다.

– 여기 자리 났다, 이리 와!

머리 위에서 들리던 목소리가 사람들을 뚫고 건너편으로 멀어졌다. 아이는 폴짝 무릎에서 내려와 그녀의 목소리를 따라 사람들 사이로 사라졌다. 또다시 벨이 울렸다. 삑삑, 딸랑 딸랑. 벌써 시가지에 들어섰는지 사람들은 우르르 몰려 내리기 시작했다.

안 되겠다, 아이의 얼굴을 다시 한 번 똑똑히 보아야겠다, 나는 아예 아이가 앉아 있는 쪽으로 몸을 돌렸다. 하지만, 건너편 의자에 앉은 그녀의 무릎 위에는 처음 보는 낯선 아이가 앉아 있었다. 분홍색 원피스도 입고 있지 않았고, 허리춤에 초록 리본 같은 것도 보이지 않았다. 물론 아이의 얼굴 위에는 그려진 눈썹 같은 것도 없었다. 그저 낯선 이방인인 나를 잔뜩 경계하는 표정이었다.

버스 안에서 아이를 보았다는 이야기는 리브에게 하지 않았다.

– 이 언니는 무슨 바다를 또 가재? 이제 질리지도 않으우?

리브는 팔짱을 끼며 팩 토라졌다. 아직도 내게 들은 섭섭한 말들을 곱씹고 있는지.

– 만나야 할 사람이 있어서. 아니, 사람은 아니다.

– 사람이 아니면 귀신? 언니 정말 심각하게 생각해봐. 언니 정말

이상해. 아직도 그 동자귀신이 꿈속에 보이지 그치? 설마 그 귀신이 현실에도 나타나서 막 뛰어다니고 그러지는 않아?

흠칫 놀라는 내 두 눈을 보며 그의 눈이 더 동그래졌다.

— 이봐, 이봐! 맞지, 맞지? 어머머, 언니, 언니, 그러지 말고 진지하게 잘 한번 생각해봐. 이거 단번에 팔자를 고칠 수도 있는 일이거든. 압구정동이나 노량진에 잘나가는 점쟁이들, 한 달 수입이 몇천이래, 몇천! 언니 죽을 때까지 평생 벌 돈을, 몇 년 안에 다 벌고, 마음껏 쓰고 즐기다 갈 수 있을지도 모른다고 이게?

또다시 엉뚱한 곳으로 빠져드는 그의 이야기에 나도 모르게 헛웃음이 샜다.

— 어머머, 이 언니 웃어? 정말 어쩌면 이게 마지막 선물 같은 걸 수도 있어, 언니? 사람 팔자가 만날 죽으라는 법이 있어? 끝도 없이 곤두박질쳤으면 반드시 이렇게 한번은 솟구쳐주는 맛이 있는 게, 그게 인생이라는 거라고, 언니? 잘 생각해봐, 그 동자귀신이 언니 귀에 대고 뭐라고 속삭이디? 혹시 무슨 숫자 여섯 개 같은 걸 속삭이고 그러지 않아?

고개를 절레절레 흔들며 나는 매표창구로 다가갔다. 부산까지 바로 가는 표가 있으려나? 그러고 보니, 여기는 또다시 끝에서 끝인 곳이었다.

— 아니면, 마포구, 은평구, 뭐 이런 지명을 대거나 그랬던 건 아

냐? 언니, 언니, 기억을 똑바로 살려서, 나쁜 머리를 제발 팽팽 돌려서, 언니! 제발!

나를 졸졸 따르며 리브의 목소리는 점점 더 커졌다. 물론 그의 목소리를 따라 내 웃음소리도 커지기는 마찬가지였다.

그러나 부산으로 가는 버스가 내 기억 속의 그곳으로 데려다 주리라는 생각은 오산이었다. 알고 보니, 부산에도 큰 터미널이 두 군데. 기사에게 기억 속 터미널을 말했더니, 거긴 또 해운대 근처에 있는 작은 터미널이라고 했다. 겨우 막차나 다름없는 지하철을 타고 해운대에 도착하니 이미 사위는 새까맣게 어두워져 있었다. 내 기억 속 그곳애 도착하려면 아직 한참을 서성거리며 헤매 다녀야 할지도 모른다. 마음이 급했다. 배고프다며 리브는 연신 투덜거렸지만, 나는 그의 팔을 끌고, 바닷가 쪽을 향해 있는 힘을 다해 뛰었다. 어느새 시간의 물결에 떠밀려 금방이라도 고래가 사라져버릴 것만 같았기 때문이었다.

– 뭐니, 겨우 스파게티니?

낡은 인테리어의 이탈리아 음식점은 이미 음악이 꺼진 채였다. 다른 테이블의 손님들도 계산을 하려고 일어서고 있었다.

– 스파게티 집을 가려면 근사하고 좀 괜찮은 데를 가야지. 언니,

이런 데는 스파게티라면 끓여주는 거랑 맛이 비슷하다? 그거 아니?

투덜거리며 리브는 목소리를 낮췄다. 그러나 내 기억 속의 이곳은 이렇지 않았다. 넓지 않았지만, 단정하고 멋스러운 분위기는 내가 지금까지 보았던 그 어떤 음식점보다 아름다웠고, 우리 앞에 놓였던 음식들은 엄마의 품처럼 포근했다. 남편에게나 나에게나 그건 생전 처음 경험하는 맛이었다.

― 가자, 언니. 요 옆에 자갈치 시장에 가서 회 한 접시하고 해물탕 한 그릇을 먹는 게 낫지, 여기서 이런 걸 깨작이고 있을 게 아니다. 내가 멀미난다고 그러고 나갈 테니까, 언니는 바로 내 걱정하는 척, 가방 들고 뒤따라 나와, 응? 내가 쫌 연기가 되잖수. 호호호.

리브는 카운터의 눈치를 살피며 어정쩡하게 몸을 일으켰다. 그런데 그때 문이 열렸다. 그리고 백발이 성성한 노인이 들어섰다. 활처럼 휘어지는 그의 웃음은 단박에 기억을 되살렸다. 그리고 그를 따라 들어온 백색의 거대한 몸짓.

― 고래야!

얼마나 반가웠던지 나는 자리를 박차고 일어나 달려나갔다. 그리고 와락 고래를 껴안았다. 컹컹, 나를 알겠는지, 내 눈물을 알겠는지, 고래는 꼬리를 치며 컹컹 짖었다. 어정쩡하게 일어났던 리브도 화장이 지워진 큰 눈을 껌뻑이며 고래의 인사를 들었다.

차 한 잔을 내오겠다며 그는 주방으로 들어갔다. 아르바이트를 하던 학생이었는지, 카운터를 지키던 스물 초반의 남자는 연신 리브를 보며 킥킥거리다가 휴대폰을 들고 문을 나섰다. 평소 같았으면 자신에게 관심을 보이는 그에게 쪽지라도 넘겨주려고 애를 썼겠지만, 오늘은 오히려 웃음이 인자한 백발의 그에게 자꾸 눈웃음을 흘렸다. 생전 처음 맡아보는 향긋한 차 한 잔을 건네는 그의 손길을 따라 그의 입은 헤벌쭉 벌어졌다. 물론 그건 노인이 우리에게 건넨 이야기들과는 전혀 상관없는 웃음이었다.

– 사는 게… 그렇게 인력으로 안 되는 게 있는 것 같아요. 그 사람도 악하게 산 사람이 아니었고, 나도 그렇게 살지는 않았다고 생각했는데, 우리한테 그런 연이 없었던 거지. 그렇게 믿어야지, 별수 있나? 허허허.

첫 아이를 낳다가 아이와 함께 세상을 떠난 부인이야기를 할 때에도 그렇게 웃더니, 그 후에 벗하며 함께 살던 친구까지 작년에 갑자기 세상을 떠나더라, 하며 곤혹스러워하던 참이었다.

– 어머, 그럼 아저씨도 이쪽?

갑작스런 이야기에 그와 나는 물끄러미 리브를 봤다.

– 왜 그런 거 있잖아요? 자신의 감추어둔 성적 취향을 인정하지 못하다가 결국 운명에 이끌려 평생의 동반자를 만났지만, 죽음이 두 사람을 갈라놓는 그런……. 뭐 그런 소설도 있었는데, 언니는 몰라?

고래의 말

― 너는 정말 말을 해도?

이번에는 내가 그를 향해 눈을 흘겼다. 그러나 내 앞에서 호방한 웃음이 팍 터졌다.

― 허허허, 그런가? 애틋하기는 했지, 같이 살았던 햇수로 따지면 우리 집사람보다 훨씬 더 오래 같이 살았으니. 동피랑이라고, 지금은 벽에 그림도 여기저기 그려놓고 개발이 돼서 사람들이 좀 드나들지만, 거기가 옛날엔 달동네였거든. 그 친구를 거기서 만난 게 구십오 년인가, 육 년인가, 그랬으니까. 그러네, 그 친구랑 더 오래 살았네. 허허허.

― 그 봐, 언니? 맞잖아? 맞다니깐? 하여간 이 언니 기억력도 나쁘고, 머리도 나쁘고, 센스도 바가지에, 팔자도 더럽고. 흠, 흠!

마지막 말끝에는 그래도 찔리는 구석이 있었던지, 리브는 내 눈을 피했다.

― 그래도 그게 같니? 사랑이랑 우정이랑 그게 같아?

나무라듯 리브를 다그쳤다.

― 사랑했지.

그러나 대답을 한 건 리브가 아니라 백발의 그였다.

― 그랬을 거야, 사랑했을 거야. 사랑이라는 게 꼭 몸을 섞어야 사랑이라고 하는 게 아니라면, 그래 그건 사랑이었지, 암.

옛 추억을 더듬듯 그의 눈빛이 고즈넉해졌다.

– 맞죠? 아저씨 게이인거죠?

생뚱맞게 그는 그렇게 다그쳤다.

– 허허허, 그런 걸 그렇게 부르던가? 근데 꼭 그렇게 불러야 하나? 나는 그게 뭔지 모르겠지만. 그 친구를 죽은 우리 집사람만큼이나 애틋하게 생각했던 건 사실이고, 지금도 사실 집 사람보다 그 친구 얼굴이 더 많이 떠오르는 것도 사실이고. 허허허.

왠지 주름 가득한 그의 얼굴이 붉어지는 듯 보였다.

– 난 내 인생에 그 두 사람을 만난 것을 참 고맙게 생각하고, 그 사람들 덕분에 정말 인생이 행복했으니까. 그거면 되지 않나?

컹컹, 고래는 마치 우리들의 이야기를 모두 듣고 있었던 것처럼 컹컹 짖었다.

– 그래, 너도 있었지? 허허, 미안, 미안! 아마 이놈이 내 인생의 마지막 사랑일걸? 허허, 그건 뭐라고 부르나? 동물을 사랑하는 거, 그것도 이름이 있나? 허허허.

다행히 리브는 더 이상 아무런 말도 하지 않았다.

– 힘들어도, 그때 그 식당을 하면서 이렇게 추억을 찾아오는 양반들과 사는 이야기나 하며 지낼 걸, 하는 그런 생각이 들어요. 나중에 남편 되는 분이랑 제주도로 와요. 조만간 여기 정리하고 거기로 갈 거거든. 우리 누이가 먼저 제주도로 옮겨서, 거기 관음사 올라가는 길 앞에서 수제비도 팔고 전통차도 팔고 그런 식당을 조그맣게 하거든.

거기 오면 또 늙어가며 사는 이야기할 수 있을 거야. 아무래도 거기가 이놈에게도 좋을 거고. 이름만 고래였지 이놈은 여기 바닷가에 살 팔자가 아니야. 거기는 공기도 좋고, 들판에 푸른 풀밭도 많고 그렇다니까, 마음껏 자유롭게 뛰며 지내도록 해야지. 암, 그래야지.

고래도 그의 이야기를 들었는지, 들판이라는 말, 풀밭이라는 말, 자유라는 말을 다 알고 있는지, 노인을 향해 불쑥 고개를 들어 컹컹 짖었다.

— 아, 참! 그렇지, 이놈도 실은 고래가 아니지.

— 네?

갑작스런 이야기에 내 두 눈은 동그래졌다.

— 그때 보셨던 그 고래가 아니에요, 이놈. 그건 이놈 어미지. 지금은 이놈이 어미 대신 나를 지켜주고 있지만.

컹컹, 고래는 다시 노인을 향해 그렇게 짖었다. 어미를 그리워하는 외침인지, 슬픔을 토해내는 울부짖음인지 어쩐지 그건 길고 무거운 울음이었다.

— 흑, 엉엉!

그런데 갑자기 울음을 터뜨린 건 리브였다. 나중에 언젠가, 라는 말에, 내가 알던 그때 그 고래는 사라지고 없다, 하는 그의 말에 또다시 코끝이 시큰해진 건 나였는데, 마개가 터진 듯 리브가 갑자기 울음을 터뜨렸다. 그리고 고래는 그런 리브를 향해 또다시 컹컹 짖었다.

그의 울음소리를 따라 컹컹, 컹컹컹 짖고 또 짖었다. 울지 말라고 말하듯, 괜찮다고 말하듯.

그건 여전히 이해할 수 없는 말이었는데도, 괜히 두 눈에 눈물이 고이고 있었다.

그러고 보니, 이름이 없기는 리브도 마찬가지였다. 이름 없는 관계로 살면서도 내내 행복했다고 말하던 노인의 말은 그에게 많은 가르침이고 또한 위로였을지도 모른다. 켜켜이 쌓였던 상처를 드러내는 참으로 고마운 위안이었을지도.

– 미안해.

그건 하지 못한 말이었다. 병원의 화장실 안에서 만났을 때부터, 대성이가 사는 지붕 낮은 집에서 있었던 일까지, 나는 분명 그에게 그 말을 했어야 했다.

– 아까 거기, 그 식당에서 그랬어. 우리 오빠랑 나랑 여기로 신혼여행을 왔을 때, 오빠가 되게 미안해하고 그랬어.

어색하게 내 손을 움켜잡고 걸었던 그때 그 바다가 떠올랐다. 이름표라도 붙인 듯 커플 셔츠를 입고 걷던 바다는 온통 심장 소리로 가득했다. 파도가 치는 소리가 들리거나, 갈매기가 우는 소리 같은 건 없었다. 그때 바다는 그저 내게 거대한 심장을 가진 뜨거운 생물이었다.

– 그리고 이렇게 말하더라? 앞으로도 살면서 미안하다는 이야기 하고 싶을 때가 많을 거다. 근데 하지 않을 거다. 미안하다는 이야기는 이번 한 번으로 마지막이다. 대신 고맙다, 그럴 거다. 고맙다, 고맙다, 그렇게.

내 손을 잡은, 땀이 가득했던 남편의 손이 떠올랐다. '고맙다.' 라고 말하며 떨리던 그의 목소리도.

갑자기 못 견디게 그가 그리워졌다. 마술이라도 부릴 수 있다면 지금 당장 그의 모습을 눈앞에 그려놓고 싶었다.

– 멋지지, 그치?

눈물을 삼키며 리브를 바라봤다. 웬일로 리브는 커다랗게 고개를 끄덕이고 있었다.

– 응, 정말 멋지더라. 나이를 먹어도 어쩜 그렇게 점잖고 매력적일까? 그 웃음도 정말 섹시하고, 그치, 그치? 내가 좀 금사빠이기는 하지만 그 아저씨 쫌 멋지더라. 호홋.

어이가 없어 나는 그의 얼굴을 물끄러미 봤다. 그러나 그의 대답은 이번에도 어긋났다.

– 이번에는 금사빠를 모르는 거니?

– 금사빠?

– 하여간, 하여간! 어쩜, 어쩜? 쯧쯧.

그는 이제 아예 불쌍하다는 듯 나를 향해 혀를 찼다.

- 금방 사랑에 빠지는 사람, 금사빠. 모르니, 정말? 로맨틱하고 감성적인 사람을 가리키는 그 말을 정말 모르는 거야? 쯧쯧쯧.

그러나 들으면 들을수록 그의 언어는 정말 알 수 없는 말이었다.

 - 솔직히 말해봐, 응? 언니 정말 수상한 데가 한두 군데가 아니라고. 내가 신고 안 할 테니까 솔직히 말해보라고. 언니, 저기서 내려온 사람 맞지?

리브의 턱밑은 어디랄 것도 없는 허공을 가리켰다. 어느새 동이 터 오는 건지, 새까만 하늘 한쪽이 조금씩 벗겨지고 있었다.

 - 왜 그런 거 있잖아? 임무를 받고 옛날에 내려왔는데, 다시 돌아가지 못한. 그래서 이제는 남한에 사는 보통 사람의 삶을 살게 되는 그런 거. 하지만 언제든 북으로 돌아갈 수 있도록 접선을 준비하고 있는 그런 거. 뭐라고 부르더라 그걸? 하여간 있던데? 영화에서 보니까 그런 사람들 정말 있대. 솔직히 말해봐, 언니도 그런 사람 아니니? 내가 신고 안 할게. 정말, 정말이라니깐?

이제는 화가 나거나 헛웃음이 나지도 않았다. 처음부터 그는 자신만의 믿음과 혼자만의 세상 속에서 살고 있는 사람. 소통을 바라는 일은 처음부터 불가능한 임무였는지도 모른다. 우리에게 정말 어떤 임무가 있다면 그건 어쩌면 가장 해내기 어려운 것일지도.

 - 내가 삼천만 원 안 탈 게. 근데 요즘도 삼천만 원인가? 일억인가? 어디서 본 것 같다, 일억! 맞다, 일억! 흠, 일억이면 이거 생각이

좀 달라지는데?

리브는 샛눈으로 나를 흘겨봤다. 무슨 계산을 하는지 연신 눈을 깜빡였다.

- 왜, 울었니?

조심스러움을 들키지 않도록 애써 담담하게 물었다.

- 뭘?

- 아까 말이야, 거기에서. 그 사장님이 옛날 이야기해주고 그럴 때. 너 울었잖아. 왜 울었어?

먼 시간이라도 더듬듯 그는 허공을 향해 눈을 깜빡였다.

- 흑, 그거? 그거, 내 운명이 너무 가여워서. 이름을 잃어버리고 사는 내 운명이, 아이 하나도 낳을 수 없는 내 운명이, 왜 나는 이렇게 태어나서 이런 슬픈 운명을 겪어야 하는 걸까, 왜 세상은 이런 나의 슬픔을 동감하지 못하는 걸까? 내 안에도 이렇게 아픈 슬픔이 있다는 거. 뭐가 되고 싶은 게 아니라, 나는 그저 살고 싶은 거였다는 거, 갑자기 그런 슬픔과 회한이 한꺼번에 밀려와서. 흑흑흑, 엉엉엉!

터진 풍선처럼 리브는 한꺼번에 모든 것들을 쏟아냈다. 내 무릎에 털썩 쓰러져 흐느껴 우는 리브의 어깨는 너무 커서 안타까웠다. 그래, 괜찮다, 알고 있다, 나도 알고 있다. 나는 눈물을 삼키며 그의 어깨를 천천히 쓰다듬어 주었다. 얼마나 속에 맺혔던 것들이 많았는지 내 손길을 따라 그의 어깨가 더욱더 커다랗게 들썩였다. 그런데 갑자기 그의 얼굴이 빠끔히 나를 바라봤다. 눈물로 얼룩진 얼굴이기는 한데, 그건 어쩐지 과도하게 번들거렸다.

– 맞지?

갑작스런 물음에 눈물이 가득했던 내 두 눈도 동그래졌다.

– 이제 나도 말해줬으니까, 언니도 언니 비밀을 나에게 말해봐, 응? 맞지? 일억 원짜리, 맞지, 그치?

어이가 없어 입이 벌어졌다. 너무 기가 막혀 숨이 가빠왔다.

– 맞지, 그치? 일억 원짜리, 일억 원짜리, 맞다, 맞아! 그럼 언니 남편이랑 두 사람이니까 이억 원인가? 우와! 이억! 일억도 아니고 이억, 우와!

퍽 터진 그의 함성이 새벽 바닷가를 쩌렁쩌렁 울렸다. 해변을 뛰고 있던 운동복 차림의 관광객도 깜짝 놀라, 뜀박질이 뒤틀렸다. 펄쩍펄쩍 모래밭을 뛰고 있는 그의 모습을 보며 내 생각도 뒤틀리기는 마찬가지였다.

12.

그녀의 이름은 안미옥

78년 4월이라고 적혀 있었다. 부산에서 제일 좋은 곳으로 신혼여행을 가겠다고 호언장담했던 신랑은 숙박할 곳을 제대로 예약하지 않아 난감하던 차에, 겨우겨우 신부를 설득해 해운대에 도착했다고 했다. 마침 한창 마무리 공사 중이었던 호텔에 사정을 이야기하고 호텔 측이 신랑의 처지를 딱하게 여겨, 공사도 제대로 하지 않은 방에 신방을 꾸미게 한 것이, 그들이 이 호텔의 첫 번째 투숙객이 된 사연이라고 했다. 사진 속에는 그 당시의 숙박료 만원과 세금 천팔백 원이 적힌 영수증이 함께 담겨 있었다. 새치름한 신부와 머쓱한 얼굴을 한 신랑의 젊은 시절 모습도 나란히 같이.

나와 남편이 여기에 왔을 때보다 이십여 년 전의 일이었지만, 마치 그때 그곳에 있던 신랑과 신부가 바로 우리였던 것처럼 모든 건 눈앞에 생생했다. 삶이란 옷을 바꿔 입는 계절과 같은 것인지.

사진 속 두 사람의 얼굴에 커다랗게 구멍을 뚫어 나와 남편의 얼굴을 그려 넣어 본다. 생전 처음 해보는 두꺼운 화장이 불편했던 나와, 억지로 빗어 넘기느라 번들거리는 머리 모양을 가진 머쓱한 표정의 남편. 그렇게 그려넣고 보니, 어느새 내 얼굴에도 사진 속처럼 싱긋 웃음이 그려졌다. 그랬을 수도 있겠구나, 사진 속에 담겼더라면 이렇게 싱긋 웃는 추억이 될 수도 있었겠구나. 문득 남편이 했던 말이 떠올랐다. 예뻐지라고, 너희도 사진 속에 담기고 있으니 예뻐지라고.

– 어머머, 왜 화장실을 못 쓰죠?

커다란 호텔 로비를 들어설 때부터 그를 주시하고 있던 경비원들은 여자 화장실 앞에서 또다시 그를 가로막았다.

– 저 뒤에 직원용 여성 화장실이 또 있습니다. 거기에서 사용하시면 훨씬 더 편하실 것 같아서 안내해 드리는 겁니다.

다행히 그는 정중하게 리브 앞에 고개를 숙였다. 호텔을 이용하는 객실 손님이 아닌 것도 뻔뻔스러운데, 리브는 지지 않고 계속해서 소리쳤다. 로비에서 전시회를 보던 사람들의 시선이 일제히 그들에게 쏠렸다.

– 왜 여긴 안 되는 데요? 내가 다른 사람들과 다르다고 차별하는 건가요? 설마 그 정도 교육도 받지 못한 거예요?

그녀의 이름은 안미옥

─ 여기는 사람들이 많이 사용하는 화장실이라, 여기보다는 뒤쪽 화장실이 고객님께 더 편할 것 같아 안내해 드린 것뿐입니다.

곤혹스러웠지만, 그의 표정은 여전히 흔들리지 않았다.

─ 왜 우린 사람들이 많이 쓰는 화장실을 사용하면 안 되는 거죠? 이거 인권 침해인 거 몰라요? 소수자를 차별하고 멸시하는 인권 침해, 이런 국제적인 호텔에서 설마 그런 것도 교육받지 못한 거예요!

얼굴이 벌게져 리브의 목소리는 더 악다구니가 되어갔다. 황급히 그에게 다가가려고 발걸음을 옮겼다. 그런데 내 앞에서 전시된 사진을 보던 사람과 어깨가 부딪히고 말았다.

─ 죄송합니다.

이 난감한 상황을 또 어찌 벗어나나 곤혹스러워, 내 목소리는 어디론가 기어들어가고 있었다. 그런데 나를 막아선 그의 발걸음이 움직이지 않았다. 천천히 고개를 들었다.

─ 봐 봐요, 이거! 언니! 언니, 저기 우리 언니 있어요! 우리 언니가 다 증명해줄 거야, 봐 봐요!

그러나 리브가 가리킨 곳에서 나는 내 앞을 막아선 사람을 물끄러미 올려보고 있었다. 아이를 만나던 꿈속처럼, 바람에 풀풀 날리는 아이의 웃음소리를 듣는 것처럼 나는 그를 향해 빙긋 웃었다.

예뻐지지 못한 사진 한 장을 보고 있듯, 부쩍 까칠해진 그의 얼굴을 감상한다. 그리고 그의 얼굴 주변에, 생각의 연필로 사진 액자를 그려 넣어 본다. 예뻐지라고, 그가 말했듯이 사진 속처럼 예뻐지라고.

미안하다는 이야기는 이미 리브에게 해버렸다. 하지만, 말이 태워 버리는 담배 개비 같은 것도 아닌데, 입이 떨어지지 않았다. 남편도 해야 할 말을 찾고 있는지, 주저앉은 무릎 밑에 알 수 없는 말들을 썼다가 지우고, 다시 썼다 지웠다. 우리 서로 다른 여행을 하고 있는 동안, 그는 얼마나 그렇게 말하지 못하는 말들을 혼자서 썼다 지우고, 썼다 지웠던 건지.

지금이라도 시인이 되라고 말해줄까. 시인에게 증명서 같은 게 배급되는 것이 아니라면, 그동안 시인처럼 예쁜 말만 하며 살았으니 당신은 이미 시인이었다고 말해줄까. 문득 보고 싶은 것이 떠올랐다. 그리고 나는 남편의 가방을 열어 뒤지기 시작했다. 카메라를 집어넣던 남편의 가방은 동굴처럼 깊고 컸다.

– 뭐 해?

남편은 그제야 처음 입을 떼었다. 오랜만의 해후를 기념하는 첫마디.

– 어딨어?

– 뭐가?

– 그거 말이야. 그거.

– 그거 뭐.

고린내가 나는 양말과 속옷이 담긴 비닐봉지, 허름하게 낡은 등산 바지 한 장, 셔츠 두 장, 그리고 시영이 아빠가 준 조기 축구회 트레이닝 바지 한 벌. 그런데 그건 없었다.

– 어디다 뒀어?

고개를 들어 그제야 남편의 얼굴을 봤다.

– 뭐가 어딨어?

– 오빠 맨 날 쓰던 공책, 시 쓰는 공책. 오빠 맨 날 나한테 시 하나도 감상할 줄 모르는 반편이라고 놀리고 그랬잖아? 그래서 이제 오빠가 읽어주는 시도 들을 줄 알고, 그럴듯한 감상도 이야기할 줄 아는 그런 와이프가 좀 되어보려고. 호홋. 안 하든 짓 하면 죽으려고 그러는 거라던데, 어쩜 그렇게 옛날 말이 딱 맞니? 신기하네, 그치?

어느새 나도 남편처럼 무릎 밑을 끼적거리고 있었다. 남편은 더 이상 아무것도 쓰지 않고 멀리 바다를 봤다. 손에 들었던 작은 돌멩이는 멀리 던져 버렸다. 어차피 바다에도 닿지 못하지만, 그래도 될 수 있는 한 멀리.

– 없어? 안 가지고 왔어? 그럴 리가 없는데? 오빠 가방에는 맨 날 소설책이나 시집 같은 게 들어있었고, 그리고 그게 없더라도 그 노트는 꼭 있었는데. 이상하네?

고개를 갸웃거리는 나를 그는 쳐다보지도 않았다.

– 그럼 시 하나 들려줘 봐. 오빠 외우는 시. 이제는 내가 뭐라 안

그럴게. 이렇게 바다보고 있으니까 오빠가 들려주는 시가 듣고 싶네. 해봐, 응?

그러나 남편은 대답하지 않았다. 머릿속에 너무 많은 시가 떠오르고 있기 때문일까. 아니면 며칠의 시간 동안 머릿속에서 모두 지워진 것일까. 낮은 한숨을 내쉬는 것 같더니, 드디어 그의 입이 열렸다. 시를 웅얼거리듯 그의 목소리는 조금씩 흔들렸다.

– 안미옥이래.

– 응?

– 장모님 이름.

모래 속에서 불쑥 샘이 솟을 듯했다. 남편이 했던 말은 처음 듣는 것이었고, 그리고 그건 남편도 처음 해보는 말이었을 것이다.

– 너희 어머님, 안미옥이래. 안, 미, 옥.

말을 처음 배운 사람처럼 남편은 한 글자, 한 글자, 또박또박 말해주었다. 아무리 어려운 시를 말해주더라도 이번에는 끝까지 듣고 이해하는 사람의 흉내라도 내려고 했는데. 도무지 알 수 없는 말들과 이해할 수 없는 표현이더라도 투덜거리거나 어깃장을 놓지 않겠다, 다짐을 하고 있었는데.

그러나 이번에 그가 내게 건넨 시는 너무 어려운 말이었다. 난해한 것이어서 이해하지 못했거나, 알 수 없는 말들이었던 건 아닌데, 오히려 그건 내 이름을 닮아서 너무 익숙했는데, 이상하게 그 말은 가슴에 와 닿지 못하고 둥둥 떴다. 오랜만에 남편에게서 들은 너무도 쉬운 시였는데, 이번에도 역시 내게는 너무 어려운 시였다.

남편은 그 당시 보육원에 들어오는 아이들을 직접 받고 함께 지냈던 홍 선생님을 찾아갔다고 했다. 이제는 수녀님이 되어 호스피스 병동에서 근무하신다는 그녀는 얼마나 그악스럽게 울어댔던지 그때의 나를 꽤 또렷하게 기억하고 계셨다고 했다. 그때 내가 '안미옥'이라는 이름을 내내 외쳤다고 했는데, 아무리 수소문을 해도 그 이름을 가진 여자를 찾을 수 없었다고 했다. 그래서 내 이름도 그 이름을 따, 안순옥이 되었다고.

물론 나는 기억하지 못했다. 기억이 집게에 집힌 고지서 같은 것이어서 언제든 들춰볼 수 있는 것이라면 모르겠지만, 내 머릿속에 기억이라는 것은 돌아서다가 주운 옛날 물건 같았다. 옷장 밑을 긁어내다가 찾은 오백 원짜리이거나, 지갑 속에 깔려 있던, 납부기한이 지난 체납통지서처럼 곤혹스러운 것이었다. 물론 대부분 시뻘건 줄이 그어진, 후회를 독촉하는 체납통지서 같은 기억들뿐이었고.

리브는 남편과 앉은 점심 식탁 위에서도 계속 떠들었다.

ㅡ 이게, 편견이라는 게 이렇게 무서운 거라고요! 자신도 모르게 저지르는 일들 속에 이미 발길질이나, 주먹질이나 다들 하고 사는 거란 말이지.

그의 입에서 밥알이 아무렇게나 튀었다.

— 편견이라는 건 정말 아무도 모르게 우리한테 스며드는 거야. 왜, 그 피부 자외선 있잖아요? 우리 피부의 자외선도 보이지만 않았지 얼마나 나쁜 영향을 우리 몸에 주고 있는 거냐고요? 그래서 요즘은 애나 어른이나 할 것 없이 너나 나나 선크림 안 바르면 큰일 나는 줄 알잖아?

여전히 엉뚱하게 어긋나는 그의 말은 사람들 속에 숨어드는 편견과, 피부 위에 숨어드는 자외선의 문제를 연결시켜 설명하고 있었다.

— 여기, 여기, 이 피부를 통해 들어오는 자외선이라는 게…….

남편의 볼 위에 리브가 손을 가져가고 있었다. 그러자 남편은 벌레라도 떼어내듯 그의 손을 팽개쳤다. 리브의 얼굴은 단번에 굳었지만, 언제나 그랬듯 이내 호호 웃었다.

— 아유, 우리 형부가 부끄러움을 많이 타시는구나? 에이, 안 그러셔도 돼요. 언니랑 나랑은 이번 여행으로 친자매 같은 사이가 되었거든요. 그러니까 형부도 예쁜 처제 대하듯 그렇게 편안하게 대해 주시면 돼요. 제가 다니는 피부 관리 센터가 있는데 언니랑 형부랑 언제 한 번 제가 근사하게 모실게. 마사지도 좀 받으시고, 레이저 치료도 좀 받으시고, 주사 살짝 맞아주시면 단번에 십 년은 젊어 보이시는데. 여기, 여기에도 맞고, 여기에도 한 방 맞아 주시면…….

그러나 또다시 리브의 손이 다가오자 남편은 아예 고개를 휙 돌려

버렸다. 그리고 들고 있던 젓가락을 그릇 속에 팽개쳤다.

　– 어머머, 우리 형부 너무 터프하시다, 호홋. 남성적인 매력이 정말 철철 흘러넘치시는 게……. 아유, 우리 언니처럼 매력 없고 심심한 여자한테는 정말 과분하다, 과분해! 호홋!

　리브는 두 손을 모으며 탄성을 이어갔지만, 남편은 더 이상 참지 못하고 벌떡 일어났다. 얼마나 당황했던지 기우뚱거리는 발걸음을 감추지도 못했다. 식당 안의 사람들은 누구랄 것도 없이 킥킥거렸고, 그건 마치 자신을 향한 손가락질 같았을 것이다. 물론 그런 남편의 뒷모습을 바라보며 리브는 여전히 경탄에 마지않는 눈빛이었다.

　– 같이?

　믿을 수 없다는 듯 남편은 내 앞에 바짝 다가왔다. 그런 그의 눈빛은 좀 생소했다. 아무리 힘든 일이 있어도 그의 눈빛이나 말 속에는 적막 같은 게 흘렀던 것 같은데. 그건 어쩐지 평화로움과 닮아 있었는데. 그러나 리브와 같이 여행을 해야겠다는 내 이야기에 남편은 불같이 일어났다. 당장 정신을 차리라고 뺨이라도 후려칠 기세였다.

　– 며칠 동안 내가 신세 진 것도 많고, 쟤도 만나야 할 사람이 있다고 하고.

　에둘러대는 내 말은 아무렇게나 흐느적거렸다.

　– 만날 사람? 누구?

그러나 대답할 수 없었다. 그가 말하던 '파트너'라는 말은 아무리 남편이 시인의 언어를 가지고 있다고 하더라도, 기괴하고 소름 끼치는 말이 될 것이었다.

- 저놈도 부모한테 버려졌대?

- 오빠.

- 저놈도 죽을 날 받아놓고 마지막으로 자기를 버린 부모 얼굴이나 봐야겠다고 뛰쳐나온 놈이냐고?

이번에는 아예 대답하지 않았다. 그의 물음은 지금 대답을 바라는 것이 아니었다. 구토처럼 그는 자신의 안에서 솟구치는 감정의 역류를 그저 쏟아내고 있을 뿐이었다.

- 가, 지금 당장 들어가서 가방 가지고 나와.

- 오빠.

- 왜? 돈이라도 빚진 거야? 그럼 내가 지금 당장 은행에 가서 찾아다가 갚아 줄 테니까, 당장 가방 들고 나와!

- 오빠!

- 어서! 안 가지고 나와!

그의 말은 점점 악다구니가 되어가고 있었다.

- 오빠 왜 이래? 오빠, 이런 사람 아니잖아? 요즘 정말 왜 이래? 세상에 이해하지 못할 건 아무것도 없을 만큼, 이해심 많고 생각 많은 사람이 도대체 왜 이러냐고?

그녀의 이름은 안미옥

– 됐어! 저런 자식 이해할만한 생각 같은 건 없어. 그런 쓸데없는 거 이해하고 싶은 생각도 전혀 없고. 그러니까 잔말 말고 가서 가방 가지고 나와. 저 자식이야 어디로 가든 말든, 이제 나랑 다니면 돼! 나랑 다니면 되니까 저런 자식이랑 같이 다닐 필요 없어. 그러니까 조용히 들어가서 가방 가지고 나와.

식당 안을 가리키는 그의 손가락이 흔들렸다. 리브는 자신을 가리키는 손가락에서 어떤 꽃을 본 건지, 여전히 활짝 웃고 있었다.

– 오빠, 저 사람도 불쌍한 사람이야.

– 불쌍해?

남편의 눈빛이 심하게 흔들렸다. 불쌍하다는 말이 어떤 칼인지, 남편은 심장을 찔린 사람처럼 어깨를 들썩이기 시작했다.

– 불쌍하다고? 저놈이?

그는 울먹이고 있었다.

– 그만, 그만, 오빠. 그만, 그만해.

남편의 들썩이는 몸을 끌어안았다.

– 불쌍한 게, 불쌍한 게 뭔지… 저놈이 알기나 해? 저놈이, 저놈이 불쌍한 게 뭔지, 그게 뭔지…… 흑!

남편은 구토를 하듯 입을 막았다. 취객처럼 내 품에 얼굴을 묻었다.

울고 있던 건 언제나 남편의 등짝이었는데, 꿈속의 아이처럼 내가 볼 수 없는 그런 뒷모습뿐이었는데. 이렇게 내 품에 안겨 우는 그를 나는 처음 보았다. 울고 있는 남자의 어깨가 이렇게 작고 안쓰러운 건지 미처 알지 못했다. 불쌍하다는 말은 틀린 말이었을까. 틀린 말이 아니라면 그건 나쁜 말이었을까. 타인을 이해하는 마음을 보여주는 것이 아니라, 나약한 사람으로 폄하시키고야 마는 그 이기적인 말.

불쌍하다고 할 것이 아니라 고맙다고 할 것을 그랬다는 후회가 밀려왔다. 미안하다, 라고 말하지 않고 고맙다, 라고 말했던 것처럼, 불쌍한 사람이 아니라, 반갑고 고마운 사람이라고.

토닥토닥 아이를 달래듯 남편의 등을 두드렸다. 그런데도 남편의 흐느낌은 좀처럼 가라앉지 않았다. 불쌍하다는 말 한마디로 얼마나 많은 아픈 시를 떠올리고 있는지. 세상에서 제일 '고마운' 내 사람.

그녀의 이름은 안미옥

13.

빨간 웃음

남편은 리브와 실랑이 중이었다. 말을 하지 않으려고 하는 남편과 남편에게 말을 시키려는 리브. 그는 모를 것이다. 침묵이 남편에게 얼마나 많은 말인지, 생각의 말을 하고 살지 않았던 리브는 상상도 할 수 없었을 것이다.

– 형부, 형부, 여기 손수건 있다니까요?

남자 화장실 앞에 서서 리브는 남편을 기다렸다. 언제든 들어가도 괜찮을 화장실 앞에서 그는 기웃거리며 남편을 기다리고만 섰다. 남자 화장실에 들어가도 여자 화장실에 들어간 만큼의 법석뿐일 텐데. 오히려 남자들은 피식 웃어버리고 마는 쪽일 텐데. 리브는 금지된 곳 앞에 선 듯 그저 안쪽을 기웃거리기만 했다. 그리고 남편이 나오자

들고 있던 손수건을 내밀었다. 물론 남편은 쳐다보지도 않고 매표창
구로 다가갔다. 서로가 나눈 약속이었다. 그와 함께하는 대신 그를
받아들이지 못하는 자신을 강요하지 않기로. 남편이 침묵으로 말할
수 있다는 사실이 참으로 고마웠다.

  ─ 형부, 형부, 뭐 먹고 싶은 거 없어요? 내가 우리 형부를 위해 간
식 정도는 크게 한턱 쏠 수 있는데. 여기서 강원도까지 가려면 꽤 멀
다면서요? 그 빠쓰인지, 빤쓰인지 강원도 어디라면서요? 그러니까,
내가 한턱 쏠게, 응?

  남편은 홍 선생님에게 들었다고 했다. 경찰이 맨 처음 나를 발견했
을 때, 나는 영동선을 타는 버스 승강장 앞에서 울고 있었다고.

  ─ 우리 멋진 형부를 위해서라면 내가 아무리 비싼 거라도 쏠 수 있
다니까요? 그러니까 말 해봐요, 응? 에이, 부끄러워하지 마시고. 어
머머, 우리 형부 얼굴 빨개지네? 호호호, 아유, 귀여워! 호호호.

  커다란 몸을 흔들며 리브는 졸졸졸 남편을 따라다녔다. 사람들은
높은 하이힐에 분홍색 원피스를 입은 남자인 리브를 손가락질하며
쳐다봤고, 끌끌 혀를 차기도 했다. 남편도 다 듣고 있을 것이다. 지
금쯤 침묵의 언어로 고성을 지르며 리브에게 소리치고 있을 것이다.

  ─ 형부, 형부, 그럼 우리 오뎅이라도 하나씩 먹을까요? 부산에 왔
는데 오뎅 정도는 먹어야 하는 거잖아요? 형부도 오뎅 좋아하죠?
젊었을 때 언니랑 데이트할 때 빼고는 먹어보지 않았죠? 그러니까

우리 한번 먹어봐요, 네? 언니 빼고 형부랑 나랑 둘이서 나란히 서서. 호호호!

제법 멀리 떨어져 있는데도, 리브의 웃음소리는 이쪽까지 선명하게 들려왔다. 원래 크기도 했지만, 남편을 만난 이후로 그의 목소리는 허공에 붕 떠 있었다.

– 이 원피스 어때요? 저한테 너무 잘 어울리죠? 내가 제일 좋아하는 옷인데, 우리 형부한테 예쁘게 보이려고 내가 특별히 꺼내 입은 건데, 호호호!

그러나 남편은 여전히 말이 없었다. 리브는 끊임없이 커다란 목소리로 떠벌리고 있었고.

서로에게는 말할 수 없고, 또한 들을 수 없는 서로 다른 언어들. 무수히 여러 번 이야기를 하고, 소리쳐 말했더라도 처음부터 이해할 수 없었을 말들. 그러나 우리는 지금 같은 곳을 향해 가고 있었다. 그걸 무어라고 불러야 하는지 잘 떠오르지는 않지만, 어쨌든 우리 모두는 또다시 같은 버스를 탈 것이다.

아이는 남편과 리브가 터미널 대합실의 가장 먼 구석으로 사라졌을 때, 다시 내 곁에 와 앉았다. 이제 나는 더 이상 놀라거나 당황하지 않았다. 어느새 낮은 대합실 의자에 앉아서도 아이의 두 다리는 시멘트 바닥에서 둥실 떴다. 그만큼 아이는 작아져 있었다. 그제야 나는 확신했다. 마치 거꾸로 시간을 거슬러 올라가듯 아이는 작아지고 있었다. 내가 그려준 분홍색 원피스는 점점 이불처럼 커져 아이를 덮었고, 신발은 맞지 않아 뒤꿈치가 벗어져 덜렁거렸다.

문득 그런 생각이 들었다. 남편처럼 나도 환상 통에 시달리는 것이 아닐까. 사라진 다리가 여전히 거기에 존재하듯 느끼던 남편의 환각. 그래서 나는 내 삶에 존재하지 않는 아이를, 꿈속에서 혹은 이렇게 현실 속에서 생생하게 만나고 있는 것인지도.

– 말해봐, 진짜 이름이 뭐니?

이제 나는 망설이지 않고 물었다.

– 이름 같은 거 없어요.

지난번 버스 안에서처럼 호홋 웃어버릴 줄 알았는데, 아이의 대답은 제법 또렷했다. 이름이 없다고 하는 그 말은 지붕이 낮은 집에 살던, 대성이라는 아이의 대답과 너무 똑같았다. 그리고 보니, 순수한 아이의 눈빛은 그때 그 아이를 닮은 것 같기도 하고. 그런가?

– 그럼, 너는 누구니? 누구기에 내 곁에 이렇게 나타나 나를 어디론가 이끌고 있는 거니?

그러자 아이는 모르겠다는 표정으로 나를 반짝 올려보았다.

– 이끄는 게 뭐에요?

– 네가 나를 이곳으로 데리고 왔잖니?

버스 안에서 창밖을 가리키며 고래 이야기를 하던 아이를 떠올렸다.

아이가 가리키던 허공 속에서 나는 분명 고래를 보았고, 그것이 나를 여기까지 이끌었다.

– 내가요? 아닌데? 난 아줌마 모르는데? 여기에 온 건 아줌마지, 내가 아니에요. 아줌마가 원해서 왔지, 내가 원해서 아줌마가 온 건 아니라고요. 피, 그건 핑계에요, 핑계! 메롱!

아이는 입을 삐죽이며 혀를 날름 내밀었다.

– 내가, 내가 죽으면… 내 영혼을 거두어 가려고 나를 따라다니는 게 아니고?

그건 차마 하지 못했던 말이었다. 생각의 저 깊은 속에 꽁꽁 묻어 두었던 말이었다.

– 영혼이요? 그게 뭔데요?

갸웃거리며 묻고 있는 아이의 말에, 문득 말문이 막혀버렸다.

– 영혼은… 영혼은 말이야. 사람이 죽고 나면 살아나는 것. 모든 사람들을 살게 하는 사람 안의 그것.

사전을 뒤적거리듯 내 대답은 어색했다.

– 죽는 게 뭐예요?

아이의 물음은 또다시 이어졌다.

– 그건 사라지는 거지. 여기에서, 이 세상에서 사라지는 거.

목이 멨다. 주위를 두리번거렸다. 생생하게 살아있는 것들을 눈으로 보며 죽음을 받아들이기란 쉽지 않은 일이었다. 사라지다니,

이 시간 속에서 사라지다니.

- 어디로요? 어디로 사라지는데요?

아이는 세상의 모든 것들을 손가락으로 찔러가며 묻는 미운 네 살 같았다.

- 글쎄, 그건 나도 모르지만……

난감하게 머릿속을 뒤적거리는데, 곁에 앉았던 아이의 모습이 갑자기 사라졌다. 황급히 두리번거리는데, 어색하게 그려진 눈썹을 단 아이는 등 뒤에서 갑자기 고개를 내밀었다.

- 짠! 살았다! 호홋.

아이는 장난스럽게 웃으며 소리쳤다.

- 그죠, 난 죽었다가 살아난 거죠, 그죠?

말문이 막혀 허공만 보고 있는 눈앞에서 아이는 또다시 어디론가 사라졌다. 그리고 이번에는 의자 밑에서 엉금엉금 기어 나왔다.

- 짠! 또 살았다, 그죠? 히힛, 이거 재밌는데? 죽었다 살아나기 놀이. 아냐, 죽는 건 재미없어, 살아나는 게 재밌지, 그죠? 그냥 살아나기 놀이, 살아나기 놀이. 호홋.

어이가 없어 킥킥거리는 아이를 물끄러미 봤다. 그런데 아이는 이번에는 의자 밑에서 나와 표를 사려고 길게 줄을 선 사람들 뒤로 달려갔다. 그리고 내 쪽을 향해 커다랗게 외쳤다.

- 아줌마, 아줌마! 이제 내가 어디서 살아나는지 잘 봐요! 호홋!

그렇게 말해놓고 아이는 사람들 뒤로 사라졌다. 나는 또다시 주위를 두리번거렸다. 어디선가 짠하고 나타날 아이를 기다렸다. 누군가의 다리 사이에서, 표를 파는 매표원의 등 뒤에서, 어쩌면 아이는 천장에 매달려 나타날지도 모른다. 남편을 졸졸 따라다니며 끊임없이 중얼거리는 리브의 어깨에 매달려서 나타나거나, 혹은 침묵의 말 밖에 할 줄 모르는 남편의 의족을 붙들고 나타날지도 모르고.

지금, 아이는 죽었다.

물론 금방 어디서든 살아날 것이다. '짠!' 하고 나를 놀리며, '호홋.' 그렇게 웃으며. 문득 입가에 웃음이 그려졌다. 분명 지금 아이는 죽고 사라져 이 세상에 없는데, 신기하게도 나는 조금도 두렵거나 슬프지 않았다.

– 홋.

남편은 내 얼굴을 뜨악하게 바라보았다. 버스에 오르고서도 그는 리브와 앉는 자리를 놓고 한참 실랑이를 했다. 리브는 남편과 같이 앉으려고 기를 썼고, 남편은 내 손을 꼭 붙들고 놓지 않았다. 그래서 리브가 우리가 앉은 자리 앞에 와 앉으려고 하면, 남편은 또다시 저 뒷자리로 가버렸고, 리브가 따라오면 다시 앞자리로 내 손을 이끌었다.

— 웃지 마.

남편의 그을린 얼굴은 홍시처럼 발개졌다.

— 이왕 같이 가기로 한 거, 그냥 편안하게 가면 안 돼?

남편은 다시 내게 무어라 긴 이야기를 하려고 돌아앉았다가, 이내 입을 닫아버렸다.

— 정말 쑥스러워 그러는 건 아니지?

— 이 사람이?

— 아니, 리브가 이야기한 것처럼 오빠 정말 쑥스러워하는 사람처럼 보이기도 해, 지금.

— 쓸데없는 소리 말고, 자!

내게 자라고 말해놓고 눈을 감은 건 남편 자신이었다. 나는 등받이에 모로 기대 발갛게 달아오른 그의 얼굴을 들여다보았다.

— 만약에, 우리 아이가 있었으면 좀 덜 힘들었을까?

남편은 뜬금없는 내 이야기에 고개만 반짝 들었다.

— 뭔 소리야, 그건 또?

— 아니, 그럴 수도 있겠다는 생각이 들어. 만약에 아이가 있었으면 좀 더 씩씩해질 수도 있을 것 같고. 병 걸린 거, 죽는 거, 그런 거 애들은 모르잖아? 그런 애들 덕분에 나도 덩달아 그런 생각들 지워버릴 수도 있을 것 같고.

무심결에 나는 덜컹거리며 움직이는 버스 안을 이리저리 둘러보았다.

당장에라도 또 어디선가 그 아이가 나타나 '살았다!' 외치며 킥킥거릴 것만 같았다. 지금은 죽어서 세상에 없는 아이.

– 아닌가? 그런 아이가 있었으면 아이를 남겨놓고 떠나야 하는 일이 더 아플까?

모르는 데를 더듬는 생각은 어쩐지 자신이 없었다.

– 에이, 참 피곤하다니까.

남편은 반대편으로 몸을 돌려 모로 기댔다. 그 며칠 사이 살이 좀 빠졌을까? 그의 등은 부쩍 작아진 듯 보였다. 콜록콜록 기침을 하는데, 괜히 내 기침처럼 깊은 것은 아닌지 걱정스러웠다.

– 언니, 언니! 이거 좀 마실래?

리브는 버스 복도에 켜진 흐릿한 등불 밑에서 우유 곽을 들고 나타났다. 낮은 버스 천장 때문인지 그의 그림자는 더욱 거대했다.

– 형부는 자?

눈을 감은 남편을 보고 리브는 금방 목소리를 낮췄다. 그는 분명 자고 있지 않을 것이다. 리브의 목소리가 다가오자, 움찔하는 몸짓이 곁에서 분명하게 느껴졌다.

– 응, 자.

그에게 우유 곽을 받아들었다. 딸기 우유였다. 딸기 맛 우유. 나는 또다시 아이가 나타나지 않을까, 리브의 등 뒤를 살피며 목소리를 낮췄다.

– 아유, 우리 형부 자는 모습도 귀엽다? 호홋!

리브는 남편에게 바짝 얼굴을 들이밀어 자는 모습을 살폈다. 자신의 얼굴 가까이에 다가온 리브의 체취를 느꼈는지, 남편은 잠결인 것처럼 얼굴을 움직여 아예 팔꿈치 속으로 묻어버렸다.

– 훗.

잔뜩 오그라든 그의 두 다리에서는 불쾌감이 고스란히 느껴졌는데, 나는 자꾸 웃음이 났다. 리브는 아기를 들여다보듯 웅크린 남편을 이리저리 살피며 킥킥거렸다. 덜컹 버스가 흔들리자 리브는 하마터면 남편의 얼굴에 들고 있던 우유를 쏟을 뻔했다. 그러고도 한참을 남편의 잠자는 모습에 대해서 속삭였는데, 어쩐지 나는 계속해서 웃음이 났다. '짠, 살았다!' 하고 외치던 아이가 나타난 것도 아닌데, 내 입가에 그려진 미소는 버스가 달리는 내내 지워지지 않았다.

어느 생각의 주머니가 터진 것일까. 웃음은 멈추지 않았다. 엄마라는 이름을 가진 여자를 만나는 일도, 마지막 삶을 발버둥 치며 지나야 하는 일도, 저 깊숙한 곳까지 나를 끌어내리는 무거운 것이라고만 생각했는데, 터진 웃음 때문에 나는 부쩍 가벼워진 듯했다.

스멀스멀 그려지는 웃음을 감추느라 자꾸 헛기침을 했다. 잠이 들었는지, 든 척을 하는지, 곁에 모로 누운 남편이 내 웃음소리를 들었다가는 또다시 자신을 비아냥거리는 것이냐, 어깃장을 놓을 것이

뻔한데. 그런데도 웃음소리는 잔기침처럼 떨어질 줄 몰랐다.

텅 빈 딸기 우유 곽들을 잔뜩 품에 안은 리브는 길지 않은 의자에 모로 누워 잠이 들었다. 그의 큰 키 때문에 뒤통수는 통로 쪽으로 삐죽 삐져나와 있었다. 뒷자리에 앉았던 중년 여자는 잠결에 눈을 떴다가 그 모습을 보고는 '엄마야!' 소리를 지르며 주저앉았다. 그러고 나니, 내 웃음은 더욱 커졌다. 예쁘고 고상한 척은 혼자 다 하더니, 잠이 들어 온몸을 벅벅 긁어대는 모습이나, 드르렁드르렁 코를 골아대는 모습이나, 정말 가관이었다.

– 큭!

웃음이 새어나가지 않도록 황급히 입을 틀어막았다. 내 웃음소리를 들었는지, 리브의 코 고는 소리가 짜증스러웠는지, 남편은 몸을 뒤척였다. 나는 서둘러 기침으로 웃음을 감추었다.

– 콜록, 흠, 흠! 콜록, 콜록, 호홋!

그러는 중에도 내 웃음은 기침 밖으로 아무렇게나 새어나왔다.

– 음, 왜 그래? 괜찮아?

남편은 걱정스러운 표정으로 부스스 일어났다. 괜찮다고 손사래를 치려는데, 뒤집어진 리브의 얼굴을 보았던 건지, 남편도 화들짝 놀라 눈을 부릅떴다. 그러고 나니 내 웃음은 이제 아예 퍽 터져버리고 말았다.

– 큭, 콜록, 콜록! 아유, 배야, 왜 이러지? 오빠, 나 미쳤나 봐,

그치? 콜록, 콜록! 아유, 왜 이렇게 웃음이 나오는지, 호홋!

놀란 남편의 얼굴은 하얗게 질렸는데, 드르렁드르렁 리브의 코 고는 소리는 더욱 커졌다. 짜증스러워하는 남편의 얼굴은 흐린 등불 밑에서 우스꽝스럽게 구겨졌다.

— 호호! 아유, 배야. 콜록, 콜록! 아유, 나 정말 정신이 좀 이상해졌나 봐? 아유, 아유, 배야. 호호호! 콜록, 콜록.

남편은 웃느라 기침하느라 잔뜩 허리를 구부린 나를 일으켰다.

— 이 사람이? 뭐가 그렇게 웃기다고…….

나를 감싸던 남편의 팔이 딱딱하게 굳었다. 그의 얼굴 위에 드리웠던 그림자가 깊어졌다. 드르렁드르렁 리브의 코 고는 소리는 여전한데, 남편의 목소리가 끊긴 버스 안이 갑자기 고요해졌다. 나는 웃는 얼굴을 감추지 못하고 슬그머니 고개를 들었다. 얼마나 웃었는지, 미끄덩한 것이 입가에 잔뜩 흘렀다. 침까지 흘리며 웃고 있었다니. 괜히 머쓱해 입가를 닦으려고 손을 올렸다. 그런데 남편은 움직이지 못하도록 내 팔을 붙잡았다.

— 호호호! 왜, 왜 그래, 오빠?

그러나 남편은 대답하지 않았다. 물크러지는 남편의 얼굴이 언젠가 내 얼굴과 참 닮아 있었다. 나는 그제야 건너편 창문에 비춘 내 얼굴을 보았다. 그리고 남편이 붙들고 있던 내 손을 들여다보았다. 양 손바닥에, 얼굴에 흥건한 내 웃음은 눈이 시리도록 새빨갰다.

14.
미음을 움직이는 말들

눈을 떴을 때, 내 곁에서 나를 지키고 있던 것은 리브였다. 침대맡에 머리를 두고 그는 잠이 들었다. 언제 또 화장은 했던 건지, 분홍색 립스틱은 흰 시트 위에 아무렇게나 뭉개졌다. 드르렁드르렁 코까지 골고 있었는데, 버스 안에서 화들짝 놀라던 중년 여자와 남편의 얼굴이 떠올라 나도 모르게 피식 웃음이 났다.

ㅡ 훗.

ㅡ 음, 음. 일어났어, 언니? 아함.

크게 기지개를 켜며 하품을 하는 그의 모습은 남편보다 훨씬 더 거대했다. 컥컥 잠긴 목을 가다듬는데, 보통 남자들처럼 걸고 굵은 목소리가 튀어나왔다.

– 어머머, 나도 모르게 그만……. 호홋.

스스로 생각해도 머쓱했는지 이내 목소리를 가다듬었지만, 그건 여전히 실패한 목소리였다.

– 어디 갔니?

두리번거리며 나는 물었다.

– 아니, 아무 데도 안 갔는데? 나 그냥 여기 계속 있었어. 내가 언니 업고 오느라고 얼마나 힘들었다고. 뼈다귀밖에 없는 사람이 도대체 왜 그렇게 무거운 거야? 언니 똥배 장난 아니지? 그 가운데 타이어 같은 거 두르고 있는 거 아니니? 아니면 변비 있니? 똥 덩어리가 뱃속에서 푹푹 썩고 있는 거 아니야?

리브는 얼굴을 찡그리면서도 두 손을 움직여가며 썩고 있는 덩어리를 자기 앞에 그렸다. 정말 냄새라도 나는 것처럼 코끝을 씰룩이며 고개를 외로 틀었다. 물론 이번에도 그와 나의 언어는 여지없이 틀어졌고.

– 그 사람 말이야. 어디 갔어?

– 아, 형부? 글쎄? 언니 병원에 업어다가 놓으니까 안 보이던데? 형부도 다쳤나? 언니 업으려고 하다가 넘어져서 그 통로에 있는 의자에 부딪혔거든.

기억은 나지 않았다. 새빨간 것을 들여다보다가 몸 안에서 무언가 스르르 빠져나가는 느낌이 들어 눈을 감은 것이 전부였다. 나를 업으려고 발버둥 쳤을 남편의 모습이 그려졌다. 그러다가 덜커덕 의족이 빠져나와 좁은 통로 위로 던져졌을 그의 모습도. 어느 구석에서 자괴감을 견디지 못해 스스로를 자학하고 있는 건 아닌지, 또 다른 모습의 불안이 슬그머니 일어났다.

— 형부 불쌍하더라. 언니 업으려고 어찌나 애를 쓰던지, 근데 잘 안 되더라. 하이힐 신은 내 두 다리보다 못하다는 게… 그게 참 씁쓸하고 그렇더라. 우리 형부 곁에는 언니처럼 비실비실한 사람이 있을 게 아니라, 나처럼 건강하고 섹시한 사람이 있어야 하는 건데. 아유, 사람의 인연이란 참.

눈물이라도 찔끔거리는지 그는 커다란 손을 들어 눈가를 찍어냈다.

— 언니, 언니. 근데 여기 일하는 의사가 되게 귀엽다? 형부만큼 매력적이지는 않지만, 그래도 나름 괜찮아, 괜찮아. 호홋. 언니 업고 딱 들어서는데 내 든든한 힘에 완전 홀딱 빠져버린 것 같더라니깐? 하긴 내가 좀 묘기 같기는 했어. 십이 센티 하이힐 신고 언니를 들춰 업었으니까. 언니를 받아들면서 내 섹시한 가슴을 훔쳐보는데, 또 빠졌구나. 내 매력에 또 어느 남자가 퐁당 빠져버렸어. 그랬다니깐? 호홋. 나도 뭐, 좀 끌리기는 했지만. 호홋. 사람의 인연이라는 건 정말 알 수 없는 거잖아? 정말 어디서 어떻게 만나서 어떻게 될지 모르는 일 아니우? 사람 사는 일이라는 게 말이야. 호홋.

금방 눈물을 찍어내던 그의 눈가는 이내 눈웃음으로 구겨졌다.

– 그래서 내가 화장도 못 지우고 잤잖아? 언니 침대에 내려놓고 화장실로 달려가 당장 화장 고치고 그랬다는 거 아니우? 호홋. 아, 참! 이거 다 지워진 거 아니야, 이거? 언니 깨어난 거 알면 금방 또 올 텐데?

리브는 부산스럽게 가방을 뒤져 거울을 꺼냈다. 얼굴을 비추기에 너무 작은지, 손안에 거울은 그의 커다란 얼굴 여기저기를 움직여 다녔다.

– 이름이… 뭐니?

– 응?

손거울을 든 채 그는 나를 바라봤다. 그의 손에는 분홍색 립스틱이 들려 있었다.

– 누구? 그 의사? 모르지 나는.

입술에 립스틱을 덧바르며, 그는 웅웅 거렸다. 그와 나의 언어는 또다시 보기 좋게 어긋났다.

– 아니, 너 말이야, 네 이름.

– 이 언니가 정말 몇 번을 말해? 언니 정말 공부 너무 안 했구나? 머리가 그렇게 나쁘면 공부고 뭐고 세상 사는 데 지장 있다? 리브라 니까, 리브 킴? 내가 몇 번을 말했니?

그는 내가 모르는 여배우처럼 나름대로 요염한 어깻짓을 보여주었다.

– 그런 이름 말고 진짜 이름 말이야. 진짜 이름. 집은 어디니? 형제나 가족은?

그러자 그는 물끄러미 나를 보다가 눈을 흘겼다.

– 어머머, 우리 언니, 피를 토하시더니 그 새 동사무소 직원 신이라도 강림하셨나? 웬 갑자기 호구조사를 하고 그러셔? 호호호.

그는 수줍게 웃으며 손사래를 쳤다.

– 너, 우리 남편이 좋으니?

빙판 위를 걷듯 내 물음은 조심스러운데, 그는 깔깔깔 웃으며 대답했다.

– 형부? 아유, 우리 형부! 귀엽지! 애써 남자다운 척, 센 척하는 모습이 얼마나 귀여운데? 그리고 그 눈이 얼마나 매력적이우? 요즘은 박물관에나 가야 찾을 수 있는, 남자다운 그 순수함! 형부 눈에 그런 게 있어, 언니! 언니는 그런 거 볼 줄도 모르지? 뭐 남자를 만나봤어야 그런 게 있나, 뭐가 다른지 알지. 머리도 나빠, 남자한테 매력도 없어, 게다가 죽을병까지? 생각하면 생각할수록 쯧쯧쯧. 내 팔자도 더러운 걸로 치면 탑 쓰리에 들 텐데, 언니 팔자도 정말……. 쯧쯧쯧.

이번에는 팔짱을 끼고 앉아 끌끌 혀를 찼다.

– 그럼, 네가 지켜줄래?

샛눈을 뜨며 나를 흘겨보던 그의 얼굴이 굳어졌다.

– 내 곁에 있었던 것처럼, 네가 우리 오빠 곁에서… 나 대신 그 렇게.

자꾸 말이 끊겼다. 준비해야 할 미래인데, 그건 너무 멀게만 느껴 졌다.

– 아니, 무슨 결혼을 하라던가, 연애를 하라던가, 그런 게 아니라, 내가 없어도 힘들지 않도록 그렇게 많이 웃게 해줄래? 나나 오빠나 웃지 못하는 사람들이었거든. 지금 생각해보면 웃어도 괜찮은데, 어 쩌면 그게 제일 큰 위로일지도 모르는데 그러지 못하고 사는 사람들 이었거든. 근데 너라면… 너라면 웃게 할 수 있을 것 같아. 아무리 힘들어도 너라면. 언제든, 어디서든 웃게 할 수 있을 것 같아서.

문득 그가 이야기한 '인연'이라는 말이 떠올랐다. 아무도 알 수 없 고 예측할 수 없는 말. 무엇으로 설명할 수도 이해시킬 수도 없는 갑 작스런 시간의 말. 과연 그런 걸까. 그래서 우리들은 이렇게 만나게 되었던 것일까. 내가 비운 자리에서 리브는 남편을 지키고, 꿈속에 서 보았던 아이는 남편이 사라진 자리에서 나를 지키고. 까맣게 몰 랐던 미래들이 차곡차곡 포개져 머릿속에 그려졌다. 먼 데를 더듬듯 희미하기만 하던 것들이 눈앞에 바짝 다가왔다. 고요하고 아득한 풍 경 속에서 내 뒷모습을 바라보는 작은 산짐승들처럼 그건 불쑥 나타 났다.

어느새 내 입가에 웃음이 그려졌다. 이번에도 내 말을 이해하지 못하겠는지, 듣고도 믿지 못하겠는지 그는 입술을 반만 그리다가 만 채 얼어붙어 있었다. 괜찮겠구나, 그렇게 어긋나더라도. 고마운 거구나, 이렇게 서로의 마음을 움직이는 그런 말들.

어느 어둠 속을 헤매다가 온 건지, 어스름 새벽이 밝아올 즈음에 돌아온 남편은 나와 눈을 마주치지 못했다. 비닐 봉투 안에 따스하게 온기가 도는 죽 그릇을 내밀면서도 남편은 꾸지람을 듣는 아이처럼 잔뜩 고개를 숙였다. 리브가 이야기했던 의사가 들어와서 남편을 데리고 나갔을 때, 나는 그가 남편에게 무슨 이야기를 할지 알고 있었다. 그런데도 다시 병실에 들어선 남편은 내게 돌아가자는 이야기를 하지 못했다. 지금이라도 내가 하얗게 질려 자신에게 매달리기를 바라고 있는 눈치였지만, 나는 열심히 남편이 주고 간 죽 그릇을 비웠다. 그리고 굶주린 사람처럼 스티로폼 그릇 바닥을 싹싹 핥았다. 침대를 내려서며 조금 현기증이 났지만, 나는 리브의 손길을 밀치며 부러 남편에게 힘주어 매달렸다.

– 우리 오빠 팔뚝 봐라? 멋지지?

제 주머니 속을 자랑하는 애들처럼 그렇게 말했을 때, 남편은 내 손을 뿌리치고 나가버렸다. 물론 나는 섭섭해하거나 화를 내지 않았다. 내 안에서 어떤 확신이 떠올랐기 때문이었다. 평범하지만 그 어떤 희망보다 더 밝고 환한 위안. 미래라는 시간 속에서 어쩌면 이젠 아무도 외롭지 않을지도 모른다, 라고 하는.

내게 가장 그리운 말은 '수다'였다. 그것도 시영이 엄마처럼, 창주 엄마처럼 별것 아닌 일상들을 토해놓으며 깔깔거리는 그런 수다. 말을 하는 일에 두려움 같은 것이 있던 건 아닌데, 말을 그리워할 정도로 말수가 적어진 것은 아마도 버려졌다는 충격 때문이었을 것이다.

배우지 못한 건 겨우 '엄마'라는 그 한마디 말 뿐이었는데, 이상하게도 모든 말이 자꾸 줄어들었다. 함께 보육원에 있던 몇몇 아이들은 주일마다 한 번씩 봉사활동을 오는 사람들과 이야기를 나누며 오히려 내향적인 성격들이 바뀌었는데, 나는 '엄마'라는 말을 잃고 내 안에 언어를 모두 잃은 듯이 오래도록 입을 열지 않았다.

상업고등학교를 졸업하고, 작은 건축사사무소에서 경리로 일하는 중에도, 나는 지극히 사무적인 말 몇 마디를 제외하고는 그 누구와도 많은 말을 하지 않았다. 결국 일 년도 되지 않아, 여자아이가 나이답지 않게 음침하다, 하는 이해할 수 없는 이야기를 들으며 쫓겨났을 때에도 나는 내 해고의 부당함을 이야기하거나, 혹은 동정을 사는 핑계를 대기 위해 긴말을 하지 않았다. 남편이 '같이 살자.'라는 멋없는 이야기로 사람들이 말하는 프러포즈를 했을 때에도 나는 말없이 고개만 끄덕였다. 처음부터 내게 없었던 아빠 같았고, 또한 오빠 같기도 했던 남편이 좋았다. 하지만 그 흔한 행복이나 꿈같은 것을 떠올리며 결혼 생활의 희망이나 소망을 나열하는 일도 나는 할 줄 몰랐다.

언젠가부터 나는 내 언어를 믿지 못했던 것 같다. 내가 알고 있는 어떤 언어도 내 안에 켜켜이 쌓인 외로움을 표현할 수 없다는 사실. 밤마다 나를 깨우는 공포를 지워낼 수 없다는 사실. 그런 현실 앞에, 말에 대한 내 신뢰는 조금씩 무너졌다. 아무 곳에도 가 닿지 못하는 말, 어디론가 감쪽같이 사라져버리기만 하는 말. 나는 되돌아오지 않고 사라져버린 말 앞에 어찌해야 하는지 알지 못했다. 조금씩 내 안에서 퇴화되는 언어들을 알고 있으면서도 나는 그것들을 되살리기 위해 어떻게 해야 하는 건지 알 수 없었다.

맨 처음 내게 말을 가르쳤을 엄마를 다시 만나게 되면 모든 것은 해결될 텐데. 까맣게 잊고 있었다고 하더라도, 자전거타기처럼 '엄마'라는 말을 따라 금세 내 안에서 말끔히 되살아나게 될 텐데. 그래서 나는 자주 말을 잃어버린 공포에 시달릴 때마다 '엄마' 하고 중얼거렸다. '엄마, 엄마.' 아무도 없는 어둠 속에서, 겨우 그 한마디를 반복해 중얼거리는 것이 전부였지만, 나는 그렇게 위태롭게 실어(失語)의 위기를 비껴갔다. 그리고 그것은 내 안에서 말하지 못하는 그리움이 되어갔고.

남편은 어땠을까. 남편도 가족을 그리워하며 살았을까. 그가 지나온 시간의 무게가 얼마큼이든, '그리움'이라는 말을 잃어버리지 않고 있을까. 문득 그가 시인이 되고 싶어 했던 이유를 알 수 있을 듯했다. 자신이 몸담고 있는 일상의 시간 속에서 건져내는 보석 같은 언어. 오래도록 잃어버리지 않고 간직하고픈 내 안의 언어. 그래서 그는 사람들이 보지 않는 구석에서 그렇게 쓰고 또 썼던 걸까. 말을 잃어버리지 않기 위해서, '가족'이라는 말을 잃고 모든 말을 잃게 될까 두렵고 안타까워서.

– 언니, 버스가 여기서 안 선다는데? 버스 서는 데가 도로 공사 때문에 저 위로 옮겨졌대. 한 이십 분은 걸어가야 한다는데? 택시 탈까?

하늘이 파랗게 밝아왔는데도 도로 위는 적막했다. 여전히 하이힐을 신고 있는데도 그의 걸음걸이는 신기하게도 흔들림이 없었다.

그에게 '엄마'는, '가족'은 또 어떤 말일까. 나와 남편은 가족에게 버려졌는데, 그는 스스로의 생각과 결정을 믿음으로써 자신의 가족을 버렸다. 그렇다면 하늘을 보며 중얼거렸을 그의 언어는 무엇이었을까. 말을 잃지 않기 위해 그는 어디에다 쓰고, 또 어떤 말을 계속해서 반복했을까.

– 택시 부를까? 일일사에 전화해서 한번 물어보지 뭐. 휴대폰, 형부, 휴대폰 없어요?

그러나 남편은 대답하지 않았다. 형부라는 말이 싫었는지, 없는 것을 달라고 하는 것이 싫었는지, 어쩌면 둘 다였는지도 모르겠지만, 그는 그의 목소리를 따라 돌아서지도 않았다.

— 괜찮아, 천천히 걸어가지 뭐.

— 우리 언니, 또 무리하다가 피 토하고 쓰러지는 거 아니야? 그러면 나 더 이상은 옷 못 빌려 준다? 피묻으면 지워지지도 않는단 말이야, 언니. 그거 내가 얼마나 아끼는 옷인데. 열 손가락 깨물어 아프지 않은 손가락 없다고, 우리 아기들 내가 얼마나 아끼는 것들인데?

리브는 정말 가족이라도 껴안듯 곁에 놓은 분홍색 캐리어를 꼭 껴안았다.

— 그래, 알았어. 안 토 할게. 이제 안 토해.

— 그래, 언니. 토하지 마라. 울컥 밀고 올라오면 꿀꺽 삼켜. 그게 다 언니를 살게 하는 영양분 덩어리 아니우? 그러니까 오바이트 쏠리는 거 입 꽉 다물고 꿀꺽 삼키듯이 입 꽉 틀어막고 꿀꺽! 그게 처음에만 힘들지, 한번 그렇게 버릇들이고 나면 찝찌름한 그 맛도 괜찮다? 나, 가게 일할 때도 그랬거든. 너무 많이 먹으면 영업에 지장이 있으니까 술은 먹고 토하고 먹고 토하고. 그렇지만 안주는 넘어오는 것도 꿀꺽 삼키고. 그게 얼마나 비싼 것들인데 그걸 다 토해? 미친년들이지 그게. 그러니까, 언니도 꿀꺽! 입 꽉 틀어막고 꿀꺽!

내 앞에 쭈그려 앉아 그는 꿀꺽꿀꺽 무언가를 삼키는 흉내를 냈다. 볼을 한껏 부풀린 그 모습은 커다란 개구리 같았다. 그 모습이 하도 우스워 웃음이 새는데 남편은 리브를 밀치고는 내 앞에 등을 내밀었다.

- 업혀.

- 아냐, 괜찮아, 오빠. 걸을 수 있어. 그냥 걸어갈게.

또다시 그를 곤혹스럽게 하고 싶지 않아 몸을 일으켰다. 그러나 어딘가 질질 새고 있는 내 몸은 바람에라도 날리듯 휘청거렸다.

- 형부, 내가 할게요. 아까도 내가 업었으니까 이번에도 내가…….

- 놔! 됐어! 내가 해, 내가 한다고!

남편의 목소리는 빈 도로를 쩌렁쩌렁 울렸다.

- 자, 빨리 업혀.

그의 등이 하는 말을 나는 잘 알고 있다. 그건 남편과 나만 아는 우리 둘만의 언어였다.

- 형부, 그럼 둘 다 위험해서 안 돼…….

리브는 걱정스런 얼굴로 다시 그를 일으켰지만, 이번에는 내가 리브의 손길을 막았다. 그리고 남편에게 말했다.

- 오빠, 나 며칠 사이에 살 많이 쪘는데 괜찮아? 여행 다니며 이것저것 좋은 것도 많이 먹어서 빵빵해졌는데, 정말 괜찮겠어?

남편은 대답하지 않았다. 내 말이 거짓말이라는 사실을 알고 있는지, 까짓 것 충분히 감당할 수 있다 다짐을 하는지, 그는 조금도 움직이지 않고 제법 단단한 자세로 앉아 있었다. 나는 슬그머니 몸의 무게를 남편의 등 위에 올려놓았다. 기우뚱 한쪽으로 기우는 듯싶었지만, 이내 남편의 몸은 내 밑에서 균형을 맞추었다.

– 끙!

힘을 주어 몸을 일으키는데 부들부들 떨고 있는 그의 안간힘이 느껴져 아슬아슬했다. 술기운이라도 빌린 건지 그의 목덜미에서 시큼한 알코올 냄새가 풍겼다. 그러나 그는 조금씩 몸을 일으켜 안정되게 나를 받치고는 리브가 가리킨 정류장이 있는 곳으로 발걸음을 옮기기 시작했다. 그를 일으킨 것이 무슨 힘이었는지, 그를 지탱하고 있는 것이 어떤 절박함인지, 남편의 걸음걸이는 이번에는 미끄러지지 않았다.

– 우와, 역시 우리 오빠네. 역시 우리 오빠야, 호홋.

나는 부러 큰소리로 말하며 남편에게 몸을 맡겼다. 여전히 내 안은 아슬아슬한 위태로움이었지만, 내 편안함을 느끼라고 남편의 등에 얼굴을 기댔다.

– 언니, 언니, 같이 가!

리브는 도로 위에 남겨진 가방들을 끌고 종종걸음으로 따라오기 시작했다. 남편의 걸음걸이가 빠를 리도 없는데 그의 모습은 자꾸만 멀어졌다.

그렇게 우리는 같이 걷고 있었다. 우리가 그리워하는 말들이 무엇이든, 우리가 잃어버린 말들이 무엇이든, 우리는 지금 같은 길 위에 있다. 같은 곳을 향해, 같은 곳을 바라보면서. 기억났다, 이런 발걸음들. 맞다, 사람들은 이것을 동행(同行)이라고 부른다.

15.
커튼콜

태백으로 향하는 버스에 올라, 남편의 어깨에 기대 쏟아지는 잠을 그대로 받아들였다. 땀 냄새가 나는 그의 어깨는 버스가 출렁일 때마다 흔들렸지만, 새물내가 나는 폭신한 이불 위에라도 누운 것처럼 나는 곤히 잤다. 여전히 속이 매스꺼운지 휴지를 한 움큼 붙들고 있던 리브가 '바다다!' 외쳤을 때, 부스스 눈을 뜨기는 했다. 그러나 고개를 들지는 않았다. 어느새 내게 어깨를 빌려주었던 남편이 곤한 잠에 빠져 있었기 때문이었다.

태백시외버스터미널에 도착해 버스에서 내려섰을 때, 주변의 산들은 꿈속처럼 훨씬 높아졌다. 혹시나 하는 생각에 주의 깊게 둘러보았지만, 어디에도 검게 그을린 자국 같은 건 보이지 않았다. 초록 잎이

나지 않은 산등성이가 여윈 가지들로 듬성듬성했지만, 검은 산 같은 건 어디에도 없었다. 물론 틀린 글자들을 이고 돌아가는 입간판도 없었고.

남색 점퍼를 입은 사람들 몇이, 겨우내 대합실을 달구었을 연탄난로를 떼고 있었다. 연통을 내었던 구멍을 널빤지로 가리고, 대합실 바닥에 엉겨 있던 열기의 때를 지워내느라 열심히 비질을 했다. 어떻게든 흔적을 지우려는 그들의 손짓이 어쩐지 야박하게 느껴졌다.

– 아유, 정말 내 이 촌구석 버스 냄새 때문에 못 살겠다니깐. 아유, 아유!

손수건으로 입가를 닦아내며 리브는 화장실에서 나왔다. 오늘따라 아침부터 내내 그의 멀미는 심해지는 모양이었다.

– 진즉에 자동차를 하나 렌트해서 다니는 건데 그랬어, 그치? 언니도 그렇고, 형부도 그렇고 버스 타고 이렇게 다니는 일 불편하잖아? 아니, 버스 정류장을 찾는다고 버스만 타고 다니라는 법이 어딨어? 그치, 언니?

그의 얼굴은 용두터미널의 한밭슈퍼 앞에서 소리를 질렀던 때와 꼭 닮았다.

– 지금이라도 우리 자동차 한 대 렌트할까? 그럼 형부도 편안하잖아? 언니도 힘들고, 형부도 움직이기 쉽지 않고. 형부 운전면허 있지?

화장이 뭉개진 리브의 얼굴을 올려 보았다.

– 없어?

그는 남편이 다리가 없는 사람이라는 사실을 까맣게 잊고 있는 듯했다.

– 그러는 너는 없니?

– 나? 난 따려고 했는데, 못 땄잖아? 내가 운전을 못해서 못 딴 거면 말을 안 해.

리브는 손거울을 들여다보다가 팔짱을 꼈다.

– 아, 글쎄 운전면허 접수하는데, 사진을 다시 찍어오라는 거야? 왜 주민등록증에 사진 이상하게 나오면, 지갑에 넣어가지고 다니며 볼 때마다 스트레스 받지, 그치? 언니도 그렇지? 그래서 내가 샵에 가서 머리도 하고, 정성 들여 메이크업하는 선생님한테 웃돈도 주고 메이크업도 받았다고. 맨 처음에 찍은 사진이 마음에 안 들어서 웃돈까지 더 주고 몇 번씩이나 사진을 다시 찍었던 말이야. 나중에 주민등록증도 다시 만들고, 여권도 다시 만들고 그럴 때 쓰려고 내가 얼마나 공을 들여 찍었는데. 그래서 겨우 마음에 드는 사진을 만들어가지고 갔는데, 글쎄 화장을 싹 지우고 다시 오라는 거야? 호적 못 바꾼 것도 서러운데, 아니, 내가 운전시험 보러 왔지, 무슨 얼굴 시험 보러 왔냐고? 화장을 하든 말든 자기들이 무슨 상관이야? 자기들은 운전하는 거나 칠십 점, 팔십 점 따지면 됐지, 왜 남의 얼굴을

가지고 칠십 점 팔십 점 따져서 되느니, 안되느니, 주접을 떠느냐 말이야, 글쎄?

내쳐지던 그때가 떠오르는지, 이제는 아예 싸움이라도 하려는 듯 허리에 양손을 올린 채였다.

- 아니, 정말 운전을 손으로 하지, 얼굴로 해? 내 치사하고 더러워서, 원. 형부, 형부, 그죠? 정말 웃기죠? 아니, 화장을 하든 말든 도대체 그게 무슨 상관이냐고? 화장을 지우고 찍었다가 나중에 운전면허증이 나와 얼굴 다르다고 그거 내밀 때마다 봉변당할 건 생각 안 해? 아니, 왜 하나는 알고 둘은 모르냐 말이야?

리브는 남자 화장실에서 나오는 남편을 쫓으며 투덜거렸지만, 남편은 그의 얼굴을 쳐다보지도 않았다. 리브처럼 멀미가 나는 건지, 그의 안색도 창백하기는 마찬가지였다.

- 서두르자. 일단 먼저 바닷가 따라서 죽 올라가며 조금 큰 터미널들을 한꺼번에 훑어보기로 하고. 강원도에 있는 터미널들은 많지 않으니까 일주일이면 될 거야, 괜찮겠어?

되도록 힘겨워 보이지 않도록 커다란 웃음을 얼굴 위에 그렸다. 표를 끊으러 창구로 향하는 남편의 뒤를 리브는 졸졸 따라갔다. 연통을 들고 나서던 사람들이 수다스럽게 떠드는 리브를 흘끔거렸다. 저정도면 남편의 호통이 이어질 법도 한데 그는 아무것도 들리지 않는 사람처럼 창구 안으로 돈을 들이밀었다. 물론 리브의 투덜거림은

커튼 콜

그때까지 계속 이어지고 있었다.

　그러나 계획은 보기 좋게 틀어졌다. 고성까지 올라가는 버스를 타고 삼척, 동해, 강릉, 양양까지 모든 터미널들을 한꺼번에 돌아보자 하는 남편의 생각은 멀미를 견디지 못하고 얼굴이 하얗게 질린 리브 때문에 빗나가 버렸다. 태백에서 버스를 탄지 겨우 삼십 분도 지나지 않아 리브는 구토를 하기 시작했다. 결국 우리는 7번 국도를 따라 올라가는 긴 여정의 첫 번째 터미널인 도계에서 내려서고 말았다. 남편은 한숨을 푹푹 쉬며 계속 시계를 들여다보았지만, 이대로 여행을 하기는 무리였다. 그러고 보니, 우리는 경기도에서 전라도로, 그리고 경상도로, 다시 강원도로 올라가며 거의 전국을 한 바퀴 돌고 있는 셈이었다.

　결국 우리는 도계에서 하루 머물다가 가기로 했다. 남편의 눈빛에는 나를 향한 원망이 가득했지만, 방법은 없었다. 터미널을 나오며 휘청거리던 리브는 간신히 내 어깨에 기대 조금씩 움직이고 있었다. 그는 나에게 기대고, 나는 남편에게 기대며 터미널에서 도계읍내로 들어가는 길을 우리는 천천히 걸어 내려갔다.

　— 언니, 언니, 쟤네들 좀 봐! 너무 웃기지 않아?

　그러나 문제는 또 있었다. 휘청거리며 간신히 들어선 여인숙에 남은 방이 겨우 하나뿐이었다. 도계의 영화촬영지와 신리에 너와마을을 보러 온 사진 모임 사람들이 한꺼번에 방을 잡는 바람에, 더 이상 방이 남아있지 않다고 했다. 마을에 조금 더 들어가면 다른 숙박 시설이 있기는 하겠지만, 대부분 달세 방을 쓰는 광부들의 차지라고 주인은 고개를 절레절레 흔들었다. 세 명 이상, 남자와 여자가 혼숙을 하는 일은 큰일 나는 일이지만, 몸이 불편하신 양반도 있으니 눈 감아 주겠다, 알량한 인심을 쓰는 주인을 남편은 곱지 않은 시선으로 바라봤다.

— 호호, 저 남자 다리 짧은 거 봐, 남자가 어떻게 저렇게 다리가 짧아? 자기 딴에는 콤플렉스 좀 극복해 보겠다고 몸이라도 열심히 만든 모양인데, 저렇게 작은 남자를 누가 좋아하겠냐고?

리브는 하이힐을 벗고 작은 방구석에 엉덩이를 깔고 앉자마자, 금세 기운을 되찾았다. 여느 멀미가 그러하듯 한 삼십여 분 뜨거운 방구들을 깔고 앉아 TV를 보더니 그는 이내 깔깔거리며 웃기 시작했다. 간밤에 잠을 설친 나는 자꾸 졸음이 쏟아지는데, 리브는 계속 낄낄거리며 내 옆구리를 찔렀다.

— 언니, 언니, 저 남자 봐봐, 저 남자! 몸만 좋으면 뭐하냐고, 저게? 내 앉은키보다 더 작을 것 같네. 애자도 아니고, 저게 뭐야? 앉은뱅이, 앉은뱅이. 호홋! 돈이나 엄청 벌어놨다면 모를까, 저 남자 장가가기는 힘들겠네, 호홋!

깔깔거리는 리브의 웃음소리는 작은 방 안을 쾅쾅 울렸다. 방 한가운데 펼쳐진 이부자리에 벌러덩 누워 TV에 시선을 둔 채였다. 생각 없는 그의 앉은뱅이 이야기에 나는 잠이 싹 달아날 지경인데도, 그는 이제 아예 다리를 꼬고 앉아 두 팔에 의지해 겨우 몸을 움직이는 흉내까지 내고 있었다.

— 이렇게, 이렇게. 똑같지? 똑같지, 그치? 앉은뱅이, 앉은뱅이, 그치, 그치?

하필이면 그건 의족을 차기 위해 몸을 움직이는 남편의 몸짓과 꼭 닮아있었다.

— 언니, 언니, 우리 와인 한잔할까? 이렇게 셋이 앉아 있으니까 무슨 엠티 온 거 같다, 그치? 그러니까 우리 우아하게 와인 한 잔, 어때?

리브는 내 가방에서 아무렇게나 지갑을 꺼내 뒤적였다.

— 형부, 어때요? 괜찮죠? 이 동네도 와인은 있겠지? 없으면 그냥 소주 마셔? 으, 난 소주는 독해서 잘 못 먹는데. 양주라면 모를까. 난 이상하게 소주보다 양주가 더 부드럽게 넘어가더라. 난 역시 양주 체질……

깜빡 눈을 감은 사이, 남편은 어느새 리브의 등 뒤에 서 있었다. 더욱 심하게 기울어진 그의 어깨는 흉기처럼 리브의 뒷모습을 뒤덮었다. 그의 손에는 리브가 뒤적였던 내 지갑이 들려 있었다.

－ 너, 뭐야?

그의 목소리는 무언가에 잔뜩 짓눌려 있었다.

－ 어머, 형부, 왜요? 난 그냥 오랜만에 술 한잔하자고. 형부랑 언니랑 다 같이 이렇게 같이 한 방에서 밤을 보내는 게 처음이니까, 그러니까……

－ 누가 너하고 같이 이러고 싶어서 이러고 있는 줄 알아?

지갑을 든 남편의 손이 부들부들 떨렸다.

－ 어머, 우리 형부 무섭다. 그러지 마요, 형부. 형부가 그러니까……

－ 형, 부!

말을 처음 배우는 사람처럼 남편은 또박또박 그렇게 두 자를 끊어 말했다.

－ 그게 무슨 말인지 알아?

－ 오빠, 하지 마.

더 이상 내버려두었다가는 넘지 말아야 할 선을 넘어설 것이 빤했다.

－ 너는 그게 무슨 말인지 알고 나한테 그런 이야기를 하는 거냐고? 그건 여자가, 여, 자, 가! 자기 언니와 결혼을 한 사람에게 하는 말이야, 알아?

'여자'라고 말하는 남편의 목소리는 다시 도드라졌다.

– 오빠, 그만, 그만해.

있는 힘을 다해 리브의 등 뒤에서 그를 뜯어냈다. 그러나 쏟아진 그의 말은 벽 앞에 서서도 계속되었다.

– 여자 옷 입었다고 다 여자냐?

– 오빠!

소리를 질렀지만, 그의 입을 막을 수는 없었다.

– 세상이 좋아진 덕분에 몸뚱이를 그따위로 만들어놓으면 다 여자냐고!

– 그만, 안 돼! 오빠, 안 돼!

필사적으로 그를 벽 쪽으로 돌려세웠다. 그러나 처음부터 말을 막을 수 있는 벽은 없었다.

– 그럼 나도 돈 들여 가슴 만들고 수술하면 여자 되는 거냐? 니기미, 좋겠다! 너희들은 그따위 짓거리할 돈이 있어서. 에이, 씨발!

그건 남편에게 생전 처음 듣는 말이었다. 거친 일들을 하다 보니 그의 동료에게서 종종 듣기는 했지만, 남편의 언어는 분명 그들과 다른 것이었다. 그건 남편에게는 없는 말이라고 믿었다.

– 앉은뱅이? 어후, 이 씨발! 앉은뱅이라고, 이 씨발 새꺄!

남편은 손에 들고 있던 지갑을 리브의 등에 팽개쳤다.

– 오빠, 안 돼! 이러지 마, 이러면 안 돼!

– 야, 이 씨발!

남편의 얼굴은 이미 뜨거운 눈물범벅이었다. 그를 밀어낼 때마다 남편의 몸은 심하게 기울어졌다. 리브는 등을 돌린 채, 물끄러미 TV 화면을 응시했다. 내게 이끌려 문밖으로 밀려 나가면서도 남편은 계속해서 다른 세상의 언어를 중얼거렸다. 뜨거운 숨을 뱉으며 입술을 깨물었다. 그의 말을 들었는지, 말았는지, 리브는 슬그머니 팔을 들어 TV의 볼륨을 높였다.

홍전초등학교라고 쓰인 교문 앞에는 낯선 작은 간판이 서 있었다. 영화 '꽃 피는 봄이 오면'의 영화 촬영지, 라고 적혀 있는 글씨는 어둠 때문에 제대로 눈에 들어오지 않았다. 제목만으로는 무슨 영화였는지, 등장한 배우가 누구였는지 알 수 없었던 나는 조금 더 가까이 간판 앞에 붙어 섰다. 조명이 비춘 듯 갑자기 어둠이 환해진 건 그 순간이었다. 뒤를 돌아보니, 구름에 가렸던 달이 탱탱한 얼굴로 밤하늘 위에 둥실 떴다. 어둠 속 달이 그렇게 밝은지, 태양 아래서는 도저히 상상할 수도 없던 것이었다.

– 오빠는…….

어떤 것이 위로일까. 아니다, 당신은 여자가 분명하다, 라는 거짓말이 위로일까. 괜찮다, 남자도 여자도 아닌 당신 모습이 매력적이다, 하는 구경꾼 같은 말이 위로일까.

– 오빠는 시인이 되고 싶어 했어.

커튼 콜

결국 위로가 아닌 다른 말을 택했던 것은 어쩔 수 없는 일이었다. 위로든, 아니든, 지금 이 순간 그에게 거짓말을 하고 싶지는 않았다.

- 시, 좋아하니?

딱딱한 시멘트 의자에 앉아 그렇게 물었다. 물론 리브는 대답하지 않았다. 아무것도 듣고 있지 않은 듯 그는 어둠 속을 물끄러미 응시했다. 침묵하는 그를 오랜만에 보았다. 사실은 그도 침묵의 말을 할 줄 알고 있었던 건지.

- 하필 왜 그런 게 되고 싶어 했는지는 잘 모르겠는데. 옛날 보육원에서 같이 있을 때부터 오빠는 다른 언니들이나 오빠들과는 좀 달랐지. 그래서 다른 오빠들한테 괜히 두드려 맞기도 했고. 그 오빠들 취미는 오빠의 책들을 한 페이지, 한 페이지, 찢어내는 거였어. 그래서 오빠가 책의 찢긴 부분을 찾아내나, 찾아내지 못하나, 그런 내기를 하면서 오빠를 놀렸지.

입을 꽉 다문 남편의 어린 시절 모습이 떠올라 싱긋 웃음이 났다.

- 그런 오빠가 좀 불쌍했는데, 그래서 괜히 나도 시를 좋아하는 척 그랬는데. 사실 난 그거 별로였거든. 뭐라는 소리인지. 별이 어쩌고, 검은 잎이 어쩌고. 뭐 가끔 알아듣는 이야기들은 전부 닭살 돋는 그런 것들이어서 사실 좀 그랬어. 그런 걸 뭐 하러 쓰는지, 그런 걸 뭐 하러 읽는지.

남편이 열심히 읽어주던 목소리가 구름 너머의 별처럼 희미하게 떠올랐다.

– 근데 오빠는 그런 내가 좋았나 봐. 그때부터 자꾸 읽어주고, 또 읽어주고. 그리고 어느 땐가 나한테 그걸 읽어주며 눈물을 글썽거리는데……. 좀 이상했어. 이 사람, 나랑 다른 세상에 살고 있는 사람이구나, 하는 그런 느낌? 훗.

'너에게도 그런 생각이 들었다.'라는 이야기를 하려다가 그만두었다. 혹시 그의 표정이 변했을까 눈치를 살폈지만, 그의 얼굴은 어둠 속에 까맣게 가려져 아무것도 보이지 않았다.

– 언젠가 분명 시인이 되겠다고, 대학교에 들어가 시 공부를 하겠다고 돈을 모으고 있었는데. 그게… 그게 잘 안되더라? 정말 오빠는 필사적이었는데, 생각처럼 안 되었어. 가끔 TV에서 젊은 사람들이 나와서 자기는 아르바이트만 해서 뭐 혼자 공부를 하고, 일억을 모았느니 뭐 그런 이야기들을 하는데, 그런 말을 들으면 오빠는 참 힘들어했어.

또다시 가슴이 묵직했다. 어느새 갈래머리 아이가 올라와 앉아있을까 싶어 아래를 내려 보았는데, 그저 까만 어둠만 가슴 위에 올려있었다.

– 그건 마치 놀림 같았어. 오빠를 놀리고 비아냥거리는, 오빠의 삶과 꿈을 두고 손가락질을 하는 것 같은. 오빤 정말 필사적이었거든. 어떻게든 꿈을 이루고 싶어서. 꿈밖에는 없었으니까, 그거밖에는

커튼 콜

없었으니까. 근데, 안 되더라. 보육원을 나와서 월세방을 벗어나는데 몇 년이 걸렸고, 전셋집을 얻는 건 나랑 같이 살며 돈을 모으면서부터였으니까.

간절했던 그 시절이 떠올라 눈가가 뜨거워졌다.

– 그러다가 사고가 났던 거고.

하늘을 올려보니 별도 달도 없었다. 그새 어느 구름 뒤로 숨어버린 건지.

– 사라진 건 다리 하나였는데, 오빠한테는 너무 많은 것이 사라졌어. 겨우 다리 하나를 잃어버렸을 뿐인데, 오빠에겐 일순간 모든 게 다 사라진 것 같았어. 혼자라는 건, 아무 데도 의지할 데가 없이 혼자라는 건 정말 무서웠어.

그러지 않으려고 했는데 자꾸 목이 멨다. 이제 나를 잃고 나면 남편에게는 또 얼마나 많은 것들이 사라질까. 자꾸 무서운 생각이 들었다.

– 꿈같은 거, 없었니? 너는 꿈이 뭐니?

눈물을 삼키며 리브에게 물었다.

– 그런 거 있었을 거 아니야? 춤추는 사람이 되고 싶었니?

그런 사람을 무어라 부르는지 떠오르지 않았다. 직업으로 그런 일을 하는 사람들을 TV에서 본 것 같은데, 그 이름이 생각나지 않았다.

– 탱고는 어디서 배웠니? 잘 추던데. 대학교에서 무용했니?

그러나 그는 대답이 없었다. 조용한 어둠이 그와 나 사이를 드리웠다. 긴 시간은 아니었는데, 짧은 고요는 생각보다 깊었다. 순간 리브는 벌떡 일어나 눈앞에 펼쳐진 어둠 한가운데로 뛰어가기 시작했다. 작은 초등학교 운동장은 어둠에 가려 새까만데, 그는 마구 달려갔다. 그리고 한가운데 우뚝 섰다. 그런데 갑자기 그의 주변이 환해지기 시작했다. 조명이 쏟아지듯 유독 머리 위에 빛이 환했다. 그리고 그는 천천히 팔을 들어 올렸다. 잠옷으로 입은 원피스 자락을 손가락으로 집어 예쁘게 들어 올렸다.

  – 라라, 라라라라! 라라라, 라라라라!

멀리서 또다시 음악 소리가 들렸다. 그의 입에서 흘러나오는 악기 소리였다. 지난번보다 조금 빠른 그 소리에 맞추어, 그의 몸이 미끄러지기 시작했다. 텅 빈 어둠 속을 빙글빙글 돌기도 했고, 누군가 함께 춤을 추고 있는 듯, 보이지 않는 그의 어깨에 손을 올리고 있었다.

꿈을 물었는데, 그는 춤을 추었다. 그의 꿈은 정말 춤을 추는 댄서였을까. 그때, 양평의 근처에서 경찰이 그의 정체를 물었을 때에도 그는 그렇게 춤을 추었다. 그렇다면 원래 그의 정체가 춤을 추는 댄서였을까.

어둠 속에서 그의 춤을 바라보고 있으니 자꾸 가슴이 꿈틀거렸다. 어떤 춤인지, 그가 흥얼거리는 노래가 무슨 노래인지, 여진히 정확하게 알 수 없는데, 내가 모르고 있는 것들이 자꾸 가슴을 두드렸다.

그는 계속해서 춤을 추고 또 추었다. 누군가의 어깨에 기대듯 몸을 숙이기도 했고, 활처럼 허리를 뒤로 젖혀 유연하게 움직이기도 했다. 곧추세운 두 다리를 움직여 내가 모르는 스텝을 밟았는데, 그건 마치 어둠 속에 그림을 그리고 있는 듯했다. 아니면, 무언가 하지 못한 말들을 두 발로 쓰고 있는 듯도 했고.

물론 아직도 나는 그가 하고 싶은 이야기가 무엇인지 알지 못한다. 그가 추고 있는 춤이 정말 탱고인지, 흥얼거리는 그의 노래가 탱고 리듬이 맞는 건지. 왜 그런 춤을 추고 있는 건지, 그의 꿈이 정말 춤을 추는 댄서였던 건지, 나는 모른다.

다행히 새까만 어둠이 덮인 초등학교의 풍경은 예의 바른 관객처럼 그의 공연을 응시하고 있었고, 달빛은 있는 힘을 다해 그의 머리 위를 밝혔다. 처음부터 공짜표를 얻어 온, 준비되지 않은 관객처럼 나는 한쪽 구석에 앉아 그의 춤을 응시했다. 이번에 그의 공연이 끝나면 아무런 생각도 떠올리지 않고, 그저 박수를 쳐주리라 나는 그렇게 다짐하고 있었다.

16.
아리아

이른 아침 여인숙 입구에서 한 무리의 사람들을 만났다. 어제 주인이 이야기했던 사진 모임 사람들인지, 여인숙 간판을 배경으로 줄지어 늘어서는 그들의 어깨에는 카메라가 하나씩 걸려 있었다. 다행히 그들의 얼굴에는 관광을 온 사람들의 찌든 피곤함이나, 밤을 새운 퀭한 눈빛 같은 것은 보이지 않았다. 오히려 물끄러미 그들의 정렬을 들여다보고 있던 남편에게서 짙은 술 냄새가 풍겼다. 나와 리브가 밖에 나온 사이 혼자서 술을 마셨던 건지, 오늘 아침 부스스 깨어난 그의 발밑에는 소주병 두 개가 음란한 모습으로 나란히 뒹굴었다.

　－어머, 사진 찍는 사람들이네? 나, 사진 찍는 거 좋아하는데. 호홋.

아침에 공들여 한 화장을 확인하던 리브는 카메라를 맨 남자들을 보자 당장 달려들 기세였다. 용문터미널에서 그랬던 것처럼 괜히 봉변이나 당하지 않을까 걱정스러운데, 그는 이미 그들에게 성큼성큼 다가서고 있었다.

– 어머, 사진 찍는 분들인가 봐요? 호호호. 그럼 저희도 한 장 찍어주면 안 돼요? 나중에 사진값은 드릴게. 호호호.

몸을 베베 꼬며 다가가는 그의 목소리는 단번에 사람들의 시선을 끌었다. 그러나 다행히 그들의 눈빛은 일그러지거나 비틀리지 않았다. 그리고 보니, 너무도 당연하게 생각되었던, 얼굴을 가린 수군거림 같은 것도 보이지 않았다.

– 어, 빌링햄 하들리, 그죠?

사람들의 줄을 세우던 남자가, 다가섰던 리브 대신 입구에 서 있는 남편의 가방을 가리켰다. 그러나 남편은 슬그머니 가방을 등 뒤로 감추었다. 빈 가방이 부끄러웠던 건지, 어쩌면 그건 처음부터 가짜였던 건지.

– 사진 찍는 분이신가 보네요? 저, 저희들 단체 사진 찍으려고 하는데, 저희들도 좀 찍어주시겠어요? 그럼 나중에 저희도 찍어 드릴게요. 이게 수동 카메라라 좀 작동하기가 어렵기는 한데⋯⋯.

모임의 회장이나 운영자쯤으로 보이는, 머리숱이 적은 남자는 사람 좋은 서글서글한 눈빛으로 남편에게 다가왔다. 그리고 들고 있던 카메라를 내밀었다. 당연히 한 번쯤은 사양하거나 손사래를 칠만도 한데, 남편은 선뜻 카메라를 받아들었다. 그리고 나지막이 중얼거렸다.

— 아리아, 그죠? 콘탁스 아리아.

그러나 그의 말은 여전히 이해할 수 없는 것이었다. 마술을 부르는 주문 같기도 했고, 지난밤 리브가 불렀던 노래를 가리키는 말 같기도 했다. 두 사람은 내가 알지 못하는 자신들만의 아리아를 가지고 있었던 건지.

— 어, 아시네요?

남자의 얼굴은 환해졌다. 뒤에 늘어섰던 사람들도 웅성거리며 반가운 눈빛으로 탄성을 질렀다. 놀라웠던 것은 카메라를 들고 겸연쩍게 웃는 남편의 얼굴이었다. 까맣게 잊고 있었는데, 활처럼 휘어지는 그의 눈웃음은 참으로 예뻤다.

— 그럼, 뭐 안 가르쳐 드려도 아시겠네, 그죠? 저희 카메라 모임에서 이런 엠티는 처음 온 거라서. 형님, 멋지게 잘 부탁드립니다!

남자는 자연스럽게 남편을 '형님'이라고 불렀다. 남편은 손에 든 카메라를 만지작거리며 망설이는 눈치였다. '형님'이라는 말 때문인지, 그들만 알고 있는 '아리아' 때문인지, 남편은 또다시 마술처럼 환하게 웃었다. 이번에 그의 미소는 가지런한 이를 드러내며 이전보다 더욱 컸다. 그리고 그들이 늘어섰던 햇볕이 잘 드는 벽 쪽으로 천천히 다가갔다. 손에 든 카메라를 만지작거리느라 모르는 눈치였지만, 그의 걸음걸이는 신기하게도 흔들리지 않고 반듯했다.

사람들은 햇살 아래 나란히 섰다. 여자들은 섰고, 남자들은 앉았다. 그런데 서 있는 여자들 중에 남자도 눈에 들어왔다. 키가 작은 사람은 섰고, 큰 사람은 앉았던 건가? 그러고 보니, 가장 키가 작아 보이는 사람이 키 큰 사람 옆에 앉아 있었고.

모르겠다, 어떻게 앉고 어떻게 섰던 건지. 어쨌든 그들은 환하게 웃으며 햇살 아래 함께 섰다. 모두들 똑같이 남편의 손에 든 '아리아'를 바라보면서. 가장 예쁘고 아름다운 모습으로 '아리아'를 바라보면서.

– 잠깐만요.

남편은 익숙하게 카메라의 렌즈 부분을 돌려 조작했다.

– 됐어요, 자, 찍습니다.

뭐가 됐다는 건지 모르겠지만 남편은 그들에게 신호했고, 그들은 남편이 하는 신호를 잘 이해했다.

– 하나 둘 셋!

찰칵, 남편은 셔터를 눌렀다. 그리고 카메라 뒤에서 그의 미소는 이제 아예 폭소처럼 커졌다. 한 번도 본 적 없는 크기의 미소는 단번에 그를 다른 사람으로 만들었다. 너무 반가운 것이어서 그건 오히려 낯설었다.

인상이 좋은 남자는 카메라를 받아들며, 나와 남편과 리브에게도 벽에 나란히 서라고 말했다. 당장에 집어치우라고 소리라도 지를 것 같은데, 다행히 남편은 내 곁에 바짝 다가서는 리브에게 아무 말도 하지 않았다.

— 자, 됐어요, 찍습니다!

이번에는 그 남자가 남편의 말을 중얼거렸다. 이전에 얼굴 한 번 본적 없는 사이였는데, 남편의 언어를 알고 있는 그의 모습이 나는 신기했다.

남자는 그렇게 나와 남편을 찍었고, 리브와 나를 찍었고, 리브를 찍었고, 남편을 찍었고, 그리고 다시 나를 찍었다. 필름이 한 컷 남았다고 남자가 리브와 남편을 나란히 세웠을 때, 나는 외줄을 타고 있는 듯 아슬아슬했다. 그런데 이번에도 남편은 소리를 지르거나 그의 팔을 뿌리치지 않았다.

여전히 나는 모르겠다. 두 사람 모두 어떻게 그렇게 웃었고, 어떻게 나란히 설 수 있었는지. 그들이 보여준 아리아가 무엇이었기에, 절대 나란히 설 수 없을 듯했던 두 사람을 저렇게 나란히 세웠는지.

어쨌든 그곳에 있던, 서로를 전혀 알지 못하는 우리들 모두는 한 번도 가져본 적 없는 환한 미소를 지으며 세상 그 어떤 것보다 제일 예뻐졌다. 남편의 말대로, 작은 사진 한 장 속에서 우리들 모두는 자신도 상상할 수 없을 만큼 훨씬 더 예뻐졌다.

간밤에 마신 술 때문에 피곤했던지 남편은 버스에 오르자 그대로 잠에 빠져들었다. 전날의 일들 때문에 아직도 분이 풀리지 않았는지, 미안함인지, 그는 내 곁도 마다하고 앞자리에 혼자 앉았다. 리브는 그들에게서 선물 받은 카메라를 들여다보느라 정신이 없었다. 과자 한 봉지처럼 생긴 그것을 들여다보며 그의 얼굴 위에 미소는 지워질 줄 몰랐다. 평일의 장거리 버스 안은 도서관같이 고요했다. 책상 위에 엎어진 수험생들처럼 승객들 모두 곤한 잠에 빠져 있었다. 아이가 나타난 것은 그렇게 고요한 순간이었다.

– 짠! 살았다!

아이는 의자 밑에서 고개를 내밀었다.

– 놀랐죠? 그죠? 히힛.

놀랐던 건 사실이다. 언제부터인가 사람들의 흔적이 지워진 공간이 두려웠다. 까맣게 모르고 있었는데 그건 어떤 경계 위의 공간 같았다. 무언가를 기다리는 사람들을 위한, 어떤 시간을 기다리는 그들을 위한.

– 아니, 안 놀랐는데?

애써 웃는 얼굴을 만들었다. 하지만, 일그러졌을 것이다. 공포에 질린 얼굴이란 감추기 쉽지 않은 법. 어떤 표정도 그 위에서 볼썽사납게 찌그러졌을 것이다.

– 에이, 거짓말. 아줌마 놀랐잖아요? 난 보인다고요. 아줌마 심장이

막 쿵쾅쿵쾅 뛰고 있는 걸요? 난 다 보여요.

아이가 눈을 부릅뜨고 내 가슴께를 가리켰다. 다 보고 있는 그 속은 어떤 엉망진창일까, 괜히 나는 가슴을 움켜쥐었다.

— 아냐, 두렵지 않아. 난, 다 알고 있었는걸? 네가 어디서든 나타날 걸 예상하고 있었는걸 뭐.

— 피, 거짓말. 사람들은 다 알고 있다고 말하면서 실은 모르고 있는 거잖아요. 알고 있다고 하면서 모르고, 모르고 있다고 말하면서 실은 다 아는 척, 그게 인간들이잖아요? 바보 인간.

아이의 눈빛이 서늘했다. 분명 예닐곱 살 된 아이의 모습인데, 말투며 눈빛이며 정말 모든 걸 꿰뚫고 있는 듯했다.

— 아니야! 아냐, 정말이야. 난, 난 준비 됐어. 이렇게 고마운 남편의 마음도 알게 되었고, 이제 산다는 게, 살아가는 지금 순간이 고맙고 소중하다는 것도 알게 되었고. 내가 얼마나 어리석게 살았는지, 살아있는 동안 내 삶이 얼마나, 얼마나……

숨이 턱턱 막혔다. 분명히 알고 있다고 생각했는데, 말문이 열리지 않았다. 버스는 동해시외버스터미널에 도착하고 있었다. 조용히 문이 열렸고 운전사가 일어섰다. 마치 보이지 않는 벽이라도 드리운 듯 그는 내 쪽을 흘끗 보고는 버스 밖으로 내려섰다. 승객은 아무도 내리지 않았다. 버스에 들어선 승객도 없었다. 침묵보다 무서운 기다림이 이어졌다. 아이도 어쩐지 입을 다물고 조용했다. 분명히 두렵지 않다고 생각했는데, 자꾸 목이 탔다.

　- 그래, 두려워. 아니, 무서워. 정말, 정말 매 순간순간 소름 끼치도록 무섭고 끔찍하고, 그래.

　버스가 터미널을 나와 벼랑 위를 달릴 때였다. 끝도 없이 펼쳐진 시퍼런 바닷물. 좁은 도로의 모퉁이를 돌 때마다 바다로 뛰어드는 것 같은, 오금을 저리게 만드는 착시(錯視). 게다가 가파른 절벽에 부딪힌 바닷바람은 커다란 버스를 흔들흔들 떠밀고 있었다.

　- 그래, 무서워. 왜, 무서우면 안 되는 거니? 두려우면 안 되는 거야? 이제 내가 세상에 없는데. 내 말이, 내 목소리가 세상에 없는데, 이제 어느 어둠 속을 걷게 될지도 모르는데. 살아있는 것들은 아무것도 보이지 않는 새까만 어둠 속이거나, 아무런 생각도 느낌도 없는 곤한 잠 같은, 그런 영원한 시간 속에 빠지게 될지도 모르는데… 두렵지 않은 게 정상이겠니? 두렵고 끔찍하고 무서운 게 정상이지, 두렵지 않은 게 정상이겠어?

　어느새 내 두 눈에는 눈물이 그렁그렁했다.

　- 그래, 나, 몰라. 내가 뭘 알 수 있겠니? 나도 인간이야, 나도 사람이야. 니가 말한 것처럼 나도 어리석은 사람이라고. 근데, 근데 내가 뭘 알 수 있겠어? 준비? 허, 이게 준비로 되는 일이니? 준비한다는 건 어떤 일이 일어나기를 대비해서 조심하고 막는다는 이야기인데,

이게 준비한다고 막아지는 일이니? 준비하면 그 시간이 오지 않는 거야? 뭘 준비하면 막을 수 있니? 뭘 어떻게 준비하면 이 끔찍한 두려움을 털어버릴 수 있는 거냐고!

어느새 나는 비명을 지르고 있었다. 아이는 아이답지 않은 눈빛으로 물끄러미 나를 봤다. 다 알고 있듯이, 모든 걸 이미 다 알고 있다는 듯이.

– 맞지? 너… 너 날 데리러 온 거지? 내가 죽는다는 걸, 죽게 된다는 걸 알려주려고 온 거지? 그렇지?

내가 그린 눈썹이 씰룩이며 움직였다. 모르겠다는 듯 아이는 고개를 갸웃거렸다.

– 말해봐, 말해보라고! 맞지, 그렇지!

아이는 대답하지 않았다. 마구 소리를 지르고 있었는데 이상하게 조용했다. 그곳에는 소리가 존재하지 않는 것처럼 사방이 물속인 듯 고요했다.

– 미안해.

얼굴이 화끈거렸다. 정신을 차려보니 나는 아이의 목덜미를 잡아 마구 흔들고 있었다. 아이는 얼굴이 새파랗게 질려 울부짖고 있었는데, 소리가 지워진 공간 속에서는 아무것도 들리지 않았다. 숨이 넘어가는 아이의 울음소리는 거기에 없었다.

– 난 그냥, 나도 모르게……. 좀 억울했어. 내가 왜, 내가 왜 이런 상황에 있어야 하는지. 다른 사람들 많잖아? 짧았더라도 편안하고 행복하게 살았던 사람들 많잖니? 사랑받는 아이로 태어나서 따스한 부모 품에서 어린 시절을 보내면서 갖가지 추억이며 좋은 기억이며, 모두 다 가지고, 그래서 그렇게 가볍게 갈 수 있는 그런 사람들 많잖니? 그도 아니면, 하다못해 예쁘고 멋지게 태어나서 내내 주변 사람들한테 사랑받으며 부러워하는 그런 사람으로 살다가, 정말 목숨이 끊어져도 괜찮을 그런 소름 끼치도록 아름다운 사랑 받던 사람들도 많잖니? 근데, 왜 나여야 하는 거니? 내가, 내가 도대체 무슨 잘못을 한 거니? 정말 보잘것없는 나 같은 사람한테, 왜 이런 일이 생기는 거냐고?

내 빈손은 허공을 쥐어뜯고 있었다.

– 아닐 거야. 뭔가 잘 못 됐어. 너, 네가 한번 이야기해 봐. 저 위에, 저 위에 너를 보낸 사람이 있다면 네가 한 번 가서 말해 줄래? 그 여자, 데리러 갔더니 정말 사십 년도 안 되는 시간을 형편없이 살았더라, 최소한 죽어서 기억하고 추억할만한 순간을 남길 시간은 주어야 하지 않겠느냐, 그게 신의 섭리고 신의 도리가 아니겠느냐! 그렇게… 그렇게 나 대신 좀 따져주면 안 되겠니?

아이를 향해 잔뜩 허리를 구부렸다. 팔뚝 같은 아이의 무릎에 얼굴을 묻었다.

– 제발, 제발 살게 해줘. 그러면 무슨 일이든, 무슨 일이든 다 할게. 나보다 더 힘들고 어렵게 사는 사람들도 돕고, 후회하고 한탄하며 소중한 시간을 허비하지 않고, 즐기며 웃으면서. 아무것도 가진 것 없지만, 감사하게 여기고 즐기면서 그렇게 살게. 제발, 제발 십 년만. 아니, 오 년만. 흑흑, 제발, 제발! 흑흑흑.

자꾸 눈물이 흘렀다. 마구 울부짖었다. 그러나 여기는 소리가 지워진 공간. 나는 아무것도 말할 수 없었다. 아무것도 듣지 못했다. 그리고 버스는 커다란 아치 밑을 지나, 천천히 주문진시외버스터미널로 들어서고 있었다.

– 언니, 뭐해?

장난감 같은 카메라를 들고 리브가 다가왔다.

– 꿈꿨어?

– 응?

온 얼굴에 범벅인 눈물을 닦아내며 나는 천천히 몸을 일으켰다. 아이의 모습은 보이지 않았다. 또다시 아이는 죽고 없었다.

– 근데 무슨 잠꼬대를 그렇게 해? 혼자서 막 뭐라고, 뭐라고 그러던데? 막 화도 내고 누구한테 빌기도 하고. 여자가 무슨 잠꼬대가 그렇게 심하니? 그나마 사람들이 없어서 다행이지, 아유, 나까지 쪽팔릴 뻔했다니깐? 호홋.

화끈거리는 얼굴 표정을 하고 그는 연신 손부채질을 했다.

– 혼자서? 잠꼬대?

– 사진 찍어 줄까? 언니 지금 꼴이 가관인데. 나중에 사진 뽑아보면 너무 재미나겠다, 히힛.

고개를 끄덕일 새도 없이 리브는 나를 향해 셔터를 눌렀다. 찰칵, 장난감이 부서지는 것 같은 셔터 소리가 들렸고, 나는 셔터가 끊어지고 나서야 배시시 웃고 있었다. 다행이다. 이제 나는 또다시 그만큼 예뻐질 것이다. 누구든 사진 속에서 예뻐진다는 사실을 이제 나는 그 누구보다 잘 알고 있었다.

17.
소멸의 시간

– 언니, 언니! 이것 좀 봐! 호홋.

먼지가 낀 유리문 밖에서 리브는 손을 흔들었다. 반가운 사람이라
도 만난 듯 그의 손짓은 부산스러웠다. 그러나 몸이 움직이지 않았
다. 나는 TV 앞에 묶여 있었다. '예멘' 이라는 나라의 이름도 낯설었
지만, '시밤' 이라는 도시의 이름은 더욱 알 수 없는 것이었다. 그곳
에서 폭탄이 터졌다고 했다. 누구를 위한 신(神)인지, 신의 이름으로
서로를 살해하고 있는 그들.

– 언니, 언니! 빨리 나와 보라니까? 재밌는 거 있어!

나도 신의 목소리를 듣고 싶다, 하는 생각을 떠올리던 순간이었다.
안타깝게 나란히 늘어선 다섯 명의 희생자 중에 맨 마지막, 거기에는

268

익숙한 이름이 떠올랐다. '안순옥. 39세.'

 - 언니, 모해? 빨리 나오라니까? 빨리!

 리브는 이제 아예 대합실로 뛰어들어와 내 팔을 잡아끌었다. 얼이 빠져버린 나는 힘없이 그에게 질질 끌려가고 있었다.

 - 웃기지, 그치?

 그가 나를 세운 것은 작은 철 기둥 앞이었다. 아마도 버스가 서는 곳에 다른 자동차들이 주차하지 못하도록 막은 일종의 가로대였을 것이다. 그런데 허리춤까지 오는 기다란 철 기둥 끄트머리에 누군가 웃는 얼굴을 그려 놓았다. 동그란 철판 위에 그려진, 한쪽 뺨에서 다른 쪽 뺨까지 죽 이어져 있는 비현실적인 웃음. 그건 좀 전에 TV 화면 속 사망자 명단에서 본, 나 자신의 이름만큼이나 비현실적이었다.

 고양이 한 마리가 떠올랐다. 어린 시절, 보육원에 온 자원봉사자들의 손에 들려 있던 그림책 하나. 그 속에 고양이 한 마리는 그런 비현실적 웃음을 가지고 있었다. 언제나 고양이는 먼저 사라지고, 한쪽 뺨에서 다른 쪽 뺨으로 이어지는 커다란 웃음만 남아 킬킬거렸다.

 - 웃어, 언니. 옆에 그 웃는 얼굴처럼 환하게 웃어. 내가 사진 찍어줄게. 호홋.

 그는 웃는 얼굴 옆에 나를 세워두고 몇 걸음 물러났다. 그리고 주머니에서 네모난 것을 꺼내서는 나를 겨냥했다. 여기, 이상하다?

주위를 둘러보았다. 남편이 보이지 않았다.

– 자, 찍는다? 웃어, 웃어!

– 오빠, 오빠!

사라졌다. TV에 떠오른 내 이름 옆에 남편의 이름도 있었을까. 꿈틀거리며 목덜미를 기어 올라오던 공포가 어깨 위에 툭 떨어졌다.

– 악!

– 왜 그래? 무슨 일이야?

영문을 모르던 남편은 나와 리브의 얼굴을 두리번거렸다. 사진을 찍던 리브는 제 잘못인 것처럼 슬그머니 손에 들고 있던 카메라를 뒤로 감추었다.

– 그냥 사진 찍는 건데…….

자신을 바라보는 남편의 불쾌한 시선을 눈치챘는지, 리브는 황급히 몇 마디 덧붙였다.

– 가자, 대진터미널이라는 데가 좀 더 가면 있다는데? 근데 거긴 시내버스를 타고 가야 한대.

동굴 속처럼 그의 목소리가 왕왕 울렸다. 어느 구멍에 빠진 듯 눈앞이 자꾸 침침했다. 눈을 비비고 또다시 비비는데도 그의 얼굴은 흐릿해졌다. 이상하다, 여기?

– 여보, 여보?

나를 부르는 남편의 목소리가 몇 번 더 들렸다. 하지만, 나는 어느 시간의 구덩이 속으로 미끄러져 가고 있는지, 조금씩 그의 목소리에서 멀어지고 있는 듯했다.

 - 안 내려요!

어느새 버스는 어둠 속에 정지해 있었다. 운전기사는 짜증스러운 눈빛으로 뒷거울을 통해 우리를 봤다. 굴속에 들어온 버스에서 내리듯 우리는 더듬더듬 내려섰다. 버스가 떠나고 나자 우리가 서 있는 곳은 까만 암흑 속이었다. 철썩거리며 파도소리만 들려오는 바다는 새까맣게 일렁거렸다. 멀리서 낙하한 별처럼 바다 위에 부유하는 빛덩이 몇 개가 보였지만, 우리들 발밑을 밝히기에 그건 너무 멀었다.

 - 어머머, 저 아저씨 터미널에 내려 달랬더니, 어디다가 내려준 거야?

리브는 제자리를 뛰며 종종거렸다. 겁도 없이 남편은 새까만 길 위를 건너갔다. 길 건너에서 그는 검은 그림자로 서서 우리에게 손짓했다. 어느 경계를 지나듯 까만 길 위를 건너니, 그제야 기울어진 간판 하나가 눈에 들어왔다. 대진시외버스터미널. 그리고 화살표는 산등성이 어딘가를 가리켰다. 700M라는 글자를 등에 진 채였다.

 - 어머머, 저 위에 어디 터미널이 있다는 거야? 귀신들 전용 터미널이니? 새까만 산속에 있게?

멀리 희미한 불빛이 보이기는 했지만, 그것은 분명 너무 먼 인가

였다. 표지판이 가리키는 쪽은, 다른 갈림길 같은 건 보이지 않는 산속으로 이어지는 길이었다. 나는 엉겁결에 곁에 있던 리브의 손을 붙잡았다. 웃는지, 놀라는지, 눈과 코와 입이 사라진 까만 얼굴이 물끄러미 나를 봤다. 기울어진 간판 앞에서 남편의 얼굴도 새까맸다. 간판 위에 글자들도 꿈틀거리는 것 같았다.

– 잠깐 기다릴래? 내가 올라갔다가 올게.

– 아니! 같이 가, 다 같이.

리브의 손을 끌고 남편의 곁으로 바짝 섰다. 나를 둘러싼 세상을 갑자기 신뢰할 수가 없었다. 내 곁에 선 남편과 리브 말고는 모든 존재하는 것들이 거짓처럼 느껴졌다. 새까만 그것들은 내가 모르는 신호라도 주고받고 있는 듯했다. 나를 더욱 깊은 구멍 속에 빠트리려고, 이제 더 이상 갈 곳 없는 궁지로 나를 몰아넣으려고.

남편은 내 손을 잡고 천천히 움직였다. 무섭다고 리브는 몇 번 더 칭얼거렸지만, 내 손을 놓지 않았다. 남편은 나를 붙들고 나는 리브를 붙들고 리브는 직직 끌리는 핑크색 가방을 붙들고 우리는 천천히 언덕 위로 올라갔다. 기울어진 화살표가 가리키던 바로 그 언덕 위였다.

– 뭐야, 여긴?

희미하게 새어나오는 불빛을 들여다보며 리브가 중얼거렸다. 겁도 없이 쿵쿵쿵 유리문을 두드렸지만, 오금이 저려 나는 당장에라도 주저앉을 것만 같았다.

　– 이게 터미널이야? 뭐가 이래?

　정말 그건 터미널이라기보다는 널따란 공터였다. 학교 운동장을 닮은 그 공간을 둘러싸고 낮은 건물들이 엎드려 있었다. 그 한가운데 유리문 안에서 희미한 빛이 새어나왔다. 유리문 위에 '매표소'라는 글자는 허공 위에 둥둥 뜬 것 같았다.

　– 좀 둘러보고 올게. 들어가 있어.

　– 안 돼!

　엉겁결에 남편의 손을 붙들었다. 내 손끝으로 떨림이 전해졌을 것이다. 공포에 질린 나약한 인간의 떨림.

　– 괜찮아, 혼자 있는 거 아닌데 뭘. 괜찮을 거야.

　이상하다? 그는 지금 리브가 나를 지켜줄 것이다, 라고 말하는 투였다. 리브를 올려보지는 않았지만, 내가 없는 동안 저 사람이 널 지켜줄 것이다, 라고 손가락질을 한 것이나 다름없었다. 이상하다? 남편은 그런 사람이 아니었는데. 오들오들 떨고 있는 사이, 남편은 새까만 어둠 속으로 사라졌다. 리브는 천천히 유리문을 열고 있었다. 허공에 둥둥 떴던 글자들이 조금씩 내게 다가왔다.

　작은 문안에서 새어나오는 흔들리는 불빛은 모든 것들을 몽롱하게 만들었다. 금방 누군가 켜 놓은 것 같은 촛불이 흔들리고 있는 걸 보니, 인적이 있기는 한 모양이었다. 다행이다, 라고 안심을 하는 순간 무언가 발목을 핥았다. '악!' 소리를 지르며 의자 위에 주저앉았는데, 리브가 그것을 집어 들었다. 강아지였다. 두 마리. 흰색 털이 뽀송뽀송한, 아직은 세상의 것들이 무작정 반가운 강아지 두 마리.

가슴을 쓸어내리는 내 그림자는 흔들리는 불빛 때문에 커졌다 작아졌다. 강아지를 어루만지던 리브의 모습도 작아졌다가 다시 커졌다. 남편의 기척도 들리지 않았다. 다행히 의자 위에 앉으니 피곤함이 머릿속을 조금씩 지우고 있었다.

– 언니.

곁에서 강아지 목덜미를 어루만지고 있는 줄 알았는데, 리브의 목소리는 등 뒤에서 다가왔다.

– 응?

– 내가, 비밀 하나 가르쳐 줄까?

여전히 그는 강아지 목덜미를 간질이고 있는 중이었다. 수군거리는 그 목소리는 '언니' 라고 부르지만 않았다면 강아지에게 하는 속삭임 같았다. 그렇지 않다면 그의 뒷덜미에 또 다른 입이라도 열렸던 건지. 귀를 쫑긋 세우고 나는 그를 바라봤다. 바람이라도 부는지, 작은 공간을 가득 채웠던 불빛은 크게 흔들렸고, 리브의 그림자는 좀 기괴하게 움직였다.

– 좀, 이상하지?

좀 전까지 내 머릿속을 가득 채웠던 말이 그의 입에서 새어 나왔다. 그러나 지금 제일 이상한 건 그의 말투였다.

– 뭐…가?

– 여기, 여기도 그렇고.

다시 한 번 주위를 둘러보았다. 사실이다. 이상하긴 하다. 터미널이라는 이곳. 사람들을 태워 어디론가 데리고 간다는 이곳.

– 담배, 태울래?

담뱃갑을 쥐고 있는 그의 손톱은 깨져 있었다. 매니큐어를 지우는 법을 배우지 못했는지, 덜 지워진 분홍색 매니큐어는 색깔의 때처럼 손톱 구석에 뭉개져 있었다. 그도 많이 피곤했던지, 들뜬 화장 때문에, 턱밑이며 목덜미에 파우더 가루가 덕지덕지 엉겼다. 하얗게 번들거리는 그의 얼굴은 왠지 하루 종일 울던 사람 같았고.

– 기억나?

가슴이 철렁 내려앉았다. 뒤집혔던 시간이 와락 달려들었다. 기억 났다, 그 순간. 그에게 처음 담배 한 개비를 받아들던 순간. 새까만 어둠이 뭉쳐 있던 복도 위에서 둥실 떠오르던 그의 하얀 얼굴. 분명히 선명하게 떠올랐다.

– 언니? 꿈에서 이상한 아이를 본다고 그랬지?

숨이 막혔다. 영락없이 그때와 꼭 닮았다. 마치 시간의 종이가

소멸의 시간

접혀 다시 그 순간으로 돌아간 것처럼. 아무도 알지 못하는 주문을 누군가 외운 것처럼. 담배 연기를 내뿜기 위해 그가 입을 오므렸는데, 그 안에서 또다시 알 수 없는 아리아가 흘러나올 듯했다. 세상 누구도 이해할 수 없고 알아들을 수 없는, 세상을 바꾸는 그의 주문.

－ 언니는, 여기 이 시간을 믿어?

강아지를 어루만지던 그의 손이 멈췄다. 그가 작은 공간 안을 빙 둘러보는 순간, 차곡차곡 접혔던 기억들이 한꺼번에 일어섰다. 더 이상 버스가 들어와 서지 않는 터미널, 화면 위에 떠오르던 내 이름. 그리고 이제는 더 이상 기우뚱거리지 않는 남편. 문득 뒤를 돌아보았다. 누군가 유리문 바깥에서 나를 들여다보고 있는 듯한 느낌이 들었다. 남편에게 꿈을 기억하게 했던 카메라를 든 사람들, 내 곁을 따라다니던 어색한 눈썹을 단 아이의 모습, 언제나 죽기 전에 꼭 한 번 보고 싶다고 생각했던 그 시절의 고래. 그리고 내내 그리워하던 내 사랑, 남편을 만났던 우연. 우연? 아닌가, 그 모든 것들은 내 소망이 만들어냈던 허상인 건가?

유리문이 퉁퉁 흔들리며 소리를 냈다. 까만 어둠 속에서 시간이 영화필름처럼 흘러갔다. 바다로 가라고 말하던 아이, 가질 수 없는 희망을 말하던 대성이, 눈썹이 없던 여자, 그리고 지금 내 눈앞에 있는 남자도, 여자도 아닌 사람. 사람? 사람인가, 그는 분명 사람인가?

갑자기 머리 위에서 검은 그림자가 출렁거렸다. 그건 검은 물감처럼 조금씩 리브의 위로 쏟아져 내리고 있었다. 눈이 시리도록 새빨갰던 그의 원피스가 검게 물들기 시작했다. 박스스타일이라고 말했던 그 것은 조금씩 발밑으로 길어지고 있었다. 도포처럼 새까만 옷자락, 하얀 얼굴, 그리고 새빨간 입술.

─ 언니. 언니는 지금 살아있다고 생각해?

─ 읍!

나도 모르게 입을 틀어막았다. 온몸의 구멍으로 비명이 새어나올 듯했다. 그의 목소리는 '만나고 싶은 사람 없어?'라고 묻던 그때와 정확하게 겹쳤다. 탕탕 바닥을 내리치면 쩍 하고 갈라질 것만 같던 그 순간.

─ 언니, 여기는 언니가 생각하는 거기가 아니야.

더 이상 숨을 쉴 수 없었다.

─ 우린 이미 죽었어, 언니. 실은 나, 언니 데리러 왔어.

발작을 하듯 두 손이 멋대로 움직였다.

─ 아, 아냐. 아냐, 아냐!

아니라고 말하는 내 입술은 아무렇게나 요동쳤다. 주춤주춤 몸을 일으켰다. 발버둥치는 몸짓 때문에 낡은 나무 의자가 턱턱 옆구리를 찔렀다. 어디서 솟았는지 리브의 손이 내 팔꿈치를 움켜쥐었다.

─ 악!

─ 언니, 두려워하지 마. 상관없잖아?

부릅뜬 그의 눈에 시뻘건 핏줄이 터졌다. 그는 천천히 팔을 움직여 바닥에서 무언가 주워들었다. 강아지였다. 낑낑거리는 그것의 절박한 갈구는 내게 어떤 말을 하고 있는 듯했다.

— 사실은 얘네들, 여기 표를 팔던 부부야. 근데, 이렇게 변해버렸어.

얼굴이 하얗게 질려 다시 리브를 올려보았다.

— 큭, 내가 마술을 걸어서, 그래서 그렇게 만들었어. 큭, 큭큭!

리브는 커다란 손으로 입을 가리고 웃기 시작했다.

— 큭, 히히히히!

그의 웃음소리는 작은 공간을 쩡쩡 울렸다. 순간 퍽 소리를 내며 존재하지 않는 줄 알았던 불빛이 머리 위에서 켜졌다. 바닥을 구르며 웃고 있는 리브를 따라 강아지 두 마리는 펄쩍펄쩍 뛰었다. 남편은 그제야 유리문을 밀며 들어왔다. 그의 뒤에서 중년 남자가 따라 들어왔다. 그의 손에는 플래시가 들려 있었다.

남자는 이곳의 전기 배선이 낡아 자주 정전이 되어 골치라고 말했다. 간성읍내로 가는 버스는 길 아래쪽에서 타고, 서울 가는 버스가 아침저녁으로 서너 번 있기는 하지만, 저녁 일곱 시면 막차는 끊어진다고 했다. 다시 바닷가 쪽으로 내려가 시내버스를 타야 하는데, 그마저도 한 시간 정도는 더 기다려야 버스가 올 거라며 흘긋 벽시계를 올려 보았다. 작은 쪽문 안으로 들어가 흔들리는 촛불을 그는 훅 불어 껐다. 꺼진 것은 겨우 촛불 하나인데, 작은 대합실 안은 다시 어두워졌다. 남자가 켠 형광등 하나는 우리 머리 위를 밝히기에는 너무 힘겨웠다.

산길을 내려오는 중에도 리브는 계속해서 웃음을 멈추지 못했다. 장난이라고 말하는 그의 목소리는 조심스러웠지만, 여전히 웃음을 꾹꾹 눌러 담은 것이었다. 무슨 일이 일어났는지 모르는 남편은 끝까지 그의 웃음을 외면했다. 그는 계속해서 미안하다 말하며 호호거렸지만, 나는 그를 향해 아무 말도 하지 못했다. 화를 내거나, 손가락질을 해주지도 못했다.

여전히 나는 혼란스러웠다. 장난이라고 말하는 그의 목소리는 어둠 속에서 뒤틀렸고, 먼바다 위 낙하한 별들의 개수는 더욱 늘어났으며, 남편의 걸음걸이도 여전히 흔들리지 않고 꼿꼿했다. 지금이라도 어디선가 아이가 나타나 '짠, 살았다!' 라고 말할 것 같고.

우리는 시간 속을 걷고 있었다. 이상하고 신기한 시간 속이었다. 하늘을 올려보니 아직도 별들은 무수히 남아 저마다의 크기로 반짝였다. 기우뚱 기울어진 초승달은 어느새 웃고 있는 입 모양이 되었고. 기억 속의 그때처럼 고양이는 사라지고 킥킥거리며 웃는 입 모양뿐이었다. 토끼가 사라진 동굴 속처럼 깜깜한 여기. 맞다, 삶이란 처음부터 그렇게 이상하고 신기한 시간 속이었다.

18.
꽃의 이름을 불러 주었고

간성에서 하룻밤을 묵고 우리들은 내륙 쪽의 터미널들을 둘러보기 시작했다. 바닷가를 따라 길게 늘어선 7번 국도의 터미널들과 달리, 산속에 촘촘히 박혀 있는 터미널들은 찾기도, 찾아가기도 쉽지 않았다. 어느새 남편이 지도 위에 꼼꼼하게 터미널들을 표시해 놓고 있었는데도, 제각각 다른 모양의 터미널들은 구경꾼처럼 아무 데서나 불쑥불쑥 나타났다. 피로에 지친 우리들을 놀리듯 서로 다른 방향의 갈림길 위에서 나타난 터미널 간판도 여럿이었다.

그때마다 번번이 남편은 모든 것이 제 잘못인 듯 곤혹스러워했고, 리브는 아이처럼 칭얼거리며 투정을 부렸다. 당장에라도 남편이 그를 향해 무언가를 집어던질 것 같아 조마조마했는데, 다행히 그는 아무런 대꾸도 하지 않았다.

정신없이 터미널들을 돌아다니다 보니 어느새 우리는 익숙한 터미널 대합실에 들어와 있었다.

– 어, 여기는 와 봤던 덴데? 그치 언니, 여기 기억하지?

당연했다. 거기는 여드름이 많은 군인을 따라 버스를 탔던 홍천시외버스터미널이었다. 또다시 우리는 어느새 제자리로 돌아오고야 말았다. 아무리 먼 데를 보면서 걷고 또 걸어도 끝내 제자리로 돌아오고야 마는 시간. 그러나 나는 놀라지 않았다. 그것이 바로 삶이고, 시간이라는 사실을 이제는 알고 있었다.

– 그 봐, 그 봐! 내가 아까 거기서 춘천 쪽으로 가야 한다고 그랬더니, 형부가 우기고 우겨서 여기로 온 거잖아? 근데 이게 뭐야? 여기는 와 본데잖아? 춘천 가서 닭갈비 한 냄비 먹고 나면 지금쯤 기운이 펄펄 나서 열심히 돌아다닐 수 있을 텐데, 이렇게 헛고생할 필요도 없고 말이야. 하여간, 하여간! 머리가 나쁘면 팔다리가 고생한다는 옛날 말 하나도 틀린 게 없어, 정말, 어유!

생각 없는 리브의 말은 아무 데서나 불쑥불쑥 튀어나왔다. 혹시 남편이 그 이야기를 듣게 될까 괜히 마음을 졸였다. 다행히 남편은 운행표와 지도를 살피며 매표창구에서 돌아오는 중이었다.

– 형부, 이게 뭐예요! 여기는 우리 와봤던 데란 말이에요!

머리가 나쁘네, 팔다리가 어쩌네, 하는 이야기를 다시 꺼낼까,

머리카락이 쭈뼛 섰다.

　– 언니도 기억나지? 그 여드름쟁이 군인 아저씨. 왜 그 이봉조처럼 엄청 빨리 달려서 도망가던 그 키 작고, 귀엽고, 여드름 많고. 기억 안 나?

　고개를 끄덕이려고 했는데, 그의 입이 먼저 벌어졌다.

　– 하여간 머리 나쁜 건 나라도 구제 못한다고 했는데, 언니는 어쩜 정말, 커플로 정말? 어휴, 못 살아, 내가!

　중얼거림 같은 그의 마지막 말은 다행히 남편이 듣지 못할 정도로 작았다. 남편은 오늘 여기서 쉬어 가야 할 것 같다, 말했다. 터미널 바깥으로 우리들을 이끄는 그의 안색은 까칠했다. 리브나 나도 며칠을 제대로 쉬지 못한 강행군에 지쳐있기는 마찬가지였다. 여관에 들어서면서도 리브는 또다시 '닭갈비!'를 외쳤지만, 남편은 들은 척도 않고 여관집 주인에게 야식 몇 가지를 시켰다. 허름하게 배달된 몇 가지 음식 앞에서 리브는 생각 없이 웩웩거렸고, 남편은 기어이 더 이상 참지 못하고 리브를 노려보았다. 그러나 다행히 그는 아무것도 집어 들지 않았다. 지난번 생각의 갈림길에서 배운 것들을 아직 잊지 않은 모양이었다. 어느 쪽을 선택하든, 갈림길은 그렇게 우리들을 깨우치게 마련인지.

　이른 아침 우리들은 홍천터미널을 나와 횡성으로, 다시 장평과 평창의 터미널로 몸을 움직였다. 터미널들은 하나같이 내 기억이나 생각과 비껴갔고, 나는 조금씩 내 희망을 회의(懷疑)하기 시작했다. 과연 그런 곳이 있는 걸까. '빠쓰 정류장'이라는 간판을 가지고 있는 터미널. 나는 혹시 세상에 존재하지 않는 것을 찾아 이렇게 떠돌고 있는 건 아닌지. 없는 것을 찾아 안타까운 시간을 허비하며 살고 있는 건 아닌지. 그렇게 내 안에서 희망은 너덜거리며 조금씩 떨어져 나가고 있었다.

길 건너편에서 노란 모자를 쓴 아이들이 웅성거리며 모여 섰다. 인솔하는 교사는 아이들 중의 하나가 차도로 발을 빠뜨리지나 않을까 경계하는 눈빛으로 아이들의 움직임을 주시했다. 횡단보도 앞에서 양쪽을 살피던 다른 교사 하나가 자동차 운전자들에게 수인사로 양해를 구하더니 아이들에게 손짓했다. 그러자 아이들은 약속이라도 한 듯 오른손을 들고 일렬로 늘어서 천천히 횡단보도를 건너기 시작했다. 어디선가 짹짹거리는 참새 소리도 들리는 듯했고, 삐악삐악 병아리 소리가 들리는 것 같기도 했다.

터미널 앞 기다란 나무 의자에 앉아 뒤뚱뒤뚱 도로를 건너는 아이들의 모습을 지켜보는데, 손을 들고 횡단보도를 건너던 아이 중의 하나가 불쑥 내 쪽으로 고개를 돌렸다. 아이의 이마에 눈썹은 더욱 짙고 더욱 커져서 도드라졌다. 물론 변한 것은 눈썹이 아니라 작아진 아이이겠지만.

꽃의 이름을 불러 주었고

아이는 다른 아이들처럼 오른손을 든 채로, 입 모양만으로 내게 말했다. '살았다!' 그리고 아이는 다시 앞에 선 아이에게 뒤처질까, 종종거리며 따라갔다. 흘끗 뒤를 돌아보는 아이의 얼굴에 '호홋.' 웃는 웃음소리가 여기까지 들리는 듯했다. 아이의 모습이 너무도 반가워 저절로 웃음이 났다. 그리고 천천히 아이를 향해 나도 손을 들었다. 마치 나도 어딘가를 건너가고 있는 것처럼. '살았다!' 라고 말하려는 것처럼.

– 뭐가 그렇게 재밌어?

남편이 지도를 살펴보며 다가왔다.

– 저기 애들.

그는 줄지어 멀어지고 있는 아이들을 향해 목을 죽 뺐다.

– 저게 왜?

– 오빠도 오른손 좀 들어봐.

– 뭐?

갑작스런 내 이야기에 남편은 당혹스러운 모양이었다.

– 아이, 그냥 들어봐. 이렇게, 이렇게.

아이들을 가르치듯 나는 남편에게 오른팔을 번쩍 든 모습을 보여주었다. 그리고 아예 남편의 팔을 잡아 밀어 올렸다. 그는 미심쩍은 눈으로 구부정하게 오른팔을 올렸다.

– 살았다! 후후.

그리고 그렇게 아이의 말을 흉내 냈다. 영문을 모르겠는 그의 눈빛은 근심으로 흔들렸다.

— 왜 그래?

— 오빠, 우리 그만 돌아가자.

돌아가자는 말이 별것도 아닌데, 괜히 목이 멨다. 헤어지자는 말이거나, 이미 끝나버렸다는 이야기 같은 것도 아닌데, 눈가가 뜨거워졌다.

— 순옥아.

— 그냥, 그냥 이제 돌아가야 할 것 같아. 가서 가게 집기들이랑 다 정리도 해야 하고, 박 사장님한테 보증금도 받아서 시영이네 돈도 갚고. 나 찾아 나올 때 시영이 아빠한테 돈 빌렸다면서? 그거 갚고 남은 돈으로 작은 월세방도 하나 알아보고. 고맙네, 시영이네. 그치? 생각해보면 시영이네나 창주 네나 우리한테는 가족인 것 같애. 언제나 힘들 때면 곁에 있어주고, 부족한 게 있으면 채워주고, 넘치는 게 있으면 나눠주고. 그치, 맞지? 가족이지?

그러나 남편은 대답하지 않았다.

— 그리고 당신, 옛날에 같이 일했던 사람들한테 좀 알아보면 안 되나? 오빠 일할 데, 복지공단 같은 데 알아보면 무슨 혜택 같은 게 있다던데, 그치?

— 됐어!

남편은 팩 돌아앉았다.

－오빠, 그만 가자. 이거, 쓸모없는 일인 것 같아. 이건 나나 오빠한테…….

－왜 쓸모가 없어!

버적버적 말라있던 그의 입술이 아무렇게나 흔들렸다.

－오빠.

－왜 쓸모가 없냐고! 너 이렇게 나왔을 때에는 무슨 수를 쓰더라도 찾고 싶었을 거 아니야? 그래서 나한테 이야기도 안 하고 이렇게 나와서 돌아다니는 거 아니냐고? 끝까지 해보지도 않고 뭐가 쓸데없어? 시작을 했으면 끝을 봐야지, 보고 싶고 만나고 싶었으면 끝까지 찾아내서 만나야지, 이게 왜 쓸데없는 짓이야!

그의 손에 너덜거리는 쪽지 위에는 새빨간 줄들이 그어져 있었다. 바삐 발걸음을 재촉하던 행인들이 그를 흘끔거렸다.

－넌 매번 그런 식이지? 해보지도 않고, 쓸데없는 짓이네, 뭐네. 그럴 거면 아예 시작을 하지 말았어야지. 내가 병원에서 치료받자고 했을 때, 돈이야 어찌 되었든 그냥 치료받으며 버티고 있었어야지! 그럴 거면 아예 처음부터 아프질 말았어야지!

비명을 질러놓고 그는 돌아섰다. 자신의 얼굴을 쓸어내렸다. 그도 자신이 뱉은 마지막 말 한마디는 아무짝에도 쓸모없는 말이라는 사실을 알고 있을 것이다.

– 안 돼, 난 끝까지 찾아내고 말 거야! 그게 어디에 붙어있든, 이 근처일 거 아니야? 게다가 우린 이름을 알아. 안미옥이라는 이름만 알고 있으면, 찾을 수 있을 거야. 분명히 찾을 수 있을 거야. 난 너처럼 그렇게 어영부영 그만두지 않아. 그러니까 너도 견뎌. 살려면, 살려면 그래야 하는 거야. 사는 게 쉬운 일인 줄 알아? 그렇게 대충해서 인생이 살아지는 건 줄 알아? 난 포기 안 해! 끝까지 찾아내서… 거기, 끝까지 찾아내서, 절대 포기하지 않고 끝까지 찾아내서, 찾아내서…….

그러나 그의 말은 아무렇게나 흐트러졌다. 그도 알고 있을 것이다. 이 여행의 마지막. 이를 앙 물고 견뎌 끝내 마주하게 될 삶이라는 시간의 빤한 마지막.

– 언니!

길 건너편 횡단보도 앞에서 사진관을 찾으러 갔던 리브는 나를 향해 손을 들어 올렸다. 누가 시키지도 않았는데 오른손을 번쩍 든 채로 그는 횡단보도를 씩씩하게 걸어오고 있었다. 사람들은 그를 흘끔거렸지만, 그는 길을 다 건널 때까지 손을 내리지 않았다.

문득 궁금해졌다. 그에게도 그만두고 싶을 때가 있었을까. 어렵고 힘들게 겨우겨우 꿈의 근처에 도착했는데 그만두고 싶을 때. 발버둥치며 걸어온 길에서 스스로 벗어나며 주저앉아버리고 싶을 때. 그는 나를 보자 들고 있던 손을 힘차게 흔들었다. 아이에게 그랬듯 나도

꽃의 이름을 불러 주었고

그에게 손을 들었다. '호홋.' 웃던 아이의 웃음을 떠올리며, '살았다!' 라고 말하듯이 그렇게.

그러나 리브의 손에 들린 사진들은 하나같이 쓸모없는 것이었다. 남편의 사진들 속에서도 쓸모없는 것들은 예뻐지기 위해 담겼지만, 리브의 사진들은 쓸모없는 것도, 쓸모 있는 것도 아닌 그냥 사진 속이었다. 쓸모를 이야기할 수 있는 것들이 그 안에는 들어있지 않았다.

 ─ 어, 이상하다? 그 카메라 사진이 이상하게 찍히네? 분명히 잘 보고 찍었단 말이야. 그 언니들 뭐야, 고장 난 거라고 나한테 준거야, 뭐야? 어유, 사람이라는 게 그렇지, 세상에 공짜는 없는 거지. 쳇!

 그는 팔짱을 끼며 손에 들었던 사진들을 집어던졌다. 하나같이 초점이 어긋난 뿌연 것들이 바닥에 던져졌다. 예뻐지기에 그건 너무 모호했다.

 저녁 식사 같은 점심을 먹고, 남편은 다시 우리들이 가야 할 방향을 살폈다. 제천, 영월을 거쳐 홍천으로 다시 올라가는 여정과 나전, 임계, 고단을 거쳐 강릉까지 가는 여정의 또 다른 갈림길에 섰다. 돌아가자는 내 이야기 같은 건 까맣게 지운 듯했다. 지도 속을 바라보는 그의 표정은 어쩐지 기괴했다. 생각이나 여유 없이 앞만 보고 달려오던 내 삶도 그랬을까. 괜히 부끄럽고, 미안하고 그랬다.

 이미 날은 어두워져 어둑발이 드리우고 있었지만, 남편은 시간을 아끼기 위해 조금 더 움직이자고 말했다. 고단쯤에서 또 하루 쉬어 가자고 말하는 그는 나와 리브의 대답을 들으려 하지도 않고 매표창구 쪽으로 몸을 움직였다. 고단으로 가는 막차시간이 다가오고 있었다. 그러나 리브는 '멀미, 멀미!' 하고 외쳐대며 화장실로 뛰어갔고, 표를 든 채 나와 남편은 리브를 기다렸다.

언제나 그렇지만 기다림은 길었다. 더 이상 견디지 못하고 남편이 화장실로 다가가는 순간, 눈이 부신 연보라 빛 원피스로 갈아입은 리브가 나타났다. 하얗게 질려 창백해진 얼굴로 나타날 줄 알았는데, 그의 얼굴은 화장을 새로 한 건지, 발그레 붉어져 있었다.

 – 짠! 어때? 밤에 어울리는 드레스지?

그러나 마음을 졸이며 기다리던 남편은 손에 들었던 표를 꽉 움켜쥐며 리브에게 다가갔다. 심상치 않은 남편의 눈빛을 눈치챘는지, 리브는 버스가 막 출발하는 승강장으로 뛰었다.

 – 고단, 고단가는 버스! 버스 출발한다, 빨리, 빨리!

그는 그렇게 외쳐놓고 도망치듯 먼저 승강장으로 달려가 버스에 올랐다. 나는 애써 남편의 어깨를 어루만지며 버스 쪽으로 이끌었다. 조금 위태로워 보이기는 했지만 남편의 걸음걸이는 여전히 괜찮아 보였고, 나도 조금 피곤했지만 견딜 만했다. 우리들은 매달리듯 막 터미널을 나가는 버스에 올라탔다. 짐짓 미안했는지, 리브는 버스 안에서 먼저 자리를 잡고 앉아 배시시 웃었다.

산속의 밤은 쉽게 왔다. 버스가 좁은 산길로 들어서면서 우리는 약속이라도 한 듯 잠에 빠졌다.

– 고한 내리세요!

운전사의 고함소리를 듣고 부스스 눈을 떴다. 번쩍 눈을 뜬 남편은 들고 있던 표를 살폈다. 그리고 터미널에 들어선 버스 창밖을 둘러보았다. 황급히 운전사에게 뛰어갔다가, 다시 제자리로 돌아오는 남편은 머리를 쥐어뜯고 있었다.

– 왜 그래? 무슨 일인데 그래?

그러나 남편은 대답하지 않았다. 대답 대신 코를 골며 자고 있는 리브의 의자를 냅다 걷어찼다.

– 음음, 왜? 내려, 내려? 지금 내리까? 아함!

입가에 흐르는 침을 닦으며 리브는 주섬주섬 가방을 챙겼지만, 남편은 분을 삭이느라 여러 번 숨을 들이쉬었다. 우리가 도착한 곳은 고단이 아니라 고한이었다. 우리는 가야 할 곳의 반대편 버스를 잘못 탄 셈이었다. 이미 밤은 깊었고, 정선까지 다시 나가는 버스도 끊긴 채였다.

리브는 쫓기듯 버스 밖으로 밀려 나와 앞 유리에 달린 표지판을 자꾸 들여다봤다. 눈을 씻고 또 씻고 들여다보았다. '분명히 고단이라고 쓰여 있었는데?' 해놓고, 운전사에게 어깃장을 놓기 시작했다. 언제 표지판을 바꾸어놓았느냐 씩씩거렸을 때, 나는 리브의 팔꿈치를 끌었다. '그럼 택시라도 타고 돌아가자!'라고 그는 호기롭게 소리쳤지만, 그건 남편의 화를 돋우는 일일 뿐이었다. 정선으로 다시 돌아간다고 하더라도 고단 가는 막차는 이미 끊겼을 것이다. 그렇게 우리는 꼼짝없이 고한에서 발이 묶이고 말았다.

모텔 주인을 만나고 오겠다고 나갔던 남편은 한 시간이 지나도록 돌아오지 않았다. 다른 곳 같으면 그냥 좀 헤매고 있겠거니 하겠지만, 터미널에서 만난 기괴한 사람들 때문에 좀 걱정이 되었다.

고한, 사북이라는 두 개의 이름을 가진 터미널 대합실에 들어섰을 때 기분이 좀 묘했다. 어디선가 한꺼번에 몰려나온 것 같은, 비슷한 또래의 중년 남자들은 일행도 없이 모두 혼자였다. 가면을 쓴 것처럼 모두 똑같은 표정을 하고 있는데, 그건 누군가를 데리고 가기 위해 한꺼번에 쏟아져 나온 사자(使者)같았다.

리브는 샤워를 하고 나오더니, 이미 잠이 쏟아지는 모양이었다. 가면 같은 팩을 얼굴에 붙여놓고 벽에 기대 꾸벅꾸벅 졸았다. 혼자서 밖에 나가는 일은 탐탁지 않았지만, 저런 꼴을 하고 있는 리브와 같이 나가는 것도 난감한 일이었다. 결국 나는 혼자서 조심스레 모텔 방문을 밀고 나섰다. 복도 끝에서 또다시 웅 하는 소리가 들려오는 듯했다. 슬리퍼를 끌고 직직 복도를 설어 나오는데, 자꾸 누군가 뒤를 따라오는 느낌이 들었다.

모텔의 허름한 주차장 입구에 내려왔을 때, 벽에 기대 주저앉은 누군가의 그림자가 보였다. 반갑기도 하고, 안심이 되어 황급히 다가갔다.

– 오빠? 오빠야?

그러나 가까이 다가가니 그 옆에 놓인 소주병 두어 개가 눈에 들어왔다. 그의 몸에서 나는 퀴퀴한 냄새는 찌르는 듯한 알코올 냄새와 엉겨 나를 덮쳤다.

– 도아…… 아.

꺾인 그의 목덜미에서 기괴한 소리가 들려왔다.

– 아시 차어 여이 어.

알아들을 수 없는 그의 말은 토사물처럼 길게 늘어졌다. 나는 주춤주춤 물러섰다. 괜히 곤란한 일에 빠져들지도 모를 일이다.

– 니기, 히히히! 할 쑤 이아, 할 쑤 이아! 히히히, 씨바, 이생 하버. 한버 히히히! 조시나구애! 히히히.

남자는 손에 들었던 종이 잔을 들이켰다. 그의 입에서는 계속해서 내가 모르는 언어들이 쏟아져 나왔다. 그건 어쩐지 리브가 나에게 들려준 그 노래와 닮았다. 도무지 정체를 알 수 없던 그 노래, 그래서 더욱 마음을 아프게 했던 그 노래.

– 뭐 해?

등 뒤에서 들려오는 소리에 저절로 몸이 움츠러들었다. 남편의 그림자는 거대하게 나를 감싸고 있었다. 나는 그의 품에 와락 달려들었다. 겨우 술에 취한 사람의 이해할 수 없는 넋두리를 들은 것뿐인데, 온몸이 무섭도록 떨렸다. 어쩌면 그저 모르는 노래 한 곡을 들었던 것뿐인데, 무언가에 떠밀리기라도 한 것처럼 내 몸은 잔뜩 쪼그라들었다.

– 어머, 나도 포커 좋아하는데? 홀라도 좋고, 원 카드도 재밌지만, 뭐니 뭐니 해도 포커가 최고지! 스트레이트 플러쉬! 만 원짜리도 한두 장 오고 가야 이게이게 또 그 재미지, 이게! 호호홋!

남편이 이곳이 카지노가 유명한 곳이라고 말했을 때, 리브는 카드 패를 바닥에 두드리는 시늉을 했다. 그리고 당장에라도 뛰어나갈 것처럼 자신의 지갑을 뒤적거렸다.

– 언니, 언니, 우리도 나가서 한바탕 해볼까? 누가 아니? 죽기 전에 대박이라도 터뜨려줄지? 그러니까 우리 한 번만 땡겨 보자. 나도 그거 정식으로 해보지는 않았거든. 그러니까 그냥 관광 삼아, 응? 돈은 내가 빌려줄까? 대신 도박판 이자는 사채 이자라는 거 알고 있지? 갈까?

지갑을 든 리브의 눈은 연신 반짝거렸다. 죽는다는, 생각 없는 그의 이야기에 소리를 지를 만도 한데, 남편은 그저 하얗게 실린 내 얼굴이 걱정되는 모양이었다. 기괴한 분위기의 이곳 때문인지, 주차장의 그 남자에게 풍겨오던 냄새 때문인지, 내 몸은 자꾸 떨렸다. 알아들을 수 없었던 그의 언어가 자꾸 떠올랐다. 의미 없는 말들이라고 생각했는데, 자꾸 떠올라 마음을 할퀴었다. 나는 남편의 손을 꼭 쥐고 놓지 않았다. 남편도 걱정스러운 눈빛으로 내 어깨를 감싸 안았다. 그런데 이상하게도 남편에게서 자꾸 알코올 냄새가 났다. 그건 아까 그에게 나던 냄새와 똑 닮았다. 무언가 썩어 들어가는 듯 시큼하고 기괴한 그 냄새.

— 눈이다!

갑작스레 들려온 소리에 부스스 눈을 떴다. 그러나 나는 방금 내가 들은 이야기를 믿지 못했다. 잠을 잤는지, 앓았는지, 지난밤의 시간들은 그저 길기만 했는데 갑자기 들려온 리브의 말은 백일몽의 끄트머리 같았다. 벌써 다음 주면 오월인데, 눈이라니.

— 언니, 빨리, 빨리 일어나 봐! 눈이야, 눈!

리브는 무작정 나를 일으켰다.

— 형부, 눈이에요, 눈!

리브는 '형부'라는 말에 불같이 화를 냈던 그를 잊고 있는지, 남편을 마구 흔들어 깨웠다. 물론 그는 짜증스러운 목소리로 중얼거리며 돌아누웠다. 그런데도 리브는 천천히 몸을 일으킨 내 손을 잡아끌었다. 그리고 휘청거리는 나를 창문턱에 세웠다. 갑자기 환해진 바깥

풍경에 눈이 제대로 떠지지 않았다. 그리고 조금씩 선명해지는 내 눈앞에 새하얀 풍경이 펼쳐졌다. 어두운 그림자를 만들었던 높은 산들과, 유령 같은 사람들이 거닐던 거리와, 엉뚱한 곳에 우리를 내려주던 터미널의 버스들이 새하얀 눈에 뒤덮여 있었다. 다시 눈을 비볐다. 그리고 리브의 얼굴을 쳐다보았다. '여기 이 시간을 믿어?' 라고 말하는 그를 기다렸는데, 그는 창턱에 내려앉은 눈송이들을 내 얼굴에 뿌렸다. 시리도록 차가운 것이 얼굴에 닿았다가 녹아내렸다. 손 위에 투명하게 녹은 물을 담아 보았다. 눈이었다. 분명 그건 차갑고 시린 눈. 나는 그제야 다시 눈을 똑바로 뜨고 창 밖 풍경을 바라보았다. 새하얗게 뒤덮인 그곳은 천국처럼 아름다웠다.

리브는 거리에 나와서도 연신 폴짝거리며 도로를 뛰었다. 어제 입었던 연보라 빛 원피스는 성급하게 피어난 눈 속의 꽃 한 송이 같았다. 다 드러난 발목까지 푹푹 눈이 빠지는데도 그는 눈을 뭉치며, 뭉친 눈을 던지며 신이 났다.

다행히 대합실에는 어제의 기괴한 사람들 모습은 보이지 않았다. 시골의 터미널답지 않게 신기하도록 깨끗한 터미널은 햇살을 받아 눈과 함께 반짝였다. 아직 버스가 오가지 않은 넓은 승강장은 아무도 밟지 않은 새하얀 눈으로 가득 뒤덮여 있었다. 리브는 그 위를 미친 듯이 뛰어다니기 시작했다. 남편은 그러거나 말거나 버스 시간을 확인하고 오늘 가야 할 터미널들에 밑줄을 긋고 있었다. 리브는 눈 범벅이 되어 대합실로 뛰어들었다.

- 눈싸움, 눈싸움!

리브는 헉헉거리며 소리쳤다.

- 됐어.

- 아이, 언니. 그럼 눈사람, 눈사람!

됐다고 손사래를 치는데도 그는 막무가내였다. 결국 밖으로 끌려 나와 흰 눈 위에 섰다. 봄의 한가운데서 밟아보는 느낌이라 그럴까, 그건 차갑다는 느낌보다 오히려 보드라웠다. 넓은 공터를 뛰어다니 는 리브를 바라보다가 나는 천천히 쪼그려 앉았다. 그리고 내 발밑 에 깔린 눈을 살며시 모아보았다. 소르르 손 위에 올라오는 눈송이 들. 뽀득뽀득 엉기는 차가운 느낌.

- 하!

나도 모르게 작은 탄성이 새어 나왔다. 내 인생에 한 번도 내리지 않았던 눈을 보듯 눈가가 뜨거워졌다. 앞으로는 보기 힘든 눈이라고 생각하니 가슴이 먹먹해졌다. 어쩌면 마지막이 될지도 모르는 눈 (雪)의 인사.

순간 퍽, 눈송이가 어깨를 쳤다.

- 메롱!

그는 저만치서 혀를 날름 내밀었다. 나는 벌떡 일어났다. 그리고 손에 들었던 눈을 뭉쳤다. 리브를 따라가며 던지기 시작했다.

– 오, 직구! 속사포를 받아랏! 얍! 히히히!

리브도 내게 눈을 마구 던졌다. 나도 지지 않고 피하며 던지며 눈 위를 마구 뛰었다. 가슴이 터질 듯했다. 가슴 속 어딘가 고였던 것들이 마구 쏟아져 나가는 느낌이었다. 눈앞이 자꾸 흐려졌다. 미친 듯 내 안에서 무언가 요동쳤다. 그런데도 나는 달리기를 멈추지 않았다. 앉았다가 일어나기를 반복하며 손안에는 눈을 뭉쳤다. 뭉쳐서 던졌다. 리브를 향한 것도 아니었다. 내가 뭉친 눈들은 허공 위에서 흩어지기도 했고, 내 머리 위에 다시 떨어지기도 했다. 하지만 상관 없었다. 이런 기분이라면 지금 당장에 숨이 끊어지더라도 괜찮을 듯했다. 이런 즐거움이라면, 한 번도 깨닫지 못한 이런 경쾌함이라면.

퍽!

또다시 무언가 부딪히는 소리가 들렸다. 그가 던진 눈덩이에 맞았나? 내 몸은 절로 움츠러들었다. 그런데 내 몸 어디에도 들러붙은 눈의 흔적은 보이지 않았다. 내 눈덩이는 내 손에 들린 채였다. 그렇다면 하늘에서 무언가 떨어져 내린 건지.

하늘을 올려 보았다. 하얀 눈송이들이 나풀거리며 내려오고 있었다. 천천히 소리가 난 쪽으로 고개를 돌렸다. 흰 눈 위에, 커다란 꽃송이 같은 것이 떨어져 있었다. 핑크와 보라가 엉켜 눈 속에 핀 봄 꽃의 무더기. 눈 위에 커다랗게 너부러진 그것은 꼼짝도 하지 않았다. 물론 꽃이라면 그 자리에 꼿꼿이 서서 고귀한 모양새로 움직이지 않는 일은 당연하겠지만, 처음부터 그는 꽃이 아니었다. 어쩌면 그저 꽃이 되고 싶어 했을 뿐.

– 리… 리브야?

나는 그렇게 이 세상에 존재하지 않는 꽃의 이름을 불러 주었고, 이른 봄날, 그는 나에게로 와, 한 무더기 꽃이 되었다.

19.
거기

너무 오래 서 있던 눈사람처럼 그의 가운은 때에 절어 있었다. 분홍색 캐리어 안에서 뭉텅이 약봉지들을 찾아냈을 때, 그의 얼굴은 더욱 심각해졌다. 병원에 전화를 넣었던 건지, 두꺼운 차트를 가지고 들어오는 그의 손은 묵직했다. 문밖에 쌓인 흰 눈의 사정이야 모르겠는 듯, 그의 표정은 심각했다.

— 종양이 시신경을 눌러서 앞도 잘 안 보이고 그랬을 텐데, 모르셨어요? 항암치료를 받던 중이라서 구토도 심했을 텐데…….

몰랐다는 건 거짓말처럼 들릴 것이다. 처음 그를 만난 것은 암 병동, 그는 분명 그곳의 환자복을 입고 있었다. 버스를 타고 다니는 그는 내내 화장실을 들락거렸고, 구토를 하며 입을 틀어막기도 했다.

몰랐다면 이기심 때문이었을 것이다. 원래 그토록 이기적인 것이 사는 일이다, 라는 핑계를 떠올리더라도 화끈거리는 얼굴을 감추기는 쉽지 않을 것이다.

차트를 뒤적이던 의사는 대답을 기다리며 남편과 나를 바라봤다. 고개라도 끄덕여주기를 바라는 거겠지만, 나는 꿈속에라도 들어와 있는 것처럼 갑작스런 이 현실이 믿겨지지 않았다.

― 이러시면 안 되죠. 의사가 무슨 유치원 선생입니까? 말 안 듣는 아이들 가르치듯 약 먹고 치료하고. 그러는 게 아니다, 그러면 안 된다, 타이르고 호통치고 그래야 하는 거냐고요? 나, 참!

곤혹스러운 표정으로 그는 머리를 긁적였다. 유치원 선생 같은 게 아니라고 그는 말하고 있었지만, 나와 남편은 영락없이 야단이라도 맞고 있는 꼴이었다.

― 호르몬 주사 같은 거 맞은 건 아니죠? 그러면 정말 큰일 납니다. 가뜩이나 그동안 멋대로 아무 데서나 호르몬 약 먹고 주사 맞은 게 온몸의 면역체계를 엉망으로 만들어서, 항암제도 제대로 듣지 않고 지금 무방비로 몸이 망가져 가고 있는데, 거기다가 호르몬 주사 맞겠다는 건 자살이죠, 자살.

들고 있던 차트를 던졌는데, 쾅 소리가 났다. 겨우 종이 몇 장이 책상 위에 부딪히는 소리였는데, 그건 천둥처럼 세상을 흔들었다.

― 호르몬주사가 무슨 보톡스인 줄 알아요? 남자가 여성호르몬을 맞는다는 건 여자가 되는 게 아니라, 조금씩 스스로를 죽이는 일이라고요, 알아요?

두꺼운 차트 위를 두드리는 그의 손은 어떤 판결을 내리는 심판관 같았다.

― 어쨌든 지금 저희가 해 드릴 수 있는 건 없어요. 깨어나시면 빨리 원래 치료받던 병원으로 옮기셔서 거기서 입원하고 해결하시는 게 낫습니다. 여기서는 안돼요. 몸을 저렇게 만들어 놓았으니 나 참!

― 그래도, 여기서 며칠 입원을 하는 게…….

믿을 수 없는 현실 때문에 입이 열리지 않는데, 오히려 남편이 조심스럽게 말문을 열었다.

― 입원이요? 저희는 저런 환자 받을 수 없어요. 어디에 입원시킵니까? 남자병동에 입원시켜요? 여자병동에 입원시킵니까? 그렇다고 특실을 쓰실 건 아니잖아요?

― 그래도, 겉모습이 좀 그래도, 어쨌든 여잔데… 옛날이야 어쨌든 수술을 했으니까 당연히 여자병동에…….

웬일인지 따지듯 남편의 목소리가 높아졌지만, 의사는 벌떡 일어나며 그의 말을 잘랐다.

― 가슴수술만 했으면 답니까? 지금 호르몬 치료를 받지 않아서 나머지 다른 부분은 다 원래대로 돌아와 있다고요. 지금 저 사람의

상태는 가슴만 있다 뿐이지, 보통 남자들하고 다를 게 없어요. 그런데 어떻게 여자들하고 같이 입원실을 씁니까?

영문을 모르겠는 우리는 서로 멍하니 쳐다봤다.

– 도대체 아는 게 뭐요?

회초리라도 맞는 듯 온몸이 찌릿했다.

– 저 사람 지금은 치마만 입은 남자라고요. 성기 수술은 안 했어요. 지금은 비뇨기과적으로도 아무런 문제가 없는, 당신이나 나 같은 멀쩡한 남자라고요. 알아요? 도대체 당신들은 뭘 아는 거요? 저 사람 이름이나 제대로 알고 있어요? 나, 참!

의사는 더 이상 쓸모없는 이야기라는 듯 문을 열고 나가버렸다. 모른다, 아무것도 모른다. 이름도, 나이도. 어디에서 왔는지, 어떻게 그런 몸을 가지게 되었는지. 아무것도 모르는 나와 남편은 반성문이라도 써야 할 것처럼 물끄러미 그 자리에 그대로 섰을 뿐이었다.

병원에 연락을 했지만, 그의 이름을 알고 있는 사람은 찾을 수 없었다. 그의 외모와 차림새로 겨우 간호사와 통화가 되었지만, 그녀는 전혀 어울리지 않는 이름 하나를 가르쳐 주었을 뿐, 모르기는 우리와 다름없었다. 게다가 그녀가 가르쳐 준 이름의 남자는 병원 원장과는 전혀 상관이 없는, 충주에 작은 마을에 늙은 홀어머니를 두고 사는 서른 중반의 남자라고 했다. 그녀는 분명 그가 맞는다고 했는데, 믿을 수 없었고, 나는 자꾸 리브의 외모와 그의 아버지와 그의 나이 등등 그에게 들은 이야기를 했는데, 그녀는 틀렸다고 말했다. 그녀와 나는 서로가 한 이야기를 처음부터 끝까지 믿지 못했다. 그렇게 우리의 이야기도 처음부터 어긋나 있었다.

남편은 기가 막힌 듯 헛웃음을 지었다. 처음부터 그를 믿거나 이해하려고 하지도 않았으면서 그는 사기라도 당한 피해자인 것처럼 어이없어했다. 나도 기분이 이상하기는 했다. '동성(同性)'일 수는 없겠지만, 그래도 최소한 '이성(異性)'은 아니겠구나, 하는 안도감은 있었는데, 그 모든 것이 거짓이었다는 사실은 배신감까지는 아니더라도 분명 그 근처인 것은 확실했다.

남편은 이제 돌아가자고 했다. 더 이상 그런 놈 곁에 있을 이유가 없으니 잘 되었다, 그는 속 시원히 손이라도 탈탈 털고 싶은 표정이었다. 그러나 나는 그저 멍청하기만 했다. 환청처럼 어디선가 리브의 목소리가 계속해서 들리는 듯했다. '언니는 이 현실을 믿어?'라고 말하는 그의 목소리.

– 뭔데?

남편은 이제 거의 따지듯 물었다.

– 당신이 그놈한테 벗어나지 못하고 이렇게 미련을 갖는 이유가 뭔데?

'눈썹'이라고 말하려다가 그만두었다. 차근차근 시간을 거슬러 올라간다면 그에게서 두려움 같은 것이 사라졌던 것은 그즈음이었다. 그러나 어차피 남편은 모를 것이다. 그는 눈썹을 그리지 않는 사람. 그런 그에게는 처음부터 눈썹을 그리는 법 같은 것은 필요 없었을 것이다.

– 그런 거 없어. 이유 같은 거.

– 가족들한테 연락도 해봤다면서?

간호사가 알려준 집에 전화를 넣기는 했다. 건너편에서 들려온 노파의 목소리는 너무 노쇠해서 내가 무슨 이야기를 하더라도 이해할 수 없었을 것이었다. 어떻게 해도 상대방의 마음에 가닿지 않는 말. 그래서 그렇게 리브는 알아들을 수 없는 노래를 부르고 또 불렀던 것일까.

– 그러면 우리가 할 수 있는 건 다 한 거 아냐?

– 연락이 되기는 했는데…….

그다음을 어떻게 설명해야 할지 입이 떨어지지 않았다. 그저 이런 현실이 믿겨지지 않을 뿐이라는 생각에 자꾸 말을 잃었다.

– 했는데?

따져 묻고 있는 남편의 얼굴을 올려보았다. 모두 다 알고 있는 그의 눈빛은 어쩐지 징그러웠다.

– 낭신 또 불쌍하다는 이야기를 하려고 그러는 거지? 지금부터 치료를 시작해도 겨우 몇 달이나 더 살지 모르는 그런 삶을 그렇게

킬킬거리며 낭비했던 저놈한테, 불쌍하다, 안쓰럽다, 뭐 그런 이야기를 갖다 붙이려는 거지, 지금?

— 아냐, 그런 거.

고개를 끄덕인 적도 없는데 나는 어느새 내 발밑을 내려 보고 있었다.

— 그럼 이렇게 여기 있을 이유 같은 건 없지. 간호사들한테 보호자 연락처 넘겨주고, 우리는 우리 갈 길 가면 되는 거지, 안 그래?

계산을 끝마친 사람처럼 남편은 홀가분한 표정이었다.

— 그래, 뭐 저놈… 아니, 그게 저 사람 사는 방식이라고 해두지. 아니, 그게 저 사람 죽는 방식이라고 해두자고. 그러니까 그건 어차피 우리랑은 전혀 다른 거 아니야, 그치? 당신 저 사람 삶을 이해할 수 있어?

이번에도 그의 물음은 내 대답을 구하지 않는 것이었다.

— 난 못해. 그따위 거 이해하고 싶지도 않고. 물론 저 사람이 우리들 사는 방식 같은 거 이해하기를 바라지도 않고. 그러면 이렇게 자꾸 엮일 이유 같은 건 없지, 안 그래?

여전히 대답이 필요 없는 물음. 물끄러미 그를 올려봤다. 이젠 더 이상 예쁘지 않은 그의 모습이 안쓰러웠다.

— 가족들까지 모두 등지고 저 꼴로 살아가는 놈이, 자기를 버린 엄마 하나 찾아보겠다고 죽는 날까지 당겨가며 헤매고 있는 당신을

이해하겠어? 지푸라기라도 잡듯 가족이라는 이름을 찾아서 온 나라를 구석구석 뒤지고 있는 당신이나 내 처지를 손톱만큼이나 이해할 거냐고?

울컥 뜨거운 것이 치밀고 올라왔다. 그러나 그것이 슬픔인지, 억울함인지는 알 수 없었다.

— 저 자식, 당신 속였잖아? 아까 그 의사 말대로 당신 저 자식에 대해서 아는 것 하나도 없잖아? 저놈이 한 이야기들은 하나같이 다 거짓말이었잖아? 이제 어떡할 거야? 아무것도 아는 게 없는데, 저놈조차도 우리를 믿지 못하고 입을 벌리면 거짓말만 해댄 꼴인데, 우리가 도대체 여기 이러고 있어야 하는 이유가 어디 있는 거냐고?

'모른다.'라는 말은 힘이 없는 말인 줄 알았는데, 나는 어느새 남편의 손에 이끌려 일어서고 있었다. 자꾸 뒤를 돌아보며 응급실에 누워 있을 그가 떠올랐지만, 누군가 다가와 '누구세요?' 묻는다면 할 말이 없었다. 처음부터 나는 그를 몰랐고, 그도 나를 모르기는 마찬가지였을 것이다.

남편은 빨간 줄이 그어진 지도와 표 두 장을 들고 나타났다. 원래대로 강릉 쪽으로 나아가 다시 그곳에서 계획을 짜자고 말했다. 그곳은 강원도 곳곳의 터미널에 들어가는 버스들이 있을 테니, 훨씬 수월하게 계획을 세울 수 있을 것이다, 덧붙였다. 천장이 높은 대합실 쪽을 자꾸 바라보았던 것은 지금이라도 가방을 끌며 리브가 나타날 것만 같았기 때문이었다. 그런 나를 눈치챘는지 남편은 억지로 내 팔뚝을 끌어 버스에 실었다. 짐짝처럼 좌석에 앉았지만, 승객도 없는 넓은 좌석이 내게는 그저 불편하게만 느껴졌다.

버스는 새까만 산길을 느릿느릿 달렸다. 완행버스였는지, 찔끔거리던 눈물이 마르기도 전에 버스는 또 다른 정차장에 도착해서 문을 열었다.

— 미탄 내리세요. 미탄이요.

버스 문이 열렸지만, 올라온 것은 차가운 냉기였다. 화장실이라도 가려는지 운전기사는 버스 밖으로 내려섰고, 갑자기 고요해진 사위 때문에 나도 모르게 주위를 둘러봤다. 도로 옆에 세워진 작은 건물들에서 빛이 새어나오고 있었다. 새까만 산들이 병풍처럼 낮은 정류장을 둘러싸고 있었고, 옹기종기 모인 사람들처럼 건물들은 터미널을 중심으로 모여 있었다. 그 한가운데 불쑥 솟은 것이 보였다. 때마침 매표소 건물에서 누군가 문을 열고 나와, 그것 위에 쌓인 눈을 툭툭 털어냈다. 더 이상 돌아가지 않는 녹이 슨 그것을 빗자루로 쓱쓱 쓸어내렸다.

— 왜 그래?

어느새 나는 버스 계단을 내려서고 있었다. 남편이 나를 부르고 있었지만, 아무런 소리도 들리지 않았다. 종종거리며 뛰던 내 울음소리 말고는, 엄마를 찾아 뛰던 내 울음소리 말고는.

– 왜 그래, 여기야? 당신이 찾는 데가 여기야?

시간의 굴 앞에 선 듯 망설이고 있는 내게 남편이 다그쳤다. 그러나 두 다리는 움직이지 않았다. 차가운 산속의 눈바람만이 물기 어린 두 볼을 마구 긁어내렸다. 누군가 시간의 연필로 녹이 슨 간판 옆에 그림을 그리고 있었다. 끼익끼익 돌아가던 입간판 곁에 잠이 들었던 내 모습. 당장에라도 고개를 들어, 내게 달려올 것만 같은 그 모습. '엄마!' 하고 부르며 내 품에 안길 그 모습. 따르릉 따르릉 시간의 굴을 통과한 자전거 하나가 어린 내 앞을 지나갔고, 내게 손가락을 물렸던 군복을 입은 남자가 돌아서고 있었다.

왈칵 울음이 터졌다. 눈물이 새어나오지 않도록 입을 가렸다. 여기다, 바로 여기다. 그런 확신이 거짓말처럼 새겨지자 눈물은 쉴 새 없이 흘러내렸다. 조금씩, 조금씩 입간판 쪽으로 다가갔다. 입간판 위에 글자들이 점점 선명하게 눈에 들어왔다. 내 삶의 희망과 절망이 모두 시작되었던 바로 그곳. 새로운 내 삶이 시작되었던 바로 여기. 실은 나 자신도 믿지 못했던 그곳. '빠쓰 정류장.'

끝내 나는 돌아오고야 말았다. 마침내, 거기에. 그런데 순간 돌부리에 걸린 듯 두 발이 멈췄다. 울먹이던 입이 벌어졌다. 숨이 턱 막혔다.

– 왜 그래?

입간판을 쓸어내리던 여자가 흘끔 내 쪽을 봤다. 그녀의 손에 드러난 입간판 위에 글자들이 너무도 또렷하게 눈에 들어왔다. 더 이상 돌아가지 않는 그 글자들은 꿈틀거리며 더욱 커졌다.

'버쓰 정류장.'

순식간에 귓전을 가득 채우던 울음소리가 지워졌다. 입간판 위에 그려졌던 내 어린 모습도 사라졌다. 옹기종기 모여 있던 건물들도 어느새 등을 돌리고 있었고, 나를 지나쳐가던 노인의 자전거도 허공 속으로 사라져버렸다. 내게 손가락을 물렸던 군복을 입은 남자는 그 손가락을 들어, 내게 손가락질을 하고 있었다.

– 뭐야? 맞아? 여기가 맞는 거야?

남편은 내 어깨를 흔들며 물었다. 하지만 입이 떨어지지 않았다. 모른다. 모르겠다. 여기가 거기인지, 내가 찾던 거기인지. 얼음처럼 내 몸은, 내 생각은 꼼짝도 하지 않았다.

– 왜 대답을 못해? 아냐? 아닌 거야?

남편은 불빛이 새어나오는 건물로 뛰어들어갔다.

– 저, 혹시 안미옥이라는 사람 모르세요?

안에서 들린 대답이 무엇이었는지 모르지만, 남편은 다시 뛰쳐나왔다. 그리고 슬그머니 고개를 내민 다른 노인에게도 소리를 질렀다.

— 혹시, 안미옥이라는 사람 모르세요?

눈길에 푹푹 빠지며 그는 성큼성큼 이쪽저쪽 길 위를 마구 뛰어다녔다. 아무 데나 열어젖혀 소리를 질렀다. 있는 힘을 다해, 좁은 정류장 안을 비틀거리며 뛰었다. 가게마다 보는 사람마다 '안미옥'이라는 이름을 외쳐 불렀다. 몇몇은 고개를 젓거나 무작정 소리를 지르는 그가 무서워 도망을 치기도 했지만, 그들 중 누구도 고개를 끄덕인 사람은 없었다. 그러나 나는 여전히 모르겠다. 이곳이 그곳인지, 내가 그토록 가 닿고 싶어 하던 거기인지.

— 안미옥이요, 안미옥!

— 아이고, 저 아저씨 피 나네.

갑작스런 소란에 문을 열어보던 여자가 남편을 가리켰다.

— 아이고, 아저씨 피 나요, 피!

휘청거리며 남편이 물러섰다. 그리고 여자가 가리킨 자신의 다리를 내려보았다. 허벅지 한가운데서 척척하게 피가 배고 있었다. 그의 바짓단 아래로 새빨간 피가 뚝뚝 떨어졌다. 남편은 그제야 허벅지를 움켜쥐었고, 피를 머금은 스펀지처럼 그의 손에 빨간 피가 잔뜩 묻어났다. 나는 그제야 남편을 돌아봤다. 그는 휘청거리며 길 한가운데 주저앉았다. 그리고 찌그러진 그의 등 뒤로 겹겹이 겹쳐진 산등성이가 보였다. 약속이나 한 듯 그것들은 모두 새까맸다. 당연했다. 밤마다 모든 산들은 새까매진다.

20.

잘 가라, 낙원

우리는 다시 돌아왔다. 리브가 있는 그 병원이었다. 거짓말처럼, 마술처럼 남편과 나를 실은 구급차는 정확히 그곳에 우리를 내려주었다. 남편의 다리는 이미 엉망이 되어 있었다. 낡아 헐거워진 의족이 움직이지 않도록 테이프로 아무렇게나 동여매어서, 물집이 잡히고 터진 살점 속으로 의족이 살을 파고 들어가고 있었다. 약국에서 파는 알코올로 아무렇게나 소독을 하기는 했지만, 이미 그의 다리는 곪을 대로 곪아 온통 염증으로 썩어 들어가고 있었다.

우리를 나무랐던 의사는 남은 다리마저 잘라내고 싶으냐, 다시 한번 호통을 쳤다. 병원 의사가 유치원 선생인 줄 아느냐, 또다시 일장 훈계를 늘어놓을 것 같더니 그는 한숨을 푹푹 쉬며 상처만 후벼 팠다.

남편은 비명 한 번 지르지 않았다. 늘어진 자루처럼 그는 축 처져 있었다. 시간이라는 덫에 걸린 짐승같이 그는 푸르륵 푸르륵 거친 숨만 내쉬고 있었다.

나는 리브가 누워 있는 응급실 침대에 엎어지고 나서야 울음이 터졌다. 엉망이 된 남편의 다리를 지켜보다 뛰쳐나왔을 때, 어디에도 마음 놓고 울 수 있는 곳은 없었다. 여전히 정신을 잃고 쓰러진 리브를 보았을 때, 마개가 터진 듯이 울음이 쏟아졌다. 그 울음이 무엇인지 여전히 모르겠는데, 나는 그의 다리에 얼굴을 묻고 엉엉 울었다. '모른다.' 라는 것이 어떤 위로인지, 아무것도 모르는 사이인 그의 곁이 그저 가장 편안하게 느껴졌다.

– 언니, 언니?

톡톡, 누군가 어깨를 두드렸다. 지우다가 말았는지, 색깔의 때처럼 그의 손톱 위에는 분홍색 매니큐어가 아무렇게나 엉겨 있었다. 잠이 든 기억 같은 건 없었는데, 시간의 굴을 통과한 것처럼 나는 물끄러미 그의 얼굴을 올려보았다.

– 나 담당하는 의사 얼굴 봤어?

화장도 지운 채 수염이 덥수룩한 얼굴이면서도, 그의 양 볼은 금세 홍시처럼 붉어졌다.

– 흰 가운 입은 남자들은 왜 그렇게 핸섬해 보이는 걸까? 아응,

여기 나 담당하는 의사도 굉장히 핸섬하다? 호홋, 언니는 아직 못 봤지? 그치? 호홋.

부르르 몸을 떨며 그는 수줍은 듯 얼굴을 가렸다.

— 나, 그 오빠한테 한번 대쉬해 볼까? 스물 중반쯤 되는 것 같은데, 인턴인가? 호홋. 스물 중후반이면 아주 나랑 딱 맞는데, 호홋. 어때, 언니? 이 동생의 파트너로 의사 정도면 훌륭하지, 그치? 호홋.

그는 계속해서 말끝에 웃음을 달았다. 그러나 나는 그 웃음을 모른다. 그 웃음의 의미를, 그가 하는 말의 의미를 나는 알지 못한다. 여기가 꿈인지, 현실인지, 내가 오늘 어디에 다녀왔는지, 무엇을 만났는지도, 알고 싶지 않다. 나는 여전히 아무것도 모른다.

— 언니?

그는 물었다.

— 왜?

나는 대답했다.

— 난 언니를 모른다?

순간 나는 깜짝 놀랐다. 그건 정확히 내 머릿속에 떠올랐던 말이었다. 마치 그가 내 머릿속을 고스란히 들여다보고 있는 것처럼, 아니면 우리들의 시간이란 처음부터 하나였던 것처럼. 이것도 꿈일까? 어리둥절한 표정으로 나는 두리번거렸다. 이상하게도 사위는 지워진 것처럼 고요했다.

― 내가 알고 있는 건 안순옥이라는 언니 이름 하고, 언니가 올봄 최신 유행인 핑크 같은 거에는 전혀 관심도 없다는 거 하고. 엄마를 무지무지 찾고 싶어 한다는 거 하고, 나처럼 비슷한 병에 걸렸다는 정도? 호홋.

말끝에 달린 웃음은 어쩐지 기침과 닮았다.

― 물론 우리 언니, 맨날 세상 근심 혼자서 다 짊어진 것처럼 죽을 상을 하고 있고, 알고 싶은 것도 많고, 찾고 싶은 것도 많고 뭐 그렇게 복잡하게 생각하고 사는지, 얼굴에는 철판을 깔았는지 웃을 때도 그냥 배시시, 찌그러지듯 웃고 말기나 하고. 또 여자가, 여자가 피부 관리며 패션 감각이며 정말 여자로 태어난 게 어쩜 그렇게 안 어울리는지 기타 등등 그런 것들은 내가 딱 봐서 잘 알지. 암, 알고말고.

리브는 피식 웃었다.

― 근데 시간이 너무 짧긴 하더라. 시간이 그렇게 짧은 건지 몰랐네. 주구장창 늘어진 게 시간이고 계절인 줄 알았더니, 그게 아닌 것 같더라. 짧아, 너무 짧아. 뭐 사람을 알고 자시고 하기에는 너무 짧아. 그러니까 모르는 게 당연하지.

어떤 그림을 그리고 있는지 그는 응급실 천장을 한참이나 물끄러미 봤다. '짧다.' 하는 이야기를 이제야 나도 알게 되었는지, 괜히 코끝이 시큰했다.

― 근데 그거 하난 알겠더라.

잘 가라, 낙원

고개를 들었는데, 그의 모습은 물빛으로 흔들렸다.

– 언니도 나도… 돌아갈 데가 없다는 거.

무슨 말인가 싶어, 큰 눈을 멍청하게 껌뻑였다. 무언가에 찔린 듯 가슴이 아팠다.

– 왜, 사람들한테는 그런 게 있잖아? 뭐 설날이나, 추석날 같은 때, 돌아가고 싶고, 돌아가는 그런 고향. 좋았든 싫었든 어린 시절 생각하면서 호호거리고 웃을 수 있는 사람들 만나는 거. 그래서 그렇게 웃고 떠들고 그럴 수 있는 고향. 근데, 언니도 나도 그런 게 없잖아, 안 그래?

그가 한 말을 모른다고 생각했는데, 졸졸 내 안에서 물이 흘렀다. 봄 햇살 때문에 내 마음속에도 쌓였던 무언가 녹고 있는지.

– 맞잖아? 언니도 없잖아? 빤쓰인가, 빠쓰인가, 거기가 언니 고향은 아니잖아? 거기 간다고 가족을 찾을 수 있는 것도 아니고, 언니가 거기서 태어난 것도 아니고. 거기에서 터미널 간판 붙들고 울고 짜고 한 기억밖에 없다면서?

지워졌던 것들이 다시 떠올랐다. 이번에는 텅 빈 간판을 붙든 채였다. 그 위에는 아무것도 쓰여 있지 않았다. '빠쓰 정류장'이든, '버쓰 정류장'이든.

– 나도 그렇거든. 고향에 가도 거기에는 내가 없어. 사람들도 나를 모르고, 나도 사람들에게 나라고 이야기를 하지 못하고. 사람들이

알고 있는 나도, 내가 알고 있는 나도 거기에는 없어. 그렇다고 날 수술해준 의사선생님 병원이 있는 압구정 사거리에 가서 여기가 내 고향입네, 할 수도 없는 노릇이고. 호홋.

그는 또다시 커다란 손으로 입을 가리며 웃었다. 누가 지웠는지, 그의 손톱 끝에 분홍빛은 어느새 사라지고 없었다.

– 죽으면, 영혼이라도 고향에 돌아가야 할 것 같은데, 나는 아무 데도 가지 못하는 게 아닌가 무섭고, 두렵고…….

그의 말끝이 미세하게 흔들리고 있었다.

– 근데 있잖아, 언니.

밀어(密語)라도 전하듯 그는 조심스레 속삭였다.

– 그런데도, 무작정 돌아가고 싶더라? 어딘지도 모르는데, 어디로 돌아가야 하는 건지도 모르는데, 막 돌아가고 싶더라고. 그치, 언니 도 그 기분 알지, 그치?

자꾸 흐르는 눈물 때문에 고개를 숙였던 건데, 어느새 나는 끄덕이고 있는 내가 되었다.

– 있으면 좋겠다, 거기.

중얼거리듯 그는 말했다.

– 언니도 그랬으면 좋겠지, 응? 빠쓰 정류장 말이야, 그런 게 정말 있겠어? 생각해봐, 빠쓰 정류장이라고 쓴 터미널 같은 게 있겠냐고?

모르겠다, 있는 걸까, 없는 걸까. 나는 어디에서 온 것일까. 내가 돌아가야 할 곳은 어디일까. 그렇다는 말이든, 아니라는 말이든 소리치고 싶었지만, 입이 열리지 않았다. 지금 여기, 이 시간조차도 믿고 있지 못하는 내게 그건 너무 어려운 대답이었다.

– 근데 있으면 좋겠지? 거기, 있으면 좋겠지, 그치?

고개를 끄덕였다. 이제야 나는 자신 있게 고개를 끄덕이고 있었다. 그러고 보니, 그건 언젠가 남편에게 내가 했던 말이었다. 내가 모르는 피안을 그리며, 중얼거렸던 말.

– 어머머, 이 언니 또 청승맞게 울고 있어. 내가 그렇게 주의를 줬건만, 하여간 청승 청승! 팔자도 더럽지, 성격도 그지 같지, 게다가 타고난 청승까지? 아휴, 아휴, 정말, 못산다, 내가!

입을 삐죽이며 그는 내게 눈을 흘겼다.

– 어머머, 회진 돌 시간 됐다, 언니, 거기 가방 좀, 가방 좀! 가방 안에 팩 좀, 팩 좀!

그는 빼앗듯 가방을 열어 사각의 비닐봉지들을 꺼냈다. 그리고 그 하나를 꺼내 얼굴에 펴 발랐다. 수염으로 뒤덮였던 그의 얼굴은 금세 흰 마스크 팩으로 뒤덮였다. 흰 눈이 내린 듯 그의 얼굴은 새하얘졌다.

– 언니, 언니도 하나 줄까? 이거 비싼 건데 내가 특별히 언니를 위해서 하나 쏘지, 자!

리브는 내게 비닐봉지 하나를 건네고 자리에 드러누웠다. 토닥토닥 얼굴을 두드리는 그의 손은 가지런했고 세심했지만, 나는 하얀 그것을 그저 손에 들고 멍청히 앉아 있었다. 내 안에서 무엇이 터졌는지 자꾸 눈물이 흘렀다. 닦아내고 또다시 닦아내도 그건 소용없었다.

그날 밤, 나는 또다시 꿈을 꾸었다. 그런데 꿈에 나타난 것은 전곡 터미널에서 만났던 그 여자였다. 눈썹이 없던 여자. 내게 담배를 건넸던 여자. 나는 입간판 옆에 서 있었다. 입간판 위에는 아무것도 쓰여 있지 않았다.

여자는 천천히 내게 다가오더니, 함께 가자고 말하듯 검은 허공 속을 가리켰다. 그녀가 가리킨 허공 속에서 천천히 버스 한 대가 다가왔다. 아무런 목적지도 씌어있지 않은, 얼굴이 없는 운전사만 보이는 낡은 버스였다. 여자는 문이 열린 버스에 오르더니, 내게 타라고 손짓했다. 무언가 말하며 움직이는 입은 자신과 함께 가자고, 그 버스를 타면 그토록 가고 싶어 하는 곳에 가 닿을 수 있다고 말하는 듯했다.

버스 안을 들여다보았다. 몇몇 낯선 얼굴들이 보였다. 그건 모두 잔뜩 기대에 찬 얼굴이거나, 너무도 간절히 어딘가에 가 닿기 위해 갈구하는 표정이었다. 여자는 내게 천천히 손짓했다. 어서 타라고, 어서 우리와 함께 같이 가자고.

그러나 나는 뒷걸음질 쳤다. 고개를 저었다. 그녀의 얼굴에 실망의 기운이 스쳐 지나갔지만, 다시 내게 채근하지 않았다. 대신 그녀는 등 뒤에서 누군가가 건네준 것을 조심스럽게 받아들어, 내게 내밀었다. 그건 하얀 천으로 쌓인 '무언가'였다. 그것을 받아들자, 안에서 꿈틀거리는 움직임이 느껴졌다. 안을 들여다보니, 갓난아기가 옹알거리며 누워 있었다. 한 번도 본 적이 없는데도 아이의 얼굴은 많이 낯이 익었다. '아, 예쁘다.' 하고 중얼거리는데, 아이의 눈썹이 눈에 들어왔다. 작은 얼굴에 어울리지 않는, 기이하게 커다랗고 진한 눈썹. 마치 누군가 장난삼아 그려준 것처럼 어설픈 그런 눈썹.

옹알이를 하는지 아이의 입이 오물거리는데, 무슨 말인지 알아들을 수는 없었다. 고개를 드니, 어느새 버스는 문을 닫고 천천히 움직였다. 그리고 버스 안에서 눈썹이 없던 그녀는 나를 고즈넉이 바라보았다. 안녕이라고 말하는지 그녀의 입이 움직였는데, 물론 나는 그녀의 말을 듣지 못했다. 그저 품 안에 아기를 꼭 끌어안았을 뿐.

너무도 포근하고 행복한 기분으로 눈을 떴을 때, 리브의 침대는 텅 비어 있었다. 그의 가방도 사라지고 없었다. 또다시 복도 끝에서 누군가에게 담배 한 개비를 건넸는지, 가고 싶은 곳이 있는지, 만나고 싶은 사람이 있는지 물었던 건지. 허물처럼 벗어놓은 하얀 팩 마스크 한 장만, 리브 대신 침대 위에 조용히 누워 있었다. 어쩐지 그것도 그처럼 경쾌하게 '호홋!' 웃고 있는 듯했다.

Epilogue.
그저 졸음이 쏟아질 뿐

다시 집에 돌아온 이후부터 자꾸 잠이 왔다. 깜빡인다고 눈을 감았는데, 뜨고 보면 언제나 다른 시간, 다른 세상이었다. 가게의 집기들을 내가는 일꾼들을 바라보며 눈을 감았는데, 눈을 떠보니 시영이네 집 거실이었고, 병원으로 가는 버스 안에 올라서 눈을 감았는데, 눈을 떠보니 처음 리브를 만났던 바로 그 병원 로비였다. 또다시 눈을 감았다가 떴는데, 나와 남편은 내과 과장의 사무실 안에 있었다. 남편은 이제 의족 없이 목발을 짚은 채였다.

오랜만에 만난 담당 의사는 즐거운 여행이라도 묻고 있는 듯 어디를 다녀오셨느냐 물었다. 나는 목발에 의지하고 서 있는 남편을 올려봤다. 그 시간들이 영락없이 거짓말 같았기 때문이기도 했지만,

실은 지금 이 시간도 믿을 수 없기는 마찬가지였다.

푹푹 발이 빠지는 눈 이야기를 했을 때, 의사는 눈이 휘둥그레지며 말했다. '에이, 거짓말 마세요. 아무리 강원도라고 하더라도 오월에 무슨 눈이에요?' 거짓말이라는 이야기에 나와 남편은 동시에 흠칫 놀랐는데, 갑작스런 폭설 같은 것, 뉴스에서도 본 적 없다 덧붙이며 그는 고개를 갸웃거렸다.

그리고 그는 조심스럽게 말을 이어갔다. 암세포가 뇌로 전이를 시작한 것 같다고. 가끔 환각이 보이거나 환청이 들리지 않았느냐고 물었을 때, 나는 눈썹이 없는 여자와 자꾸 작아지다가 결국 내 품 안에 안겼던 아이를 떠올렸다. 혹시 내가 만났던 리브라는 사람도 환각이 만들어낸 거짓말 중의 하나가 아닐까, 하는 생각이 슬그머니 고개를 들었지만, 엉뚱하게도 그냥 '네.' 해버리고 말았다.

의사는 다시 한 번 힘겹게 입을 열어 내가 앓고 있는 폐암의 종류가, 5년 이상 생존율이 15%에 지나지 않는다고 말했다. 항암제와 방사선 치료를 병행하는 수밖에 없는데, 무엇보다 환자 자신의 의지와 협조가 절대적이라고 덧붙였다. 보통 암에 걸리면 삶이 끝났다고 생각하시는 경우가 많은데, 끝이 아니라 다시 시작하는 거라고 그는 힘주어 말했다. 암 진단을 받는 그 순간, 환자분은 다시 훨씬 더 치열하고 긍정적이며 적극적인 삶을 사셔야 한다고. 삶의 진정한 의미를 깨달을 수 있는 시간이 될 테니, 오히려 보물 같은 시간이다,

그는 털털 웃어주었다.

 5년이라는 말에, 15%라는 말에, 그리고 치열하고 적극적인 삶이라는 말에 남편은 조금 긴장한 듯 보였지만, 나는 또다시 그냥 '네.' 하고 대답했다.

 남편은 장애인 복지 공단과 지역자활센터에 일자리를 신청해 놓았다. 넉넉한 월급을 받는 일자리는 아니었지만, 남편은 더 이상 아무런 이유도 달지 않았다. '네.' 하고 대답했던 나처럼, 그저 '응.' 하고 대답했을 뿐이었다. 마지막으로 정리된 가게를 둘러보며 필요한 것들을 시영이네 집으로 옮기는데, 우편집배원이 사각봉투 하나를 내밀었다. 언제 주소를 주고받았는지, 손으로 꼭꼭 눌러쓴 인상 좋은 손 글씨는 도계에서 만난 그의 모습과 꼭 닮았다.

 봉투 안에는 사진 몇 장이 담겨 있었다. 다시 내게 찾아온 리브를 만나고 있는 것 같아, 눈물이 핑 돌았다. 조금씩 희미해져 가는 리브의 얼굴을 선명하게 기억할 수 있을 것 같은 마음에, 나는 사진을 한 장 한 장 조심스레 들여다보았다. 햇살이 잘 드는 벽에 선 내 모습, 술에 취해 푸석한 얼굴로 웃고 있는 남편의 모습, 그리고 어정쩡하게 나란히 늘어선 남편과 나의 모습. 그런데 어디에도 리브의 모습은 보이지 않았다. 그가 보낸 작은 쪽지 위에는 카메라에 무슨 문제가 있었는지, 그때 찍은 사진 중에 이 세 장 밖에는 나오지 않았다,

평소에 한 번도 없던 일이라 자신도 이상하고 또 죄송하다, 그렇게 적혀 있었다. 놓쳐버린 시간처럼, 다시 어디에서도 주워 올릴 수 없는 시간처럼 리브는 그렇게 어디론가 사라져버렸다.

거기에는 낮은 건물의 식당 하나가 있었다. 유리문 안에는 연탄난로가 있었고, 몸을 잔뜩 웅크린 여자가, 들어서는 손님들을 차곡차곡 좁은 방 안에 정렬해 앉히고 있었다. 거긴 시영이 엄마가 말했던 아귀찜으로 유명한 식당이었다. 새빨간 화장을 한 여자가 문을 나서는 손님에게 인사를 하느라 막 문밖으로 나왔는데, 그녀의 머리 위에는 허름한 간판이 위태롭게 달려 있었다. 그리고 그 위에는 이렇게 씌어 있었다. 모두들 편안하게, 맛있는 음식 드시다 가시라는 듯 친절하게 '안미옥(安味屋).'

갑자기 불안했다. 모든 것이 사라져버렸다. 내가 정말 리브를 만났던 것일까. 처음부터 병원에 있고 싶지 않았던 것도 나였고, 정류장을 찾고 싶었던 것도 나였고, 회귀하는 생물처럼 처음 그곳으로 돌아가는 것이 인간의 습성이니, 그 또한 나였다. 그렇다면, 모텔에서도 나 혼자였고, 대성이에게 이름을 적어주지 못했던 것도 나 혼자였고, 고래를 만나러 간 것도 나 혼자였을까. 내 곁에서 떠들던 것은 내 안에 나도 모르는 또 다른 모습의 나였는지도. 그래서 그렇게 그와 나의 언어는 서로 어긋났던 것인지도. 갑자기 오싹 소름이 돋았다.

그저 졸음이 쏟아질 뿐

– 아따, 배부르네, 잉? 언니도 맛나게 드셨소?

배를 문지르며 시영이 엄마는 내게 물었다. '안미옥'을 나서며 모두들 포만감으로 행복했다. 어쩌면 그때, 길을 잃었던 어린 나도, 엄마나 가족 따위보다는 그저 배를 채우는 따스한 밥 한 그릇이 간절했던 건지도.

– 거그가 아구찜은 젤 괜찮애. 티비에도 나오고 그랬잖여? 형님은 잘 못드시는 것 같던디, 괜찮았소?

시영 아빠는 목발을 짚은 남편과 보조를 맞추며 살갑게 물었다. 그러나 그의 대답은 또다시 '응.' 이었다. 말을 잃은 그의 모습은 지극히 현실적이었고, 또다시 위태롭게 흔들리며 걷고 있는 그의 걸음걸이는 끔찍하도록 평범했다. 그런데도 내 몸은 자꾸 떨렸다. 어떤 공포에 질렸는지 나는 온몸을 부들부들 떨고 있었다.

– 그래도 뭐 티비에 나오고 그럴 정도는 아니지 않아요? 그냥 맛이 괜찮은 정도지.

창주 아빠 뒤에 숨었던 그의 아내가 고개를 빼며 대답했다.

– 워메, 창주 엄마는 항상 그렇게 삐딱하게 나오더라, 잉? 뭐 아구찜 맛 땜시 왔소? 언니랑 형부랑 다 같이 바람도 쐴 겸, 언니도 이제 병원에 들어가야 한다니께, 그래서 나온 거시지.

시영 엄마는 그녀에게 밉지 않게 눈을 흘겼다.

– 아, 누가 뭐랴? 그 정도는 아니더라, 줄 서서 기다리고 하는 사람

들이 쪼매 오버스러우니까 하는 야그지. 나도 알어요, 언니 병원 들어가는 거.

창주 엄마는 나를 보고 배시시 웃었다.

— 어쨌거나 언니, 꼭 치료 잘해서 건강해져서 나오시오, 잉? 나랑 창주 엄마랑 병원 문지방이 닳도록 자주 놀러 갈랑께.

— 괜찮아, 몸도 무거운데 괜히.

부른 그녀의 배를 넘겨보았다. 부러워하던 내 모습이 소름 끼치도록 선명하게 떠올랐다. 체납고지서처럼 그건 자꾸 마음을 무겁게 했다.

— 몸은 괜찮지?

— 괜찮다 뿐이요? 겉보기만 거대했지, 나보다 더 빠르고 잽다. 낄 데 안 낄 데 쫓아다니며 있는 참견, 없는 참견, 참견, 참견은.

이번에도 창주 엄마는 고개를 삐죽 내밀어 끼어들었다.

— 맞어, 그건 창주 엄마 말이 맞네. 아주 내가 저 사람 잔소리 때문에 머리가 빠져요, 머리가.

시영 아빠가 기회다 싶었는지, 속에 담았던 말들을 한꺼번에 토해냈다.

— 워메메, 이 냥반이 쉰소리는? 낄데 안 낄 데 다 쫓아다니며 참견하는 건 창주 엄마지, 나야 배부르다고 그냥 주저앉아 있기만 하면 애 나올 때 힘드니까. 내가 저것들 낳을 때도……. 워메, 이것들 고 새 어디를 가부렀대? 워메, 저것들. 시영아, 시원아!

그녀는 부른 배를 움켜쥐고 학생들이 모여 있는 가게 안으로 들어
갔다. 자판기 같은 기계들 여러 대가 모여 있었고, 아이들 둘은 모여
있는 학생들 너머를 훔쳐보느라 까치발을 디디고 있었다.

　– 저것들, 지 엄마 무서운 줄 모르고. 디졌다, 이제. 어쨌거나 형님
도 그렇고, 형수님도 그렇고 씩씩하게 잘 이겨내쇼. 울덜이 곁에 있
으니께 걱정 마시고.

　– 맞소, 꼭 이겨내소.

　시영 아빠와 창주 아빠는 남편과 나를 번갈아 바라보며 주먹을 불
끈 쥐어 보였다.

　– 응.

　남편은 또 그렇게 대답해놓고는 그만이었다. 무어라고 이야기를
해주면 좋겠는데, 이대로 모든 것이 사라져버리고 마는 건 아닐까
오슬오슬 떨리는데, 그는 여전히 침묵으로 말하고 있을 뿐이었다.

　– 워메, 저 여자는 뭐하느라 사람을 부르고. 뭔 일인디, 안 나오고
그려?

　손짓을 하는 시영 엄마를 향해 그는 너털거리며 걸어갔다. 두 사람
은 무언가 이야기를 나누더니, 자판기 같은 기계 앞에 서서 그 속을
들여다보았다. 그리고 깔깔거리며 두 사람은 기계 안에서 무언가를
뽑아들고 걸어 나왔다. 시영이와 시원이는 자신도 보자고 아빠와 엄
마의 팔을 잡아끌었다.

– 아니, 뭐하는 거여, 저게?

창주 엄마도 궁금한지 그들을 따라갔다. 손에 든 것을 들여다보며 그들은 깔깔깔 웃었다.

– 당신이 잘못 눌러서 그려. 이것이 뭐시여, 이것이?

– 뭘 내가 잘못 눌러? 당신이 하도 보채니께 그랬던 거지.

– 이거 워쩔거야, 이런 애 나오면 정말 워쩔 거냐고?

– 워쩌긴 뭘 워째? 이쁘기만 하구먼. 히히히. 근데 기집애냐, 사내냐? 난 헷갈려서 모르겄다!

시영 아빠는 손안에 든 것을 들여다보며 고개를 갸웃거렸다.

– 뭐시여, 뭔데 그려?

창주 아빠도 고개를 빼고 기웃거렸다. 시영 엄마는 시영 아빠에게 사진을 빼앗아 그에게 건넸고, 나머지 한 장은 내게 건넸다.

– 저그서 엄마 아빠 사진을 합성해서, 앞으로 나올 애기 사진을 만들어 준다잖어? 근디, 이 냥반이 엉뚱한 걸 눌러놓는 바람에 그냥. 으이그, 으이그.

시영 엄마는 시영 아빠를 향해 혀를 끌끌 찼다.

– 호호호, 언니 눈썹 좀 보쇼. 아주 웃기지 않으요, 그죠, 잉?

창주 엄마는 사진을 들여다보며 깔깔 웃었다. 나도 그녀가 건네준 사진 속을 들여다보았다. 시영 엄마의 눈과 시영 아빠의 코와 입을 가지고 있는 아이. 그리고 그 누구의 눈썹도 아닌, 누군가 그려준 듯 전혀 어울리지 않는 크기와 색깔의 눈썹을 달고 있는.

– 그 누구냐, 남자배우. 잉, 송승헌, 송승헌 눈썹, 히히히.

울컥 눈물이 치밀고 올라왔다. 차곡차곡 덮여가던 두려움이 한순간 퍽 터져나갔다.

– 워메, 언니, 왜요? 뭐가 이상해요?

걱정스러운 얼굴로 시영 엄마가 물었다. 그러나 나는 힘껏 고개를 저었다.

– 아, 아냐. 정말, 정말 웃기네. 얼마나 웃긴지 자꾸 눈물이……. 예뻐, 정말 예뻐. 이 아이가 앞으로 태어날 아기란 말이지?

– 아이고, 태어날 애는 무슨? 그냥 돈만 버렸지, 히히히.

시영 엄마는 아쉬운 듯 털털 웃었다. 그러나 내 두 눈에는 계속해서 눈물이 차오르고 있었다. 내민 누군가의 손길을 바라보듯, 공포로 쪼그라들었던 심장은 설렘으로 잔잔해졌다.

– 나, 이 사진 한 장 주면 안 돼?

– 아유, 안 되기는? 다 가지쇼, 다! 시영 아빠, 당신이 가진 것도 내놔, 언니 주게.

– 싫어! 나도 한 장 가지고 있을라니께. 흐흐흐, 얼매나 이뻐? 흐흐흐, 형님, 이쁘죠?

그는 들고 있던 사진을 남편에게 내밀었다. 남편은 또다시 '응.' 대답했지만, 그는 모를 것이다. 하지만, 아이가 태어났을 때, 아이가 남편의 곁에서 조금씩 커갈 때, 그는 알게 될 것이다. 어딘지 익숙하고 친근한 아이의 웃는 모습을. 전혀 상상도 할 수 없겠지만, 자꾸 웃게 되고 즐거워지는 그런 경쾌함을.

ㅡ 뭐야, 왜 그래?

울먹이는 나를 보며 걱정스러운 표정으로 남편은 물었다.

ㅡ 오빠, 우리 탱고 배울까?

ㅡ 무슨 소리야, 그게 갑자기?

ㅡ 그냥… 그냥 탱고를 추고 싶어졌어. 같이 출거지?

ㅡ 이 사람이? 갑자기 그게 무슨……?

얼굴이 붉어지며 그는 도망치듯 멀어졌다. 시영이네와 창주네는 와자하게 떠들며 사람들 속으로 걸어갔다. 남편도 뚜벅뚜벅 목발을 짚으며 그들을 따랐다. 그러고 보니, 우리들 모두는 아이의 웃는 모습을 하나씩 나누어 갖고 있었다. 절대 죽지 않는 아이, 어디서든 호홋 웃으며 살아나는 아이. 어쩌면 이다음 언젠가 탱고라는 춤을 추게 될 아이.

나는 다시 한 번 들고 있는 사진 속을 들여다보았다. 마지막 내 꿈속에, 품에 안겼던 바로 그 모습 그대로였다. 아이의 입이 오물거리며 말하던 소리가 이제는 또렷이 들려왔다. '살았다!' 외치는 바로 그 소리. '호홋.' 웃는 그 소리. 나도 아이를 따라 환하게 웃어본다. 그리고 손을 들고 자그맣게 중얼거린다.

'살았다!' 그렇게.

[飛]